INK文學叢書006

蘑菇七種

張 煒◎著

目錄

蘑菇七種

一

叫「寶物」的是一條醜陋的雄狗，難以馴化。牠的品性實際上更接近於狼。給牠取名字的人是這方世界的君王，叫「老丁」。牠從小就皮毛髒臭，脾氣凶悍，咬死了很多同伴和貓。有的雌狗趕來與牠親近，也被牠咬傷了。很多人想打死牠，都沒能得手。可老丁的話牠句句聽，二者之間心心相印。老丁說：「寶物，你遭嫉了。」牠惡毒的眼睛濕潤著，盯著這個像石頭刻成的老人：消瘦矮小，額頭鼓鼓，口是方的，張開很大。智慧的主人哪，英勇無敵，威震四方。寶物細繩般的小尾巴搖了三次。老丁被菸卷烤黃的食指翹起來，刺著頭頂短短的毛髮。

天色暗下來時，寶物出巡了。

這片林子永遠是水氣淋漓，天地濛濛；青蛙一跳一跳走動，長嘴鳥兒咕咕叫喚。寶物跑著，渾身的皮毛不時地被樹枝拉扯住。一次牠被樹隙的蛛網擋了一下臉，就憤怒地跳起來。蜘蛛給逮住了，接著被「咯崩」一聲咬碎了滾圓的肚子。牠大叫著發出咒罵。可牠不知咬死的是一隻巨毒蜘蛛，毒液正滲進牠的嘴角。

一個黑面高個子背著槍轉出來，笑著叫牠。牠像沒有聽見一樣跑起來；跑了一會兒，又突然止步仰臉，鼻子「蓬蓬」地聞著什麼。一些姑娘們挎著籃子走出來，見了寶物嚇得尖叫奔跑，蘑菇撒了一地。牠向前追逐，直把她們趕得很遠很遠才轉回來——一個面孔白淨的年輕人正用一根柳條串起姑娘們丟棄的蘑菇。寶物撒一點尿，走了。

暮色蒼茫，樹影如山，寶物出巡了。

牠的三角形腦袋被樹葉上的水珠弄得濕漉漉的，殘缺的牙齒從紫唇間露出來，昂著硬邦邦的長鼻梁。星星還沒有出來的這一瞬間，一股滾燙的熱流在牠毛髮間湧動。那是一天的映照蓄成的電火，涼風摩擦著毛皮，電火就在身上爆開。牠像被一些細線勒住了，不停地掙吼，向著夕陽沉落的方向奔跑。回返途中，牠遇見什麼就想咬死什麼。那些不知道在寶物出巡的時刻迴避的蠢物，理所當然地要倒楣了。牠的鼻孔吸進一萬種林中氣味，讓其徐徐地流入，小心辨別。蘑菇的味道最清晰，它們的形狀、顏色，都如同看到一般。牠在林中生活多年，跟老丁學會了吃蘑菇。老丁有神力啊，無所不能。牠離開那個枯瘦的老頭，脾氣總是壞透了。毒蜘蛛的液汁更深地滲入，牠吼著在原地轉了一圈。一隻刺蝟急急地從灌木中鑽出來，球成一個刺蛋。寶物將牠埋起來才往前走去。牠登上一處沙丘，前腿直立，小灰眼珠瞄向四方。五棵最高的楊樹，加上五棵黑色的橡樹，等於十棵。牠跟老丁學會了一位數的加法。土丘下邊白沙如雪，綿軟可愛，曾有一對狗男女躺著聊天。他們都是林邊小村裡的人。還有個雌狗叫皮皮，總是打了紅腦門，寶物差一點愛上牠。皮皮竄到林子裡，那時寶物凶猛地撲上去，咬豁了牠一隻耳朵。小皮皮滴著血汁，哭著跑了。這個小林場啊，一主三僕，還有一個寶物。牠有著統攬全局的氣魄，兢兢業業。老丁香甜的鼾聲使牠無限幸福，醒來時靜靜傾聽，睡去就做關於老丁的夢。牠知道老丁對牠有多麼好：據理力爭，硬是從總場場部要來了牠的口糧。原先寶物一無所有，總場場長申寶雄雖與牠同占一個寶字，卻無一絲同情。老丁力爭不懈，寶雄才算鬆了手，每月從手裡撒出十斤粗糧。牠吃著官糧，沒有月薪。這都是老丁的神勇啊。智慧的主人，英勇無敵，威震四方。寶物在林子裡奔馳，熱汗橫流，萬難不辭，只為一人守著疆界。

毒蜘蛛的毒液滲入了全身的脈管。巨大的、難以忍耐的煩躁在胸部漫開，恨不能撞倒一棵橡樹。這林子裡有毒的東西可眞多，連蘑菇也有毒。吃了毒蘑菇就算活不成了。老丁認得牠們，總是用兩個手指夾住扔出來。「毒蘑菇演化出的故事萬萬千，俺寶物也通曉一二三。小村裡駐隊幹部中有個公社女書記，滿臉橫肉有黑斑。只因搞上了參謀長，把毒蘑菇放進丈夫碗。丈夫貪吃又貪睡，半夜三更一命歸西天。參謀長領人把案破，說小案一樁有何難，無非是革命幹部誤食毒蘑菇，自古天下美事難兩全。久後遺孀有厚福，說不定招個貴婿進庭院。女書記聞聽破涕笑，說化悲痛為力量革命路上一往更無前。這就是民間事那麼小小一段，日月風塵埋下了沉冤。」寶物那時候正處於患難之時，牠無意中向黑洞洞的那個小屋裡瞅了一眼，就看見了參謀長和女書記。女書記把幾顆花頂毒蘑菇摝進了衣兜。寶物承認女書記幹得漂亮，嫉恨得牙齒格格響……蜘蛛毒液漸漸湧入了心臟。牠尖叫一聲倒下，兩爪插進土裡。灰眼裡有什麼閃了一下，將熄未熄。幻幻的藍影兒在眼前飄著，飄著。牠的頭昂起來，又重重地耷拉下去。

牠看見林中小屋蒙在一片藍色裡，老丁蹲在寬大的鍋台上，手持小木鍁攪弄熱氣騰騰的鐵鍋。他周圍有三個人，伸長了脖子。哎喲，好鮮的蘑菇的氣味啊，好饞人的氣味啊。這藍色使四個人像金屬製品一樣，他們機械地活動，手腳關節的折動嘎嘎有聲。老丁唱起了下流的歌，木鍁攪動不停。也只有他親手做成的湯才如此誘人。白色的蒸汽往上冒著，與一種藍色匯到一起，又漸成紅色……藍色終於全部褪盡，黃色和紅色瀰漫起來。最後，所有的幻影全不見了。那個毒蜘蛛的陰魂繞著牠迴旋三周，無可奈何地要離去了，「這就是民間事那麼小小一段，日月風塵埋下了沉冤。」牠惡狠狠地盯著蜘蛛的陰魂。

二

老丁手裡的木鍁像一支櫓槳，搖啊搖，鐵鍋裡面起波瀾。一邊的三個人噍著口水，咂著嘴，「文太！黑桿子！小六！」老丁在鍋台邊喚了一句，他們立刻應聲：「哎啦！」老丁又搖了一會兒，向一旁伸伸手，白臉文太趕忙遞過去一個黑色小瓷瓶。老丁握緊瓶子，照準鍋心就是三甩。文太轉臉看了看其他兩人，朝鍋台邊的老人一豎腦袋。黑桿子咧著大嘴，抄著手，快樂地蹲下又起來。小六臉色蒼白，眼睛不停地動。黃色的玉米餅擺在一邊的一塊木板上，冒著熱氣。這個夜晚不用說有一頓好飯：喝蘑菇肉湯，吃玉米餅。老丁要喝酒，那是一種味道純淨的瓜乾酒。如果老頭子高興，也許會分給三個人每人一口。黑桿子白天在林子裡打到了一隻貓頭鷹，文太和小六認爲牠的肉不能食用，被老丁喝斥了一句。牠的肉與蘑菇配在一起，味道誘人。老丁的話從來沒有錯過。湯熬好了，老頭子從鍋台上蹦下來，熱汗涔涔。他唱著歌，文太和黑桿子不停地笑，老丁於是更起勁地唱。小六臉龐木木的，老丁就在唱詞裡加進了一句罵他的話。小六的臉紅了一下，接上又白了。文太提議開飯吧，老丁瞅瞅屋外的黑夜，又歪頭聽了聽說：「寶物也許是遇上了麻煩，牠早該返回了。罷，不等，開飯。」話一停，黑桿子抄起大鐵勺，在四只碗裡一一點過。有一個印了金邊的大碗裡蘑菇多湯兒少，不用說是爲老丁準備的。老丁說吃吧吃吧，飯後再不見寶物，那麼黑桿子就揹槍出去找找吧。他說著大喝一口，又到身後黑影裡摸出了一個酒瓶。酒香一下子散開來，文太激動得手都抖了，呼出一聲：「丁場長……」小六狠狠地盯一眼文太，老丁一抬手拍了一下文太的肩膀：「喝口喝口。」文太抱住光滑的瓶子吮了一大口，咕地一聲嚥下，愉快地大喘。黑桿子起身點燃了桅燈。黃色的亮光罩住了小屋，四人圍坐著，臉色彤紅。小六嚼玉米餅的樣子很怪，左腮總是凸起一個拳大的瘤。老丁說：「六兒牙口不好。」大夥都笑了。牙口如何如何，一般指牲口。

這片林子屬於幾十里地之外的國營林場。十年以前老丁一個人在這小屋裡看管林子，總場爲了加強管理，又派來三個工人。老丁自封爲場長，而總場方面只將他們四人喚做「林業小組」，並臨時指定小六負責。小六十四歲上入過團。四人當中，只有小六衣兜上有枝無水的鋼筆。老丁吃飯時常常托物言志：「南邊那個小村裡有隻花狗，狼狗樣兒，兩耳豎起幾寸高，齜著牙瞪著眼。有一回牠和寶物爭東西，都替寶物捏一把汗。寶物又瘦又小沒神哩。誰知牠三兩下就把花狗幹倒了。人狗一理，切莫讓裝出的模樣給唬住。」文太接上：「老丁場長所言甚是。您老經過萬水千山，烽火連天，然百煉成鋼。就不像一些小人，雞腸狗肚，陽奉陰違，必欲置人死地而後快。」文太在總場時讀過很多有「毒」的古書，並且常常背誦書上的話，引起了總場辦公室秘書的嫉妒。秘書告到場長兼書記申寶雄那裡，文太就給貶到了這塊僻遠的林子裡。黑桿子聽了文太的話哈哈笑著，十分快意。他聽不出兩人的意思，但知道是衝小六去的，就笑。他原想笑過之後會得到一口酒，但老丁並未慷慨到這個地步。黑桿子像文太一樣對老丁入迷，任何情勢下都不會惱恨。他咂了咂嘴，覺得這個夜晚稍微有些寒意。剛來林子裡不久，老丁就將自己的十七斤半重的土槍送給他，說：「你負責武裝吧。」從此他就槍不離身。武裝多麼重要，誰都知道槍桿子裡面出政權，而老丁竟然把槍桿交給了自己這樣一個莽漢。他一時無語，惟有感激。

「這種蘑菇可是稀罕。你們看它什麼模樣？細脖兒小腦，像肥豆芽兒。這叫『小砂蘑菇』，味兒最鮮。我在這林子多少年，這種蘑菇可吃不多。嘿唻，文太你哪裡整來這麼多？」老丁用筷子夾住一個蘑菇。文太說：「我知道丁場長的口味兒在哪裡——就不厭其煩地採找……」他講到這裡覺得有一對冷冷的目光射向自己，一轉臉，見渾身被夜露濕透的寶物突然出現在黑影裡。他的腮肉抖一下，急急說：「寶物回來啦，回來啦。」老丁擱了酒瓶，弓著腰踱過去，伸手撩起牠的下巴看著。寶物僵硬如鐵，紋絲不動。「寶物！」老丁大喝一聲。寶物灑下了兩滴淚水。老丁大驚，嚴厲地掃了三個人一眼，說：「你們誰欺負牠了？」三個人都搖頭否認。老丁沉思半晌，點點頭：「牠受調弄了，我知道。可憐的狗。牠就是不會說話罷了，牠有肚量啊。一條好心眼的狗。」他說著倒了一點湯汁，又小心地摻了三滴酒，送到寶物面前。寶物聞了聞，眼前又掠過一片藍色。

「無非是革命幹部誤食毒蘑菇，自古天下美事難兩全。」那個惡毒的貓頭鷹曾經怎樣詛咒過牠呀，眨眼竟成杯中羹。牠快樂地飲了一大口，品著一種熟悉的氣味。這氣味多少有點像那個公社女書記身上的味兒，於是牠懷疑是同物異形，暗中盤算準備私下一訪，去看看那個女幹部還在不在了。牠要從參謀長的屋裡搜索起來。說不定參謀長也是個善於使用毒蘑菇的角兒，如果那樣女幹部真要倒楣了。寶物很快地、心事滿腹地喝完了蘑菇肉湯，抿抿仍然腫脹的嘴唇，退到一邊看著四人進餐。除了小六以外，其他人都吃得大汗淋漓。老丁把金黃的一個大玉米餅放到膝蓋上掰斷，取了一半咬著。他像個滿口鋼齒的小型機器，在吞噬金塊兒。他把酒瓶兒放在左腳邊上，不時拾起來吮一口。小砂蘑菇被他夾住，先咬去小圓頂，再咯咯地嚼掉莖子。「美味啊！先記文太一功。」文太搖著手，瞥了寶物一眼。寶物只用左眼看著文太。老丁又唱起歌來——寶物出巡歸來了，老頭子安心了，歌聲自由自在。他把京劇和民間小調摻在一起，一會兒昂揚剛烈，一會兒涓細溫柔，淨唱些古怪的傳聞。所有人都差不多吃飽了，跟老丁一起快樂。老丁一邊唱一邊又摸出那個製成不久的特大菸斗。黑桿子抓上菸末，文太劃亮火柴。他吸一口，哼一句，斷斷續續地詛咒著一個小人。寶物忍不住興奮活動了一下前爪，不停地瞅臉色陰沉的小六。突然老丁伸手一指寶物說：「嘿，笑了笑了。」

寶物眞的在笑，那顆殘缺的牙齒都露出來了。「要想人不知，除非己莫爲，你說呢文太？」老丁笑瞇瞇地問了一問。文太一拍膝蓋：「那是當然的了。」他又推擁一下黑桿子，重複一遍：「當然的了。」黑桿子看著小六，鼻子裡發出「哼」的一聲。他曾背上槍，暗裡跟蹤過小六，讓老丁知道了，被老丁好一頓訓斥。老丁說：「六兒也不易哩，由他做吧。」不久文太去小村的小賣部取酒，老七家裡告訴文太一些事情，讓他捎話給老丁，說小六來買走一片泡製墨水的顏料。老丁惱了。他料定小六要把墨水灌到那管筆裡，向總場寫點什麼。那個估計不錯，因爲半月之後總場派來了工作組，場長兼書記申寶雄親自掛帥。一時間黑雲翻滾，天低雲暗，雖然撼山易，撼國營林場一分場難，但也總嫌麻煩。事後老丁讓文太去總場活動，歷盡艱辛才搞來小六報的黑材料。老丁目不識丁，讓文太讀了讀，開頭幾句就差點讓老頭子昏厥過去。老人冷靜了兩天，對文太說：「怎樣對付這個，我考考你。」文太半晌不語。老丁說：「還虧了是個讀書人哩。對付這個容易哩，我黨有個好辦法，就是把陰謀變成陽謀。公布黑材料吧。」文太無比欽敬地看著老丁。第二夜，他們趁著小六不在，捻亮了桅燈，將黑桿子召到屋裡，讓寶物端坐在牠的位置上。文太一字字念起，大家一聲不響。寶物坐在黑桿子左邊，面色極爲冷峻。

那個秋夜的風聲至今響在耳邊。那個秋夜貓頭鷹淒愴地叫著，一直伴著文太的朗讀聲。寶物聽不明白，但憤怒與時俱增。如果老丁有令，牠將把那個黃臉青年撕碎。牠用舌尖舔著殘牙。想不到小六白紙黑字，如此凶狠——敬愛的場部領導黨的組織見字如面，一共青團員在遙遠的這裡謹向您致以革命崇高敬禮，並同時匯報當地驚心動魄的鬥爭以及全面腐化的可怕現實。有人即老丁野心勃勃目無領導，不顧上級三令五申私自稱林業小組爲一分場並自封場長。革命職工敢怒而不敢言並且漸漸同流合污。本人早年入團宣誓響徹雲霄，獨自奮戰，死而後已。這裡雖然環境險惡民不聊生伙食很差，如每頓飯三兩粗糧二分菜金，但尚有野菇可補其不足。最難忍受修正主義磨刀霍霍，狼狽爲奸。他們讓黑桿子掌握反革命武裝，火藥味很濃。這裡還養了一條資產階級走狗，取名寶物，向人民咬牙切齒。總之，這裡已是一個針插不進、水潑不進之獨立王國。是可忍孰不可忍的還有，老丁與當地民衆間不三不四者勾搭，多次密謀，不可告人的勾當我看也有。老七家裡與老丁過從甚密，中間由文太奔走。註：老七家裡即一四五十歲民婦，相貌一般，性情殘暴，成分在中農與貧農之間（待查）。她現爲小村代銷店售貨員，以職權之便私銷老丁等人乾蘑菇，付以燒酒。燒酒作爲資本主義貨物，上級早已列爲控制商品，但老丁從小店倒賣大宗。他們整日借酒澆愁，談論黃色下流之極。上層建築輿論陣地要占領，他們還藉機散布不滿情緒，今不如昔，拒不組織上級及黨委多次布置的文件學習心得體會，不辦牆報，不開展政治。老丁與老七家裡究竟如何，仍在觀察。是否有染，難以斷定，因爲並未親眼看見。更爲可惡的是，老丁散布謠言，將駐村女幹部與一參謀長強加與人。註：衆所周知，誰反對解放軍就是反革命；軍民團結如一人，試看天下誰能敵？且女幹部爲人和藹，不笑不說話，早年曾爲全社先進人物，學生時期就有突出表現，如用手捧牛屎至莊稼地等。總之此地已成反動黑窩，本人雖然堅定，但畢竟寡不敵衆。當然，本人辜負黨的期望與培養，沒有負起領導責任，也應當檢討。切望上級及早進駐小林，使雲消霧散。急急。再次致以革命崇高敬禮。

趕走了工作組，又進一步將陰謀變成了陽謀，小六算徹底失敗了。那個夜晚讀完黑信之後，大家久久不能平靜。老丁在昏黃的燈下踱來踱去，終於在寶物跟前停住了。他蹲下，撫摸著牠的頭顱，說：「你也聽到了，黑信裡點了你的名，罵你是『走狗』。」寶物無語，胸部急劇起伏。牠的目光緊緊盯住一個黑暗的角落，文太起身去看了看，發現了小六穿過的一隻破力士鞋。黑桿子捏緊了槍桿。那個夜晚啊，那個夜晚貓頭鷹的淒厲的叫聲啊。「君子能忍自安。」最後還是老丁說了這樣一句，送去了無限的慰勉。從此之後小六還是小六，老丁還是老丁，似乎兩不相擾。但大家都看出小六大勢已去，再也沒有往日的精神。老丁在林子裡理所當然地決定一切，而且小村裡的人也敬他三分，都呼喚：「老丁場長！」那個公社女書記與參謀長仍在小村駐紮，節日裡還要代表地方政權向老丁送些吃物，以示關懷。本來天下太平，一切正常，如老丁守屋，其餘到林子裡或勞動或管理招來做活的民工；每到黃昏，寶物出巡，繞林區一周有餘；寶物歸來，正好開飯，如飯間有酒，老丁則飯後乘興神聊，講他一生的經歷和見聞，驚天動地。老七家裡與林子裡的人繼續合作，不間斷地提供燒酒。大家都很高興，惟有小六蔫蔫地來去，無心做活。不幸的是前不久他突然精神起來，雙目如電，寶物不得不尾隨其後。就在發現小六興奮異常的第七天，寶物眼瞅著他進了小村，入了小店，又買走了一片化製墨水的顏料。寶物趕回林子，對老丁做出幾個危險的臉相，老丁於是派文太速去速回，直接找老七家裡。老七家裡說這是小六買走的第二片顏料。

「我今年六十歲了，瞞過我眼的還沒有唻。」老丁抹著嘴巴說著，狠狠吸一口。他把菸全吐向小六那兒，使小六看起來像個霧中人。他停止了吸菸，手打眼罩向前看著：「六兒在哪？你藏在菸氣裡了，你當我看不見？我把你看得一清二楚。我早說過了，瞞過了我眼的還沒有唻……哼哼。」文太兩手拍了一下，呼叫著：「說得太好了！」黑桿子也呵呵地笑了。寶物興奮得伏下又起來，同一動作重複多次。小六嫌熱似地解開了第一個衣扣，活動了一下。老丁的臉色彤紅，瘦小的身軀一抽一抽，每動一下都有什麼地方發出喀喀的響聲，像是骨頭響。他蹲在一個木墩子上，細細的兩條腿不斷調整著重心。「要說我這一輩子啊，嘿嘿，什麼沒經過？是不是？是不是？」他一邊說一邊將頭轉向寶物。「我闖蕩南北，死去了又活過來，用手指從肋骨裡摳過手槍子兒。要說怕的人嘛，也有也有，不過不是男人，是女人，嗯！她們越對我好我越怕。是這樣哩！」老丁說著站起來，揮動了一下大菸斗，捻小了燈苗。寶物瞥瞥四周，見其餘三人都屏住了呼吸。牠看到了老丁鋼一般堅硬的骨骼，看到了在其間奔流不停的血液。那是活鮮如朝霞的啊。老丁——木墩上的石刻老人，雙目閃亮……

牠看到一片化製墨水的顏料掉進水裡，有一個黃瘦的手臂進去攪攪攪，剛剛攪勻，被更有力的一隻手端了。墨水從黃瘦青年的頭上澆下來，通身都黑了，像炭做的人。智慧的主人哪，英勇無敵，威震四方。寶物知道老丁又要講他那無窮無盡妙趣橫生、同時又是眞假難辨以假亂眞、全世界最輝煌最瑰麗的一個人的歷史了。牠悔恨當年沒有與老人同在一起，化爲那無盡故事裡的一個小小生命。再看文太黑桿子甚至是卑劣的小六，都習慣地、毫不含糊地振作起來，用欽佩的目光注視著老丁。

「人人不同，物物不同，我是老丁。」老丁這樣開頭，「天底下沒有我這樣的做人法，我日他媽所有現成的做人法。見天不死，見地不死，見鐵不死，我這個老怪物死不了啦。有酒就喝，有好東西就吃。我給一萬個大官牽過馬騾，也給數不清的女人下過跪哩！皇帝吃的好飯我不嫌，牛馬嚼的東西也不孬。人是機器，加了油就轉。我是一直讓它隆隆轉，隆隆轉，轉到死，加馬力，火火爆爆一輩子。我早就說過，我是省長以上的經歷，也算老革命，也算老紅軍。在延安，我燒的木炭比張思德都多，沒死，也就沒出名。我也進過三五九旅，開荒種地紡棉花，還種出一棵一人多高的辣椒，首長看了說：好。我不識字，不過外國人進中國，到了北邊都是我當翻譯。我把驢一般都翻成騾。鬼子讓我投降，那年我是師長，我打了鬼子一記耳光子。後來四五年吧，鬼子先降了。你看吧，我過的橋比一般人走的路都長。我爲什麼後來沒有被提拔起來？還不是我有那毛病——喜歡女人。我又沒有文化。沒有文化做不成首長。你三個四個好好聽，寶物好好聽。這些當假就是假，當眞就是眞。沒有什麼大不了的事。反正有一件是眞的：我是個轟轟烈烈的人！我不做後悔事，做過就不悔。我敢打光棍，敢報仇，敢一個人住這林中小屋。別人說我我不聽，全當蒼蠅瞎哼哼。我從南邊跑到北邊，最後相中了這片樹林。這裡風水好，蘑菇多，他媽的一輩子就這樣打發，強似神仙。我不依戀錢，不依戀朋友，依戀的東西只有一個：自己的血性！嗯！」老丁說到這兒喘息不停，伸手取水。文太每逢這時候就激動得臉色煞白，神色不安。他全身顫抖，像彈簧一樣突然從地上跳起來，向老丁臉前伸出了拇指，喊一句大家早都熟悉的話：

「你活得英勇啊！你不甘平庸啊！」

喊畢，精力全失，如泥土一般柔軟地落下，再無聲息。老丁聲調軟下來，開始了眞正的長談。那是些怎樣的故事啊，去僞存眞，去粗取精，永遠消化不盡。「我喜歡上的人哪，車拉船裝，我說過，我連朋友也不依戀，等於說我不重友情。我明明白白告訴，我是這樣的人。可是有人要叫我喜歡上了呀，我能跑去爲他死。有一年我去了南方，那裡熱燥，夜裡睡覺要枕一個中間灌涼水的瓷貓。這是爲了冷靜頭腦，要不，第二天早上起來盡做糊塗事。我剛去哪懂這裡面的道理？結果昏頭昏腦地做事，惹出來的故事一輩子也忘不了。我在一個荒山林子裡摘紫果吃，吃得牙紫唇紫，不停地打嗝。那片林子比咱這林場密上十倍，野豬都有。虎狼倒不多，咬人的東西少。我吃果子，往前走。當年十八歲，身強力壯，不怕鬼神，頭上包了藍布。這天我遇上了一個老人，他領我回到一處林間宅院。那是個逃亂的富人，一看大宅就知道。他家裡有丫鬟，有太太，有小姐，有雞和豬。也有一條狗，比寶物差多了，不會叫。小姐像麵揑出來的，說話的嗓門細溜溜，胳膊活像一段藕瓜。她的眼神我不說了，我要說，今夜我受不了。那是無法抵擋的一雙眼，能穿透萬水千山，打倒千軍萬馬。一句話，我一輩子只見過這一雙眼。見這雙眼之前，我的身體還像牛犢一樣壯。就是這雙眼讓我支持不住，身上熱一陣冷一陣。你們不知道，太好看的眼睛敗你的神氣，這是定準的原理。不是嗎？我不說這雙眼了。我只想說她後來參軍，所在部隊連連失敗，恐怕也是害在這雙眼睛上了。當兵的讓這雙眼看一下，你想還會有好結果？我保證他們連輕機槍也抱不動，還想打仗？這是後話了。先說我和她往來這麼一段又一段。那一天我隔著籬笆望見了她，她的眼睛從籬笆空兒裡望了我一眼。我立刻倒下來，也不顧腳下有一攤狗糞（那是多麼窩囊的一條狗！），怎麼也站不起來。丫鬟來拉我，太太來拉我，那個有大福不會消受的老人也過來拉我。所有人都沾了那條破狗的糞（我就不明白為什麼這樣的狗還不快宰），又叫又跳。這就驚動了她呀，她走過來，我們使勁拉了一下手。有一股電從第二根手指傳到肩膀，把我電了一下。我不知怎麼流了淚，眼淚汪汪，想這輩子就到這兒吧，這已經是合算的了。她呀，我敢說是個神仙下凡。我怎麼說也不過分，一句話，把我殺了我也得要她。那時我覺得走千山爬萬嶺，原來就為了她這個人！讓我住在老林子裡吧，我一輩子不到外邊去，我就死在老林子裡！我不知道世上還有比這更轟轟烈烈的事，不知道我要了她和打下一份江山到底哪樣更合算！這個小姐！這個大小姐！這個一眼就能把我看倒的閨女！你別跑呀，我不知從哪湧來一股勇力（自古講究殺身成仁），一傢伙把她扛到了肩上……」

「你活得英勇啊！你不甘平庸啊！」文太太呼。

「林子裡百獸都驚了，一齊跑出來昂頭看我，牠們見我扛著她。百獸驚了，半晌才緩過神來，撕破嗓子似地叫。太太丫鬟也呆了，老頭子抱住了自己的頭。我扛著她往上走，走了一會兒又怕磕碰了她、驚嚇了她。我把她放下來——天，她不停地哭，兩肩一抽一抽，哭個沒頭。怎麼辦？我惹她太厲害了，我眞的害怕了！我說，我不敢了，我撤退了，你自己管住自己吧，我眞的撤退了哩。我那會兒說著退著，一頭扎進了樹林子裡。這片林子黑烏烏的，不見天日，什麼獸類都有，我日夜和毒蛇做伴。我沒有逃跑，也不想離開。我天天吃那種紫色的果子，打她的主意。毒蛇把頭伸向我，我不停地瀉肚子，該死的紫色果子啊！我那會兒在水坑裡照過我的模樣，頭髮像沒漚透的蔴綹，眼像牛眼，鼻子嘴巴全是紫的，還有一道道血口子。我死了也不願離開林子，因爲離開林子就是離開了她。我被蛇咬過七十二次，自己救命，嘴吮草敷。野鳥來啄我的眼珠，我一隻眼皮上蓋一頂蘑菇傘。除了吃紫果就是吃蘑菇，燒了吃，生吃，紅的綠的花的都吃過，什麼樣的有毒我全知道。這可不是人過的日子。我搭的草窩樣子像鳥窩，夜間就蹲在裡邊。這個窩兒一天天搬得離大宅近了，漸漸聽得見院裡人咳嗽。我心裡有事，就編了歌來唱，我這副好嗓子還不是那時候練成的？我唱的歌凡人不懂，裡面淨些花稍事，都用了反語。我相信那女人聽得懂。我的歌是有氣味的，不甜不酸，都是刺鼻的辣氣，男人聽了就跑。這歌還是帶顏色的，是松樹蘑菇頂上那層黃色。這色兒飄悠飄悠像朵雲彩，把那個小姐一下子包裹起來。我唱：你當我不知道你頭下的瓷貓缺了水？你當我不知道你的髮捲裡有隻蟲？蟲兒半夜掉出來，瓷貓活了一口咬住蟲。頭枕瓷器是藍色的，彩釉的，景德鎮買來的，小驢馱來的。你當我不知道你一年裡做了一百個夢，一百個夢都等我來圓。北邊來的大漢專打南邊的蛇，你就是一條軟綿綿的美女蛇。我就唱這號的怪歌，我保證她在偷著聽。那時候我心裡的火氣足，唱著唱著燒得慌，眼淚流到胸口上，胸口上面結個疤。這樣唱了八十天，半夜裡偷偷去扒窗。十個窗戶有九個是空的，小姐學會了隱身法。

「有一天老人陪著小姐來打鳥，一槍打在我的屁股上。說起來沒人信，鐵砂子印在皮上，用手一掃全掉了。老傢伙瞪得眼睛像銅鈴，說我肯定是妖怪。小姐笑著對老人說，我是個唱歌的人，肚子裡面有文化水，不如領家去念念報。老人點頭同意了，把我領回去，不過讓我跟他那條破狗同住一間草棚。原來小姐常年住在林子裡不識字，悶得慌，要找個識字人讀讀報紙。她說這上面肯定有意思。我難過得要命，因爲你們知道我也不識字。不過我可不說心裡話，把報紙端到臉前就念。我念得多流利不打結，像眞的一樣。我手指大黑字說：這是題兒，叫『知道了就得學著做』。我念道：『知道了就得學著做，不做還行？俺這報從不唬人，是一張好報。俺們辦報人用一百八十間大瓦房做抵押，保證不說一句假話。說的是世上有男人又有女人，女人要和男人好。男人千辛萬苦不容易，從南南北北跑了來，你鐵石心腸也要變。再說你身子骨不硬是不禁風的草，哪如倚在一粗壯潑辣人身上？男人勞累手腳粗，裂口道道有精神。冬天不怕冷，夏天不怕熱，能做木匠能打鐵。吃饃吃草都可以，一刀砍上就流血。破褲子穿了千千萬，哪比得你滾燙的小身子淨穿綢緞？說起來話長做起來事短，我們不如把那事兒從頭好好盤算……』正念著老傢伙走過來了，我趕忙接上念別的：『天上下雨有水了，蛤蟆叫了。種穀子，種玉米。雨後天晴了，上山採蘑菇。紅的是松板，黃的是黏窩，花花綠綠有毒哇。柳條兒，編笊籬；白葦子，織席子；席子上，擺被褥；被褥上，躺著爹和娘……』老傢伙聽了聽，說：『報上就這些事呀？怪不得說十個識字人九個驢，登了些什麼雜七雜八！』我說：『可不是怎麼！』小姐催他快走快走，他吐了口怨氣，就走了。我接上念：『夜間星星肯定在窗外，那不礙事；小貓從屋簷上往下探頭，也莫驚；不用往炕洞裡燒火，身上有火。半夜三更，狗都睡了，一男人躺在草棚裡怎麼得了？還不如去喊他，拍三下巴掌……』我念到這裡，聽見她呼呼地喘氣；我斜眼一掃，見她兩手抓住裙子邊，亂顫亂顫。我收了報，說就念到這裡吧，明天續上。說完我就離了石凳，回我的草棚去了。這夜裡那條破狗不做人事，一會兒起來撒了三次尿，惡臭難當。我恨不能立刻躲開。

可我到哪去睡呢？星星斜了，半夜三更了，我在草棚四周走來走去，沒有一絲瞌睡。我這樣走的那會兒，還不知道這就是那個最了不起的黑夜。這個黑夜，用一個皇帝的寶座我都不換——這是俺停了一會兒才知道的。我這麼走，遊遊蕩蕩，解了小溲，又是走。誰知我一抬腳黑影裡『叭叭叭』三聲擊掌，我一愣，全身癱了。我咬著牙，好費力才回了三聲。一會兒，一個女的，是小丫鬟，過來牽上我的手往黑影裡跑跑跑。

「我從一個用青藤掩了的後門鑽進去，一眼見到了她。俺這會兒才湧上來勇力，三兩步上前捲了她去。她說沒想到會哭的男人像隻老虎。眞是的，英雄是我啊，哪是別人。我不信哪裡有我的對頭，要是有，那他活該倒楣，注定憋悶……不說了，只說我們那時的革命友誼，嘿，千難萬險不在話下。天呀，還是眞金不怕火，怕火非眞金，我老丁年輕時這麼小小一段。」老丁說到這裡從木墩上跳了下來，「我恨天底下有那麼多假正經的狼狗眼！那天天亮了，青藤掩窗，我用大手封住她小嘴。我說你等著瞧，我早晚會去隊伍上的，身背寶劍做個大將軍。她說好人不當兵，好鐵不打釘。她這話讓我笑了一輩子，因爲她想不到以後自己也會當兵。那夜我對她說，我發個誓，今後誰傷害了你，我就用寶劍刺透他的心，用釘子砸進他的腦殼，用火筷絡他最疼的地方。我發了誓。這誓發得驚天動地。誰知日後樹葉落了，十年過去，部隊上出了叛徒。那叛徒花一角三分買了一片化製墨水的顏料，寫了一封黑信，把她出賣了。她給抓走，受了酷刑，一條腿跛了。她帶著跛腿進了延安，解放以後又進京，又回省，現在就分管著咱這一省的婦女——我哩？我後來與多少人恩愛，可我不忘我的誓言。我現如今住這林子裡，有心事啊。我在找那個買走一片顏料的人，一刻不敢鬆懈。誰買了一片顏料？我像個密探一樣活著哩。告訴你一聲，告密的叛徒，我找到你的時候，你也就算活到頭了。」老丁將頭放低，眼珠上斜，四下裡瞄著。當他的目光掠過小六的時候，小六臉色煞白。「我探到了他，他也就算活到頭了。」老丁咬著牙，點一下頭重複一句。「想不到從過去到如今，當叛徒的都是買一片化製墨水的顏料。嘿嘿，鬼哩。不過世上沒有不透風的牆……我們閒話少說吧，還是接上那個夜晚說下去吧。那個夜晚我們兩人難捨難分。她流著淚說：『想不到這世上還有你這樣的好人。你眞好。』我也知道我好，不過我比起她來，又能好到哪裡去呢？我向她發誓，誓言錚錚響。我們兩人手拉著手，不願鬆。我鑽出青藤那一會兒，心都要碎成八塊了……」

老丁的嗓子像被什麼噎住了，他朝空中揮了揮手，不願說下去了。寶物一直高昂的頭顱垂下來，細繩似的尾巴緊緊貼在腿上。牠悲涼地哼起來，下巴壓到了前爪上。小六的臉埋在雙膝間。黑桿子一直呆著，停了一瞬，眼淚一串串流下來。只有文太像僵住一樣盯著老丁。後來，他如夢初醒般跳到老丁面前，握住了那雙瘦骨嶙嶙的老手，不停地搖動著，搖動著。

三

「他買走了一片化製墨水的顏料？」文太瞇著眼問老七家裡。老七家裡把頭湊到他耳根：「買了，是這個月初七那天傍黑。」文太咬咬牙，罵了一句。老七家裡坐在櫃台上，黑布衣服包住了雙膝。她從貨架上摸了一塊糖咂著，鬆鬆的腮肉活動起來。她問：「老丁身子可好？」文太點點頭：「場長心胸開闊啊，不像我。」老七家裡把滑溜溜的糖塊一不小心嚥了。文太又問：「一片顏料多少錢？」老七家裡做個手勢：「一角三分。」文太點點頭：「叛徒從來都是捨得花錢的人。」他見老七家裡手指甲很長，其中小拇指甲快有一寸了。出於好奇，他攥住這手看了看。老七家裡笑得亂抖：「眞好孩子。」文太趕緊鬆了手。他瞅準機會偷了一塊糖，然後隨便扯幾句就告辭了。在路上，他咂著糖，又想起該將這糖果留給丁場長，於是趕緊取出，用原來的糖紙包了。

文太琢磨，要抓到證據，也許還要到總場一趟才行。那些顏料早晚化成一些有毒的字紙，經郵電局捎到總場。可惡的總場，可恨的書記申寶雄，還有他的鬼秘書。文太在總場場部工作的日子眞是不堪回首。後來他到了老丁管轄的地盤，這才發現世上原來還有這樣的自由境界。更美妙的是鄰近林子就是一個小村，小村裡形形色色，有演化不完的故事。這些貧窮的村裡人對林場職工格外羨慕，因而被個把姑娘愛上是輕而易舉的事。林場裡雜事繁多，如給未成年樹打杈修枝，給苗圃清除雜草，鋤地，點種野豇豆等等，都需要從小村裡招些民工，每人工資六毛四分。領民工做活是最愉快的了，那時領工者像個將軍，說什麼話都是不改的命令。姑娘家「格格」笑，不聽命令可不行。不聽命令不要工資啦？再說工人階級可是領導階級，不聽領導行嗎？還有老丁，他是最使人心悅誠服的老人了，在林子裡對付日子、對付鄰近小村裡的人，都有不盡的經驗。有這樣的老人掌舵才叫幸福哩。可怕的是出了叛徒（什麼年代都有這樣的東西），總場就派來工作組騷擾。那眞是鬥心鬥智、腥風血雨的日子，多虧了老丁穩如泰山，運籌帷幄，這才化險爲夷。不服老人不行啊。回想工作組當年可算是機關算盡，結果寸步難移，一步碰到一個陷坑。如今呢？又有人買走了一片化製墨水的顏料！文太最怕的是把他從老丁身邊趕開，那樣他又要回到總場了。

總場喲，不堪回首的日子喲！

那時的文太留了分頭，衣兜上像小六一樣插枝鋼筆。總場旁邊有一處師範，三年沒有招生，到處陳灰積土。他有一回闖進去，認識了看管圖書的一位老頭。他借回了很多書，日夜不停地看。有一陣眼睛發花，他就乘機戴上了一副左框殘破的眼鏡。場黨委秘書讀過完小，但偏偏嫉恨一切的讀書人。他自己戴了眼鏡，但對其他戴了眼鏡的人不能容忍。文太在這兩個方面都犯了忌。秘書的話差不多也就是總場的話，秘書說要查一查文太是怎麼回事，總場也就開始查了。首先是跟蹤文太，發現他頻頻出入一個破書屋子，裡面不陰不陽，蛛網密布。一個老人蹲在書隙裡咕咕噥噥，手忙腳亂，看上去面無人色。天哪，原來文太常常接頭的就是這樣一個人。跟蹤的人感到無限驚異，報告了場部，場部指示再探。文太一頭鑽到舊書堆裡，半天也不出來：有時好不容易露出臉來，那個老頭子湊在他耳邊小聲說上半天，樣子過分親暱。跟蹤的人不能理解，往回走的路上反覆思索，漸漸腦海裡出現幻象，將看到的情景一再演繹。他再一次匯報時，說文太已經被書毒壞，嗜書成癖，竟能將頭部扎入骯髒的書堆長達三個小時之久。由於被書毒害，多種病症同時爆發，行為格外怪異，比如竟和一個老頭兒貼在一起，老頭兒親吻他耳垂下邊一點。兩人成天關在陰暗的角落，不思茶飯，非盜即娼。老頭一雙瘦瘦的手一挨近文太就抖個不停，撫摸拍打，顯然是個謬種。如此大惡如不及早鏟除，林場上千職工受到侵害只是早晚的事情。秘書聽罷說這一下子好了，罪證確鑿，千頭萬緒歸根結柢，那就準備辦起來吧。文太一無察覺，一邊還洋洋自得，整日大背著手走路，甚至對打字員姑娘產生了非分之想。他背誦著從書上學來的動人詞句，口若懸河，在打字室裡一待就是半天，出來時熱淚盈眶。他講述的都是千古少有的愛情故事，比比畫畫，像是親臨其境。打字員的父母是本場老工人，老倆口開始商量怎樣處治這個用心不良的小子。

秘書告訴他們上級早有安排，請靜觀事態發展。文太在這一段對人倒格外和藹，工作也勤懇主動。又是一個星期過去了，打字員用機器打出了這樣一串字：「我愛文太。」她的小信封被秘書巧妙地截擋了，秘書僞造文太的筆跡寫了數量相同的四個字寄給了她：「去你娘的。」打字員哭成了淚人，從此再也不願見到文太。文太正在打字室窗外痛苦地徘徊，場部基幹民兵就把他逮起來了。連夜的審問，用樹條子抽他，毅然決然地沒收了眼鏡和鋼筆。審問的結果是一無所獲，因爲所有的令人不安的東西都是書上學來的一些詞句，以及由此而催化出來的不好的念頭。這一切如今都裝在他的內心即肚子裡，只有適當的機會才會說出來。這像食物中毒或消化不良一樣，在一定的時刻總會嘔吐。場部決定一方面將前因後果如實通告小老頭所在單位，另一方面將文太交給群衆監督勞動，聽候發落。

最難忍耐的是等待處理階段。文太每天默默勞動，不敢胡言亂語。所有的人都可以喝斥他，他需要討好所有的人。場長申寶雄的老婆趁火打劫，責令文太每天在勞動間隙裡爲她採十個鳥蛋補身體，如果可能的話，還要順手採兩斤蘑菇。鳥蛋一般都在樹頂，因而文太天天爬上爬下。他瞧著小鳥蛋美麗的花紋，常常感嘆不已。蘑菇很多，大半是松樹蘑，他在短時間內即可採摘兩斤。由於經常出入申寶雄家，一般的人物也就不敢隨便刁難他了。申書記的老婆生吞鳥蛋，身體果然一天天偉壯，敢於和文太一試力氣。她抱住文太的腰，輕輕一扳就把他放倒了，接上是胡亂胳肢。文太笑著在地上縮成一團，滾動不停，一會兒就上氣不接下氣。漸漸他怯於去申寶雄家，有時手提鳥蛋和蘑菇進退兩難。申書記老婆的熱情卻一天天高漲，對文太不僅是胳肢，還要撫摸，說：「年輕人的皮兒滑。」日子久了，她教給文太一些奇怪的舉止，讓他變得膽大勇敢。文太看到了一個從未看到的怪異世界，覺得以前看過的毒書何等荒唐。文太從申家出來，脾性潑辣起來，再也不像從前那麼文弱。「師傅領進門，修行在個人」，文太交往女人的方法千變萬化。那個打字員給他帶來的災禍顯而易見，爲了報復，他將她得到了又拋棄。爲了報復更多的人，誰對他喝斥過，他就在申書記老婆面前說誰的壞話，到後來弄得人人自危。他從未放鬆過採蘑菇和找鳥蛋，認爲這才是立身的根本。久而久之，他對全場的蘑菇知道得一清二楚。就在他一切如意、正設法整治那個秘書的時候，申寶雄多少領會了老婆心底的一些秘密。但他不敢衝撞老婆，只好想方設法對付文太，在這個小夥子身上尋找巧妙的主意。他採了些香洩葉偷偷摻在文太送來的蘑菇中，使老婆大瀉了三天，連說話都有氣無力。文太幾次送來蘑菇，申寶雄如法炮製，結果老婆再也不敢吃文太的蘑菇了。但她仍讓文太來送鳥蛋。申寶雄無奈，只得將香洩葉熬了濃汁，尋個機會就在碗中滴入幾滴。老婆很快就瀉得面黃肌瘦，文太來看她，兩人也只能眉目傳情。香洩葉使申寶雄贏得了寶貴的時間，他想出了一個更好的辦法，就是流放這個白面書蟲。當時有好幾處屬於林場管轄的小林子，而其中離總場最遠也是最荒涼的，就是老丁這片林子了。誰知文太被流放後反而因禍得福，他很快就忘記了與場長老婆揮淚別離的場景。老丁身邊的歲月像蜜糖一樣黏稠而又甘甜，他們與鄰村人結下的各種友誼使他永遠著迷。只有這兒的生活遇到危難的時刻，才派他到總場走一趟。上次小六的黑材料，就是他從申寶雄老婆手中取走的。

當年文太來到老丁這片林子時，正好是初秋天景。老頭子用蘑菇湯菜招待了他，湯汁中有誘人的肉塊。原來老人的槍法很準，只一槍就可以打下從空中飛過的老鷹。老人還會下各種套子皮扣，準確地套住林中的兔子和貓獾。當時黑桿子早就是老丁身邊的一個人了，老丁睡夢中說出的話他都要照辦。

文太在寂寞的時候講了總場時的一些事情，流露出無限的懊惱。老丁仔細地看了看他被樹條子抽上的渾身疤痕，又小心地撫摸了他被場長老婆無情地耍弄過的枯瘦的身體，破口大罵。老頭子說要用一個月的時間滋養這個年輕人的身體，用更多的時間教會他過日子的新方法。隨著皮膚日漸滋潤，文太發現老丁是一個無所不曉、歷經滄桑的奇人。這個人年事雖高，但氣血旺盛，欲望像火焰一樣熊熊燃燒，新異的想法一串串從鼓鼓的腦殼生出。老傢伙曾經愛上的女人也多，而每一個都伴有激動人心的故事。文太被他的經歷弄得目瞪口呆。剛開始他還將信將疑，到後來就眞僞莫辨，與老人一起激動，一起燃燒，一起過舒暢的快樂的生活，也一起荒唐。談到整治仇人的方法，老丁可讓文太開了眼界。老丁說到場長申寶雄，就哼哼一笑說：「挨樹條子抽的該是他哩！」後來工作組進駐這兒，文太親眼看到了這個場長是怎麼被整治的。林子裡一切的一切差不多都被調動起來了，什麼蝙蝠蜘蛛、長蛇狐狸，還有地槍樹箭，一切的一切都出動了，變活了，趕得申寶雄一夥胡跑亂竄。村裡的人也不容申寶雄在這兒藏身，像是要農民造反。那可眞是個給人靈聰的古怪節日。老丁像個皇上一樣，安安靜靜坐在他的帳子裡，聽外面風吹雨打。那帳子是一塊紫布做成的，剛看到時文太可吃了一大驚。帳子頂上落滿了灰塵，約有二指多厚。帳子就掛在一個大土炕上，半罩著老丁——他平時盤腿而坐；身後的灰牆上，顯赫地掛了一把寶劍。後來他聽說帳子是老七家裡送來的，那是用一些商品的包皮粗布做成的，又染了色；寶劍是村裡一個專製利器的老鐵匠鍛出來的，如今這鐵匠已抓進了監獄。老丁會舞劍，連舞兩個鐘點，大氣也不喘。他十天半月就要磨一次劍，使它永遠閃著寒光。文太長時間地盯著這劍，看著它的銀刃和鑲了黃銅的劍柄。他總以爲劍中凝聚了什麼奇妙駭人的故事。老丁用粗粗的食指抹著劍刃，問：「你說劍是幹什麼用的？」文太想了想，說當然是健身的了。老丁搖搖頭：「劍不是刀，更不是槍，劍是報仇用的——我有仇人哪！我在暗地查訪一個仇人……那仇人露面的時候，我憑鼻子也嗅出他來。」文太深深地吸了一口涼氣。

工作組狼狽地撤離之後，林子裡重新繁榮和太平。百獸齊鳴，你呼我應。黑桿子高興得當空放槍，老丁頭愉快地爲分場同仁親手做了幾頓蘑菇。小六與大家同時飲用湯汁，並未感到心中有愧。老丁在喝湯時曾說：「看過古書的人都知道，是一個叫吳三桂的人勾引來清兵——千古留下罵名啊！」老丁還給他們耐心地講了林中蘑菇，說別看花花綠綠，歸結起來也沒有多少。要辨認它們很難，因爲雖是同一種，由於生出的時間不同、天景不同，它們的模樣也大相逕庭。更可防的是毒性，人們都知道有的蘑菇只幾顆就可以毒死一個人。他講到這兒看看寶物，牠深深地點了一下頭。「毒蘑菇演化出的故事萬萬千，俺寶物也通曉一二三……」牠尾巴搖動著，唱著一首又古老又新鮮的歌。老丁接上說，他這一輩子對付蘑菇的經驗埋在肚裡多可惜，總有一天他要與識字的人合寫出來。文太聽到這兒說：這才是「著作」。老丁點點頭：「偉人大半是有著作。」他們談到了最高興的時候，你一口我一口喝起了酒。由於老七家裡按時收購他們的乾蘑菇並付以燒酒，他們與她的友誼已經牢不可破。終於在七月七鵲橋相會的日子裡，他們以一分場全體職工的名義請來了她。老丁親手做了蘑菇給她吃，幾個人開懷暢飮。老七家裡是個沒有節制的女人，喝得大醉，說一些昏頭脹腦的話，還伸手去捏黑桿子。老丁火了，一巴掌把她打倒在帳子裡。這一夜老七家裡就在帳裡呼呼大睡，而老丁卻與其餘的人燃一堆大火，在露天地裡待了一宿。文太與黑桿子都說老丁不回帳子，不僅說明老場長作風過硬，而且德行高潔。天亮時老七家裡走了，留下一些穢物。大家對於邀請這樣一個人都多少有點後悔了。他們由老七家裡又議論起村中小學剛來的一位中年女教師，一致認爲她是一位獨身。他們對她極其整潔的裝束讚嘆不已，說她全身的任何一處，都是神聖的、値得尊敬的。「多麼文雅！」文太說。「而且，她是個獨身。」停一會兒他又說。這個夜晚他們議論著，最後決定請這位老師領學生來場裡採草藥勤工儉學。

女教師領學生來到林子裡這一天，是全場的一個節日。老丁再也沒有耐性守在屋裡，一直在林子間檢查工作。女教師讓學生散開，她一個人手持柳條籃採藥。這些藥材曬乾之後，就要賣給老七家裡的小店。老丁在女教師不遠處活動，後來索性走到跟前。女教師說：「丁場長，您忙！」老丁搖搖頭：「忙什麼！我管的樹多，你管的人多，管人不易。人都有一個腦兒，樹沒有。再說，你是孤單單一人，你一個人過日子不是？難。」女教師笑笑：「不是這樣的——他在另一個學校工作，離遠些罷了。」老丁急忙搖手：「不會不會，你肯定是個獨身。你也太客氣了啊。」女教師苦笑著，又搖了搖頭。老丁彎腰替她採起草藥來，每採一棵，女教師都說一句：「謝謝。」老丁終於忍不住，說：「謝什麼？我這個人你是不了解，了解了就好了。不能謝了，那樣就遠了。」「可您是場長啊，聽人說工作很忙。」老丁拍一下膝蓋：「嗐，莫聽他們胡說了。我是個領導幹部，這不錯。不過能有多忙？比起你來，嘖嘖！我看重你哩——你來這林子裡做活苦哩，我不忍心哩！我要替你做俫……」老丁去取她的籃子，扳開她的胳膊，她不得不嚴肅一點地拒絕了。老丁搓著手。這會兒文太和黑桿子都轉過來了，他們每人手裡都攥了一把藥材，湊過來投到了女教師籃子裡。女教師又謝他們，他們只是笑。老丁喝斥他們：「只會笑，只會笑，一點禮貌不通。一邊忙去吧。」兩個人應著，看著女教師，退著走了。女教師說：「您太嚴格了。」老丁溫柔地看著她：「是嗎？其實不是。我說你不了解我嘛。日子久了，女同志都誇我是個好心性的人。想想看，女同志多苦多累，女同志寶貴哩。不瞞你說，我也是個獨身。話說起來也就長了，我這個人眼眶太高，就是這樣。」他說著，沒有注意女教師驚訝的眼神。這會兒他一轉臉看到了小六衣著整齊地從一旁走過，就小聲補一句：「那是個品行低下的人……你我相識得太晚了！你看我一轉眼年紀就大了。你怎麼也想不到我有多少人生經驗，更想不到我身體多麼好——這方面場裡的青年也就不行了……」他正說著，遠處又傳來文太和黑桿子的呼喊和歌聲——在他的記憶中，黑桿子可是從未唱過歌的。他皺皺眉頭。停了一會兒，他又笑了：「我說過，獨身不易哩！你爲什麼要一個人過苦日子？當然了，你像我一樣，眼眶太高。這是眞的。不過事情總要解決才妥帖。比如，遇上年紀稍大些的領導同志，咳咳，就應該考慮……最體貼人的好人都在老人裡邊呀！世上女人有幾個明白這個？到了明白那一天，什麼都晚了！」女教師聽不下去，一揮手打斷他的話說：「丁場長，我不是告訴過你了嗎？我早有了愛人了！」老丁一怔，不認識似地看著她，繼而搖頭笑了：「不會不會。我明白這個，你是不好意思說眞話。你肯定是個獨身，同志們早就看出來了。這有什麼？我也是獨身。獨身就說獨身，怕什麼？」

女教師領她的學生採了半天藥材，謝絕了林場的進一步邀請。老丁和其他人都十分興奮，還喝了一次酒。老丁說：「有文化的女人就是和一般人不同。我很佩服她。」文太點點頭嘆一聲：「多麼文雅！」他們一致認爲林場與小學校的某些教師同爲公職人員，應該加強聯繫，互通有無。老丁當即檢討了他平時對小學校關心不夠，表示今後要有足夠的重視。他說今後要經常去看望同志們。他還指示文太明天就送給女教師一些乾蘑菇，以改善她的伙食。第二天文太照辦了，回來時帶了一些女教師的回贈品：一些學習材料等。文太說：女教師開始執意不收，我說你不收我就不走了！她終於屈服了，收下又過意不去，就找些書讓我帶上。「學校裡能有什麼！」他這樣說。老丁聽了，兩眼閃著光亮，兩手抖著接過材料，又抱到帳子裡去了。他撫摸著封皮，用食指按住一個個標題黑字，又試試礙不礙手。夜晚，他把小六和黑桿子支開，只讓文太念這些材料給他和寶物聽。寶物剛開始還算精神振作，像往日那樣昂著頭顱，但只聽了一會兒，就打起瞌睡來。老丁卻一直全神貫注地盯著印得黑麻麻的材料。文太念完了，老丁一聲不響；文太抬頭去看，見老丁流出了大滴的淚水。文太喊他，他不應。停了一會兒，他囁嚅道：「這是她親手送我的書啊！」文太上前握住了老丁的手，搖動著，沉默了半晌。老丁咬咬牙關，在帳子裡盤腿坐了。後來，他閉上了眼睛。文太小心地下了土炕，站在黑影裡注視著老人，禱告般地說：「我明白了丁場長。我不說，可我明白。您好好歇息吧，我又一次理解了您。我相信，一切的勝利都是屬於您的。您好好歇息吧。」

第二天，老丁與文太反覆商量，寫出了林子裡第一篇文章。文章基本上是老丁根據自己的經歷、結合文太在總場的一些教訓，口授，由文太進行文字潤色而成。他們將大字抄好的文章貼在了小屋的牆上——因爲小六在黑材料中曾攻擊這兒沒有學習心得和牆報，他們早就想予以回擊，只是心緒不佳沒有靈感。女教師與分場的交往激起了才情，再加上批判學習材料的啓發，他們決心一試。黑墨是鍋底油灰用燒酒調成的，毛筆是野雞毛兒做成的。文太將老丁哼出的話加以潤飾寫下來，覺得老人是如此大才，如果讀過幾年書，那恐怕更是個了不得的人物……文章貼在了牆上，一會兒黑桿子和小六、寶物都站在一邊看起來。看著看著，小六在心中驚嘆不止。黑桿子與寶物很快走開了，只有小六緊緊咬著牙關。他承認老丁僅就文才而言，也似乎是不可戰勝的。這顯然不是文太的思路。小六恐懼的眼睛掃來掃去，最後忍不住念了起來：題目——蘑菇與書籍比較觀；副題——改造世界觀之我見。正文寫道：俺通過反覆學習比較，覺悟提高數尺有餘，認識了矛盾無處不有無時不有，事物既對立又統一的兩個方面。大者宇宙小者砂粒，其理同也。比如蘑菇這東西，本是我們人民的口福，而剝削階級卻大口吞食。又比如書籍這物質，本是勞動者學習之所用，智慧之記載，而剝削階級卻用來毒化青年。蘑菇書籍，兩相比較，一個生於樹下陰濕之處，一個產於案頭桌上之間。天氣有陰晴乾濕燥潤之分，人心有明暗冷熱喜怒之別，所產之物，皆由內外因之不同而不同。有的蘑菇花花點點，模樣如傘，其表層如美女之衣、鮮花之色，引誘人們取而親近；親近之後又要食之，結果毀也。因爲這蘑菇毒氣很大，外媚內昧，其狼子野心何其毒也。由此推及書籍，其封皮也花花綠綠，硬殼綢緞燙金點銀，實際上包藏禍心。白紙黑字，鐵證如山，毒素比蘑菇又何止大上十倍。古人有讀書變癡者，今人有讀書反動者，就是書籍有毒之明證。再如有蘑菇色分七種，不一而同，或溫或涼，或鮮或澀，或補或毒。有人食一種淺綠蘑菇，之後大笑不止，口吐狂言，對常人多譏之；有人讀了一些書，而後自視清高，不願接受群衆改造，甚至藐視工農。二者何其相似乃爾。再如有人食了蘑菇，眼神恍惚，全身無力，大吐大瀉；有人讀了一些書，結果四體不勤，五穀不分，手不能提籃，肩不能挑擔，變成廢人。二者又同。又有人食一種怪蘑，獸性大作，不斷奔向無辜異性，醫生診爲髒癖；而有人被毒書淫化，僞裝才子佳人，亂搞男女關係，陷於資產階級談情說愛而不能自拔。凡此種種，不一而足。反之也是同理。如食小砂蘑菇，清鮮可口，耳聰目明，實爲烹飪之佳品；有人學了批判材料，明辨是非，通曉大義，得知國不變色之原理。如有人愛食一種柳黃，滋味很似雞腿，營養又勝過雞腿幾倍，煮湯則湯汁油黃，做菜則混魚混肉；而有人堅持學習寶書，數十年如一日，漸漸意志堅定，成爲英雄。再如一般的松板黏窩，其貌不揚，實爲佳餚。鄰村小店主持人即老七家裡，常年堅持收購此等乾蘑，爲民造福。村上人食物粗糙，大致糠菜瓜乾，但村裡人個個強健，雙目炯炯有神。俺想這是依賴蘑菇之滋養。反之一些地富反壞分子，小店控制對其蘑菇供應，平時我場又不允其本人及子女前來林中採菇，於是眼見得他們身體枯槁，氣息奄奄。最好之例證乃本文作者之一丁場長是也。他年近六十，精力超過常人數倍，走路啪啪有聲，睡覺呼呼打鼾。他精血遠未衰竭，不瞞世人，至今尙有常人之那種要求。不過他堅持學習，思想很通，個人生活處理得當，很好地承擔了該分場之領導職務。而一般之學習材料、批判所用之書，與那種蘑菇的原理更是一般無二。如小學女教師雖然至今獨身，卻加緊學習，所有行爲皆未出偏差。她美麗大方，衣衫整潔，不媚不俗，已博得分場同仁一致讚譽。她艱苦樸素，發揚老革命根據地某些精神，帶領同學勤工儉學。而且抓緊自身學習讀書之同時，尚有餘力送分場幹部職工一些書籍材料，在此再表感謝。比較到此，俺想原理看官想必已見分明。蘑菇書籍，異物同理，不得不愼之又愼，嚴重對待。君不見蘑菇大毒，食者周身發黑，鬚髮脫落，頃刻間一命嗚呼；君不見壞書誤人，奪其心魄，有人竟能迷狂到持刀行凶，無法無天。所以說讀書一事，萬不可小視。本文另一作者即文太感慨良多，在此恕不多議。總之一切結論皆出自勤奮實踐，俺們是林中主人，終日食菇，無師自通。食蘑菇求的是強健無疾，學材料爲的是心紅眼亮。俺決心提高警惕，防修反帝，站好最後一班崗。在此敬請革命群衆指正……小六讀了一遍，不覺渾身淌出汗來。他突然預感到打文墨官司自己也不是對手，一瞬間陷入絕望。這時候天色已晚，牆報漸漸模糊。他站在屋前，看著寶物撲出來，朝他瞪了一眼，向林中跑去——牠到了出巡的時間了。

大約就是牆報貼出的第七天上，小六到村中小店買走了第二片化製墨水的顏料。老七家裡的情報也令老丁心神不安，文太於是急匆匆去了總場。申寶雄老婆肥胖如初，見了文太如獲至寶。文太問起最近小六的動向，她連連搖頭。文太垂頭喪氣地歸來，一走近林中小屋就愣住了：牆報下正站著一個陌生青年。

這個青年十八九歲，像小六一樣枯瘦，穿了一身學生藍裝，正一邊看報一邊皺眉，看樣子極善於思考。他的背上還背著方方的行李，並不放下。文太在一邊觀察了一會兒，就走了過去問：「你找誰？」年輕人捋一下頭髮，回答：

「我叫軍彭，是從總場來報到的。今天我要在這兒工作了。」

文太一愣，但馬上笑著伸出了手。他心裡卻想：不早不晚，正在這個節骨眼上！

四

老丁每天要用很長時間來訓導他的狗。這個工作要等幾個人離開小屋時才做起來。寶物凶殘有餘而靈慧不足，惟有老丁不這樣認爲。最早的時候他發現了這條髒臭的狗會斜著眼看人，心中一動。一條刁怪的惡狗，老丁想。他調整牠的飲食和坐臥，漸漸讓其有了固定的工作時間。比如牠平時護住小屋，傍晚才是出巡的時間。牠不屬於任何人，只屬於老丁。老丁怒喝一聲，牠就斜著身子伏下來。有一次老丁病了，牠守在一旁不吃不喝，還不時地流淚。近來牠斜著眼睛去看小六，還要露出那顆殘牙，走近他，像老人一樣哼幾聲。不久前老丁教會了牠一位數的加法，牠常常用來計算林子裡被偷伐的樹木、小六在小屋中的出入次數等等。老丁又教牠兩位數的運算了，由於急於求成，反而擾亂了以前的一位數。老丁非常懊喪。「六把鐮刀加四把鐮刀，幾把？」老丁大叫。寶物細細的尾巴夾在後腿間，聲音顫顫地叫了七聲。老丁大罵起來。看來他不得不放棄兩位數的教育。老丁認爲這條狗沒有數學才能，就開始教牠另一種本領：偵察。老丁弓著腰，在小樹間一彎一彎地走，東看西看，伏下，又走。寶物的腰也弓起來，像他那樣貼在小樹幹上，最後伏下。「嘿嘿！」老丁笑了。他們做累了，老丁就講一些故事給牠聽，也講那些男女的事情，寶物就露出了那顆殘牙……日子久了，寶物的神情和步態很像老丁了。牠跑進小村去，人們見了牠，第一個反應就是想起老丁。牠厭惡的人，人們以爲老丁也不會喜歡。常了，有人就試探著牠的好惡以判斷老丁對某某人的態度。可是後來，又有人發覺牠對同一個人不停地搖尾巴，轉過臉就露出了殘牙。這眞讓人費解。牠在小村裡横跳豎跑，爲追一隻雞，有時竟能像貓一樣登上屋頂。村裡老漢鼓勵年輕人說：「快把牠砸死算了！」年輕人急忙行動，用繩子勒，用套子套，甚至還在一塊肉裡下了毒。結果寶物輕而易舉地躲過了災禍，倒是小村自己的貓狗遭了殃。駐村工作組的參謀長說：「看我的。」他從套子裡掏出一把閃閃有光的小槍，又示意工作組的女幹部看著他——兩手端起，閉一隻眼，一扳機子。寶物一動不動地注視著參謀長，在他扳響機子的一剎那，騰空而起，跳起足有三米高。參謀長的槍剛要連發，不知爲何卡住了殼。他暴躁地拍打著，咒罵著，寶物卻箭一樣飛過來。參謀長還沒有弄明白女幹部在身旁爲何驚叫，寶物就從他的肩上躥過，把尿撒到了他的臉上。四周的人被惹得哈哈大笑，參謀長只顧弄他的槍。這會兒寶物並未逃開，而是出人意料地復撲過來，扯去了參謀長的一道衣邊。不久，這一綹黃布就握到了老丁的手裡。老丁注視著小村的方向，小聲哼了一句：「那好，咱來走著瞧吧。」

寶物忠於職守，是全場楷模。牠喜好暮色茫茫的樹林，覺得這渾渾一片藏下了無窮無盡的奇妙。黯淡的光色中，牠弓著腰往前跑著，有時跑到一隻長嘴鳥跟前，長嘴鳥還毫無察覺。很多生靈都準備夜歸了，牠們招呼著收拾黑夜裡吃的東西，一家子熱熱鬧鬧。寶物偏愛突然衝到牠們中間，將牠們一古腦兒趕開。最小的那一個跑得慢，牠就叼上，扔到多刺的荊棘上。有一隻老獾領著一隻小獾，大模大樣地從牠面前走過。牠憤恨地叫了一聲，牠們一閃就扎進樹叢中去了。寶物受到了巨大的藐視。有一次牠看到小獾自己在啃食大獾留下的碎肉，就把小獾趕到一邊去。牠將三個最毒的蘑菇搓成泥汁撒在碎肉上，躲起來看著小獾回來吃掉了。小獾抿著嘴，寶物樂壞了。牠跳出來告訴小獾：你是必死的。當然，從此這個林子裡再也沒有出現這隻小獾。有一次牠用同樣的方法整治一隻狐狸，那隻狐狸笑著說：你說林子裡誰是王？寶物說：我是王。狐狸說：我也看你是王，又有肉又有蘑菇，我看王吃吧。寶物罵了起來。狐狸笑著跑了。寶物後來才弄明白，狐狸話中的寓意是：你是個該死的王。牠震怒了，火氣燃得牠不得安寧，鼻孔邊上很快生了火瘡。牠一連幾天嗅著狐狸的臭味，都沒能成功。後來一個偶然的機會牠才發現：那以後，狐狸身上沾滿了野花瓣的氣味。牠想讓黑桿子的土槍對付這個刁鑽的敵手，黑桿子曾跟著牠跑遍了林子，身上劃了大大小小的口子。狐狸善於變化，有一次變成了老丁，將寶物惡狠狠地揍了一頓；就在狐狸得意地離去時，寶物聞到了臭味兒，一抬眼，見「老丁」衣襟下有一條粗粗的紅尾。寶物示意黑桿子開槍，黑桿子沒有看見尾巴，反而一怒之下用槍托搗了牠一下。從此牠覺得有一個紅狐狸分去了林子的一半，而林中所有的生靈，包括樹木花草，都在暗中分爲兩派。牠從大楊樹下跑過，如果碰巧有個樹枝掉在牠的身上，牠就認定楊樹降了狐狸。狐狸必除，牠這樣對自己說。一切的辦法都使盡了，看來只得求助於老丁，而老丁無法明白牠的複雜用意。一氣之下，牠偷偷毀了小屋旁的雞舍，又將菜田搞亂了，並採集了林中散落的紅色狐毛，成一束咬在嘴裡，一聲不吭地臥在臉色發青的老丁身邊。老丁火氣日盛，怒斥持槍的黑桿子，於是黑桿子加緊追殺紅狐。幾天過去效果甚微，「紅狐」又毀掉了南瓜秧。老丁無奈暗中查訪，用十六斤乾蘑菇請來了小村裡一位偷偷作法的法師。那是個骨瘦如柴、臉色灰暗的老人，手持一柄銀色拂塵來到了林中。老丁及文太、黑桿子陪伴著法師，在林中徘徊。法師滿臉的灰塵令寶物不能容忍，但牠沒吭一聲。想到那個敵手頃刻間就要遭殃了，牠無比高興，從心裡感激老丁。智慧的主人哪，英勇無敵，威震四方。寶物注視著法師的一舉一動，渴望奇蹟發生。法師從衣袖中取出一面精緻的銅鏡，利用樹隙的微光反射著什麼，小心地轉動。突然法師大喝一聲：「哪裡逃遁？」接著，銅鏡不轉了，他只用一手懸住，一手指著鏡心說：「看看吧，裡面映出來了——一隻老紅狐狸，沒有牙了。」老丁等幾個人輪番湊過去看了，都說沒看見什麼呀。法師一拍腦袋說：「噢，你看我忘了，你們都是凡眼哪！」他說著小心地將銅鏡平移到一張白紙上，紙上畫了八卦。法師指天指地，口中念念有辭，接著收了銅鏡，點燃了白紙。

紙灰升向天空那一刻，法師猛地伸長了手指，指著飄飄黑灰喝一聲：「去——！」黑灰在風中很快消散了。法師搓搓灰臉說：「行了。牠已經被我貶了。久後也許出現在林中，不過已經不礙事了。」老丁問：「你怎麼不抓獲牠，宰了牠？」法師小聲說：「一隻狐狸鬧到這步田地也不易，道行不淺了。都是通星宿的，不能太過了。」老丁醒悟地點頭。文太和黑桿子也吐出了一口長氣。寶物站起來，抖一下皮毛，匆匆地奔向林子深處了。牠重新覺得是個王了。牠向著夕陽叫著：「王王王！」滿林子都迴盪著牠的聲音，威嚴更重了。牠讓老烏鴉停下來，給牠扇一會兒風。老烏鴉離去時已是呼呼喘，牠追上去又拔下一根黑羽來。牠叼著黑羽往前走，見老鷹在撕咬一塊兔肉，就用羽毛去換兔肉。老鷹只得忍氣吞聲地拾起黑羽毛飛掉。寶物有滋有味地吃了兔肉，步子懶散。牠走了一會兒，看見了甲蟲。幾隻甲蟲慌慌地躲。牠讓牠們都站住，一米遠立一隻，牠要一步踩一隻甲蟲，從牠們背上跳過去。這是帶有試驗性質的舉動，寶物興匆匆的。甲蟲只得一字擺開，最後一隻甲蟲是牠們的母親。寶物先助跑，然後踏上了甲蟲後背。甲蟲抵抗著巨大的壓力，寶物利用甲蟲身上的彈力往前躍跳。六加六等於十二，寶物高興得恢復了兩位數的運算能力。牠從十二隻甲蟲背上躍過。當牠的腳落在最後一隻大些的甲蟲身上時，牠有了一股莫名的火氣從腹股溝那兒升起來，就在腳下使勁踹了一下。大甲蟲沒來得及叫一聲就化成了粘糊糊的一攤。寶物對一群甲蟲的嚷叫充耳不聞，跳著跑了。樹隙間所有的蜘蛛都在逃避，牠們知道寶物最恨的就是牠們了。蜘蛛在背後叫寶物爲「醜凶神」，並編了一套咒語咒牠。那咒語像標語一樣，呈一條條透明的細絲從樹梢懸掛下來。寶物跑著，只要挨上垂掛的細絲，就是挨上了咒語。牠們快樂地想，詛咒必定會應驗呀。蜘蛛們的咒語是惡毒的，牠們並不咒寶物馬上死去，而是咒牠有一天突然落入兩個狠毒的人手中，讓牠受盡磨難。比如兩個人最好是一男一女，一陰一陽，夾帶著邪火整治折弄這條賴狗。兩個人天性頑劣得像寶物，俗稱狗男女。狗男女治狗當然內行，他們會合夥侮辱寶物，讓牠死去活來。牠們就這樣唱念咒語，一邊還彈著絲琴。茫茫夜色裡，一時充滿了蜘蛛的恐怖的歌聲，寶物聽不明白，只是不安。也許就是這歌聲才使牠不快，讓牠儘早結束了這一次出巡。

老丁很留意小村裡的事情，特別是關於駐村工作小組的一些情況。來林中做活的民工一口一個丁場長地叫，十分樂意告訴他一些情況。他還從老七家裡那兒得知，參謀長常來小店轉轉，喝酒解悶兒。老丁問她：動不動手腳？老七家裡說：有時也動，不過都是喝醉了的時候。老丁一拍膝蓋：那也算！他很快在小店裡會見了參謀長，並以對待下級的態度跟對方說話。參謀長終於火了。老丁用一根食指點住他的左胸部說：「不用急躁，嗯，慢慢來。我告訴你，我們林場是工人階級，你當然知道那算個領導階級。俺掌握的情況很多。比如你在小店的事兒……嘿嘿！」參謀長脖子紅了，半晌不語。老丁又說：「我看你還是多支持我場工作，少些麻煩，是啵？」參謀長說：「也是，也是。」第二天，參謀長親自送給了老丁一包菸絲、二斤豬肉。老丁收下了。參謀長一出小屋的門，寶物呼地一下撲上來，他大叫一聲返身回屋。他從門縫裡盯著氣勢洶洶的寶物，聽見口袋裡的小手槍急得吱吱響。他顫抖著嗓子對老丁說：「場長！我有一句話不知當說不當說。」老丁的眼一瞪：「說嘛。」參謀長捋了一下頭髮：「我這人哪，敬重的人不多，您算一個。您是有威儀的人。不過恕我直言，您的狗還不行。牠該是有勇有謀的一條狗，這才配您場長。不過我知道，這也不怨您——牠沒有經過軍訓哪！」老丁連連拍手：「對對，沒有！牠越來越混了，最近連一位數的加法都忘掉了。這是沒法調教的一條狗。」參謀長一絲微笑在嘴角閃了一下，說：「老場長不嫌棄的話，讓我牽去訓一個月吧——那時牠就是一隻『軍犬』了。」老丁興奮地說：「那當然好嘍！誰不知道軍犬厲害？那才好哩。」老丁說著與參謀長緊緊握了握手，參謀長抽出手時還打了一個敬禮。老丁全身熱乎乎的，立刻喚來寶物，在牠的泣哭聲裡上了三道繩索，並親手將繩索的末端交到參謀長手裡。

寶物怎樣離開了小屋，是牠一生也不會忘記的。開始縛繩索的時候牠完全懵了。後來就是流淚和掙脫。牠全身的筋絡都顯現出來，皮毛奓起又落下，在原地彈動了五六次。老丁斥責了牠，牠嗚嗚地叫，委屈無限。繩索的末端握到參謀長手裡的那一刻，牠簡直絕望了：那目光使老丁愣了一刻。後來老丁揮揮手說：「走吧走吧，到那裡你就會記起一位數的運算了。」寶物嚎著，兩爪抵在地上，死命地抗拒參謀長的牽扯。「你看這是條很倔的狗。」參謀長對老丁笑著說一句，在老人不注意的一瞬間卻用小拇指點劃寶物的鼻梁羞辱牠。牠狂怒起來，兩爪將泥土揚飛。老丁終於被激火了，抓起一根樹條，猛地抽了牠一下。寶物無聲地垂下了頭。牠夾起尾巴，跟上參謀長走了。村邊上，迎接他們的是公社女幹部。她遠遠地就鼓掌，還跺起了腳。寶物馬上聞到了一股獨特的臭氣。參謀長走到她跟前，擠擠眼，指一下寶物：

「今天就開始軍訓。」

寶物從離開老丁的那一刻就決定了要忍耐。牠只在心中哭泣，不是爲自己，而是爲智慧的主人。牠不能原諒主人這次的荒唐。就這樣，牠安靜地讓參謀長和那個滿臉橫肉的女幹部又在身上加了兩道繩索。牠已經沒法奔跑了，只能在原地小步挪蹭。女幹部嘻嘻笑，這個醜女人。參謀長說：「聽說牠忘記了一位數的運算，看我教牠。」說著解下腰上的皮帶，抽了寶物五六下，大聲問：「三下加四下，幾下？」寶物緊緊閉上了眼，腦頂皮毛像手指一樣豎起三道。參謀長又抽打起來，女人浪聲大笑。後來她伸手去搔牠的下頷，被參謀長制止了。他們嘀咕幾聲，不知從哪兒找來一個羶味很重的皮套，要努力套在牠的嘴上。寶物用力忍著，到後來終於忍不住，猛地一甩長嘴。參謀長狠狠一皮帶，正好打在牠的眼眶上。半個臉腫起來。牠全力掙扎，殘牙一連數次露出，咬破了自己的上唇，嗚嗚的叫聲傳出很遠。參謀長還是打牠：「這就是軍訓。軍訓可是嚴格的，日你奶奶。軍訓了。」女人也笑，伸手在參謀長身上動了一下。參謀長手裡的皮套子掉在地上，在女人耳邊說了句什麼，女人說：「哎呀哎呀。」她全身抖起來。參謀長「哼哼」地笑，用腳將皮套踢開一點，然後用一把鏽瓢從便所舀來一些尿。寶物以爲那是要潑到牠臉上的，就緊緊合上了眼。誰知一會兒伸過來一根冰涼的棍子；寶物不理，棍子就在臉前捅來搗去。牠火了，狠狠地將棍子咬住。棍子是鐵的，鏽屑被牠咬脫了，牠還是咬。智慧的主人哪，英勇無敵，威震四方。寶物可不想在這兩個凶殘的敵人面前給老丁丟臉。牠帶著一股豪情和憤怒，差一點又折斷一顆牙齒。但就在這時，鐵棍絞轉了一下，牠的嘴給弄得張開了——一瞬間牠明白是上了歹人的當，不過已是無可挽回地受辱了。半瓢尿嘩嘩倒進嘴裡，又一股股滾到喉中，惡臭難當。寶物被濃烈的氨味衝出了淚水。參謀長說：「軍訓能哭嗎？」寶物的淚水被解釋爲哭，是牠一輩子都要咒罵的啊。牠在地上滾動、蹬腿，不停地嘔吐，翻了四五個觔斗。參謀長連連說：「訓沒訓過大不一樣。不一樣，你看你看你看。」女的鼓掌。寶物想到了雌狗皮皮，皮皮的淚呀，那時的皮皮的求饒聲呀。你這個雌狗女幹部，你早晚變成皮皮。寶物躺在尿液上，呼呼地喘息。可是參謀長用一個鐵鉤鉤住牠身上的繩扣，像拖一條死狗似的拖到身邊，仍堅持給牠戴皮套子，一邊戴一邊說：「一旦打起仗來，說不定有化學戰哩，你不戴防毒面具還行？」說的時候下手狠起來，幾下子就給牠戴上了。這時的寶物真可笑。女人接過皮帶抽牠走，參謀長則喊：「起步——走！一二一二立定！臥倒！滾！前邊是坑，是河，是流彈……」他們把牠推倒又扶起，用腳狠狠地踢。女的累了，說：「這麼折騰多費勁，還不如糊上黏泥燒燒吃了。」寶物身子大抖了一下。參謀長搖搖頭：「老丁呢？玩笑。」他們說著將寶物拴到了小院角落一個碾砣上，進屋去了。約莫有半個鐘點，參謀長才走出來。他鬆鬆垮垮地坐在破損的門檻上，喘著說：「你來治這條癩皮狗吧，我看著。」女的說：「俺也累了。」他們「格格」笑著，商定明天讓民兵來繼續訓導。寶物注定要挨過一個漫長陰冷的夜晚了，牠眞想趕在天亮之前死去。牠躺在那兒，當太陽沉下去，小院罩在昏黃的光色中時，一股燥熱和微微的興奮突然使牠抬起頭來。牠茫然地四處觀望著。哦哦，到了每天寶物出巡的時間了。

牠一天兩夜未吃到東西，被各種各樣的基幹民兵訓練，見了一輩子也見不到的花樣。有的把牠綁在樹幹上，給牠實行假槍斃；有一次子彈眞的從身上飛過，虧了皮毛髒亂阻隔了危難。有的把牠坐在胯下當馬，並不停地用鞭子打；牠怎麼馱得動，就死死地伏在地上。有的在地瓜餅裡捲上一個小爆竹，冒著煙丟給牠；牠以爲是餅烙糊了，剛剛咬到嘴裡，爆竹就響了。還有人給牠湯喝，剛喝了沒有三口，一個大癩蛤蟆從裡面大模大樣鑽了出來。總之是受盡了侮辱和捉弄，還伴著深深的驚恐。有的甚至想出這樣的主意：燒紅一個鐵條，在牠臀部烙上一個阿拉伯數碼，像軍隊的戰馬編號。這虧了有人提醒說牠最終屬於老丁，才免了另一場皮肉之災。一夥民兵走後，牠眞的快要死了。昏昏沉沉地躺在小院裡，聽著小屋裡的動靜。牠知道那個參謀長和女幹部並不安睡，日夜嘁嘁喳喳。他們在夜晚弄出的各種聲音，牠非常熟悉。在牠最痛楚的時刻裡，竟然有人在花天酒地。牠暗暗詛咒他們一起死去，不停地詛咒。牠一直未曾察覺的是，牠自己早已中了蜘蛛們的咒語。牠咬著殘牙，等待著奇蹟。小屋裡仍舊有喊喳聲，漸漸寶物懷疑他們在策畫一個前所未有的巨大的行動。牠揚起脖子不停地向上嗅著，突然頭在空中凝住了！牠嗅到了一種毒蘑菇的氣味！這氣味牠可是熟透了……毒蘑菇肯定就在附近——要被派做什麼用場？經驗告訴牠，毒蘑菇出現在哪裡，哪裡就要有奇妙的故事了！一陣興奮像閃電一樣從腦際掠過。燦爛耀目的金黃色傘頂在一個角落閃動，一男一女在它的光焰下活動，兩雙眼睛射出了熱辣辣的光。牠閉著眼睛，那幅圖景卻是再清楚也不過的。要有一個奇妙的故事了。小屋裡日夜嘰嘰喳喳，眞的要有一個奇妙的故事了。寶物的殘牙被咬疼了，牠快樂地閉著眼睛。不知從哪兒湧來了一股力量，牠費力地挪近了那棵可惡的樹，用後背抵住樹幹，四腿繃緊，讓身上的繩索像弓弦一樣繃緊。接著牠一下一下咬嚼著繩子。毒蘑菇燦爛的金色映耀著快要斷裂的繩索。「蓬」的一聲，弦沉悶地奏響了。寶物坐起來，不知脊背折了沒有。牠試著站了，一陣陣鑽心的疼。牠小心地挪動，到後來一跳一跳躍出了小院。出了院門，那股氣味又追上來，牠終於咒罵著轉回身。小屋門縫射出微弱的光亮，牠像人一樣立起來往裡望著。左邊的眼睛腫大了，就是這隻眼睛看到了屋內的齷齪和惡毒。參謀長和女幹部緊緊摟抱，他們中間才是那一把閃閃發光的蘑菇。它們的花色斑點都清晰可見。小油燈一閃一閃，蘑菇也一閃一閃。參謀長拿起一個小傘，放在眼前旋轉。

女幹部歡快得裝出要死去的樣子。後來他們疲累了，說就那樣吧。女幹部用一個藍色的手絹包起蘑菇，又把它放在小桌的玫瑰花旁邊，接著吹熄了油燈。

寶物在夜色裡爬進了小巷子。牠急於尋到一點吃的喝的，渾身索索抖動。無數的鞭傷棍痕揪心地疼，牠就咬折了身邊的草木。有一個灰色條紋小貓在黑影裡一跳閃進一個門洞，寶物緊走幾步追上去。牠跳過門洞的木檻，心中有些快意。小貓在門洞裡邊輕輕地舔食一碟黑粥，寶物哼了一聲。小貓伏下身子，後退了兩步。多麼香甜的食物。寶物張大嘴巴，只兩下就把粥吸光了。身上有了熱力，很快就不再抖動了。寶物用後蹄將小貓蹬翻。灰色條紋小貓的腹部竟是如此潔白，寶物忍不住揉了一下。小貓求饒地咪了一聲，寶物大怒。牠咬住皮毛將其提起來，重重地摔在地上，又迎著一張膽戰心驚的小臉呼出了兩天兩夜積存的怨氣。牠把小貓全身都弄得又髒又臭，讓牠和自己身上的氣味一般無二。寶物知道牠的主人是小村裡的一個地富反壞分子，牠當然不敢不柔順老實。寶物最後把小貓坐在屁股下邊，像老丁那樣瞇著眼抄著手。牠多麼思念老丁。智慧的主人哪，第一回中了歹人的奸計。寶物眼中湧出了淚水，淚水又滴在小貓的耳朵裡。後來牠咬住了小貓的耳朵往門洞深處走去。牠們進了屋門，聽到了屋子主人有氣無力的鼾聲，看到了他們身上蓋了一條破麻袋做成的被子。寶物在小貓的指點下找到了乾糧籃子，扒開蒙布見到了一碗地瓜乾糠團。牠咬一口，又趕緊吐掉。多麼臭的食物，多麼反動的主人。寶物大罵著離開這兒，又跑進另一條巷子。牠一連潛入五六戶人家，都尋到了盛食物的籃子，碰到的差不多全是又澀又酸的糠菜瓜乾。後來牠好不容易咬死了一隻雞，將血吸淨，再慢慢吃肉，直吃到太陽升起來。一群人在大街上刷刷走過，牠馬上想到了民兵。肚子飽了，牠想找個地方躲到天黑。讓老丁一個人待在空空的小屋吧，讓老丁試試失去了寶物的寂寞和痛苦吧。牠這會兒不知怎麼竟想到了那個倒楣的雌狗皮皮，渴望著看到牠的通紅的腦門。牠嗚嗚叫著向前跑去。

皮皮有一個圓圓的小草窩，彎在窩裡害著相思病。牠想念一條奇怪的惡狗，印象深刻。當這條潦倒的惡狗像閃電一樣出現，皮皮差點昏厥。牠的圓圓的屁股往後縮退，黑緞子一樣閃亮的鼻尖微微顫抖，又像某種成熟的堅果。寶物首先咬了牠一口，讓牠泣哭。牠的豁耳一動一動，像在回憶往昔那次甜蜜和不幸交織一起的經歷。寶物瘦小英武，寶物勇力無限，寶物是林中之王。皮皮激動之後趨於平靜，唱起了淒涼的情歌。寶物生來第一次將自己的遭際向另一條狗敘說，講了牠永生難忘的兩天兩夜。不過牠小心地隱去了被灌注尿液的情節，只向其展示腋下的創傷。說到參謀長和公社女書記，那兩個名字的音響是從殘牙尖上流動過去的。皮皮不識好歹地泣哭，漸漸使寶物厭煩了。牠恢復了仇恨和凶殘，盡情地、毫不憐憫地蹂躪著皮皮，直到把皮皮的頸部撕咬得鮮血淋漓。皮皮大叫著，叫聲怪異，寶物怕走漏消息，就狠力地窒息牠。牠不叫了，不過也半昏了。寶物就在牠的圓圓的小窩裡睡下了，睡夢中還要踢皮皮兩下。皮皮渾身都被汗汁浸透，俊美的腦門上留下了三道牙印。牠想安撫一下林中之王，這個僅僅在極短一段時間裡才屬於牠的暴君——牠把嘴對在寶物的嘴上，閉上了眼睛。牠聞到了一股菸味，心中詫異：寶物像人一樣會抽菸嗎？寶物的呼吸逐漸變粗，不去理會皮皮。皮皮把菸味吸到肺腑中，幸福得無法言說。而此時寶物夢見的卻是老丁，那個像石猴一樣的老人雙目閃亮，正吸一桿大菸斗。牠的夢一直做到太陽西沉的時刻，就準確無誤地醒來了。皮皮的嘴仍然對準了牠，牠就狠狠地吐了一口，邁著出巡的步伐向大街上跑去。奇怪的是大街上的人都急匆匆地走著，踏著血紅的地面，誰也沒有注意到寶物。牠想在飛快挪動的這些腿腳上都咬上一口才好。人們漸漸聚集到一所茅屋跟前去了。寶物也擠在人群中間。茅屋裡有人高一聲低一聲地哭著，哭訴說她不活了可不能再活了。寶物露出了殘牙。牠的鼻子揚著，突然在空中僵住。一股藍色的氣味飄到了牠的鼻孔裡。牠閉上了眼睛。

燦爛的金色傘頂映耀得牠睜不開眼。毒蘑菇在微笑。

哪裡有毒蘑菇，哪裡就要有奇妙的故事了。寶物每一根毛髮都激動了，不顧一切地鑽到最前面。於是牠親眼見到了披頭散髮的公社女書記跪在那兒，懷抱著一個臉色發青的男人——他已經死了，滿身污穢、半截舌頭咬在了牙齒外邊。她的身旁站著參謀長，他手中握一把亮鋥鋥的小槍。女幹部哭著：「俺是多恩愛的一對夫妻啊！俺從來都是一條路線啊！不瞞同志們，昨晚俺還有那事兒哩！」頭上包黑布頭巾的老太太們哭了，痛惜地拍打著雙膝。寶物卻在一堆嘔吐物旁邊發現了那方藍色的手絹，暗暗發出兩聲冷笑。牠無聲無響地取到手絹，返身跑走了。此刻的林中小屋裡正端坐著老丁，老頭子聽到了熟悉的喘息聲大吃一驚。當他看到滿身血跡、半個臉腫脹的寶物，立刻大喊了一聲。寶物伏在地上，昏了過去，只是口中仍含著那方手絹。老丁一眼認出公社女書記的物件，因爲她曾在他面前掏出來揩汗。老頭子記住了它一片藍色中間畫了一個金黃的毒蘑菇。他連連吸著冷氣，半天吐出一聲：「他們要謀害寶物哩！」由於極度氣惱，老丁額上滲出了一層汗粒。一會兒文太和黑桿子都大叫著跑來了，報告說小村裡大事不妙了，公社女書記的丈夫來探視她，誤吃了毒蘑菇，周身青硬而死。老丁聞聽半晌不語，直看著那個手帕。後來他讓文太取了手帕去找老七家裡，又對著他的耳鼓說了幾聲。一會兒老七家裡慌慌張張地跑來了，對準老丁做了幾個手勢，說：「還不是這樣的事？也忒毒了！」老丁嚴厲地用雙目掃掃四周，說：「人命關天，我們是工人階級，是領導階級哩！我們能不管嗎？這個案子分場是查定了。」他看看文太，「這回是查定了。」文太找來紙張，幾個人匆匆地往小村裡趕去了。小村裡，參謀長已率先成立了調查小組，並把結果寫在了碗口大的一張紙上。紙的空餘部分，還畫了死者誤食的毒蘑菇的圖樣。老丁看了現場，又分別找人談話，參謀長再三阻止也沒用。公社女書記對老丁說：「俺男人死了，俺的眼淚都哭乾了哩！你算什麼？」老丁招招手，讓她挨近一些，對在她耳朵上說了幾句十年沒說過的粗話。女幹部嚇得跳開了幾尺遠。又過了三天，老丁弓著腰回到了林中小屋，對寶物親得不能再親。他一邊撫摸著牠的三角頭顱，一邊編出了一首歌。他唱了一遍又一遍，後來連寶物也記住了。「毒蘑菇演化出的故事萬萬千，俺寶物也通曉一二三……這就是民間事那麼小小一段，日月風塵埋下了沉冤。」他唱啊唱啊，有一天參謀長來了，剛聽了一句就臉色煞白。老丁只是唱。參謀長拱起手：「好爺爺不要唱了，俺一輩子都孝敬您老，您才是高舉紅旗的人。」老丁不唱了。第二天參謀長和女幹部送來了一筐子菸酒。老丁眼也不睜地哼一句：「抬進來。」他們把東西遞上去，老人像瞎子一樣摸了摸，說：「不錯。」參謀長害怕寶物，躲開了。老人又摸了摸女幹部遞上來的酒瓶，重複一句：「不錯。」

寶物周身的傷慢慢長好了。牠像往日一樣的醜陋和精神，也像往日那樣，在暮色蒼茫的時刻裡急急出巡。

五

林子裡的活計很雜很多，常要招來一幫子民工。老丁坐在帳子裡，讓文太、黑桿子及小六管理民工做活。他們在人群中走來走去，大背著手。老丁很少到林子裡，有時遇上順眼的姑娘，就讓她到小屋去補麻袋。一分場有很多麻袋，都是用來盛樹籽的。老丁讓姑娘坐在破麻袋上穿針走線。他認識的姑娘很多，大多都有過深入的談話。這時的老丁溫柔體貼，循循善誘，使做活的姑娘滿臉彤紅，下針紊亂，不止一次把手掌捅出血來。姑娘們都穿了土布衣服，那彩色是野蘿蔔花、沙蒜葉子染出來的，而且打滿了補丁。老丁從隔壁的廚房取來金黃的玉米餅，端來剩下的蘑菇菜湯讓姑娘吃。她們每逢這時什麼都不顧了，一會兒吃得滿頭大汗。姑娘抹著嘴，喘息著，看著老丁。老丁說：「分場是國家的，國家裡什麼沒有？和國家的人好上了才是福分。小村的人像蝗蟲一樣多，他們遇上個國家人難哩。說到我這個人，年紀是大些，不過思想可不舊。俺是個『人老心紅』的人。」他說著拾起姑娘的手，一下一下拍打，目光裡射出無限的希望。姑娘湧出了淚水，求饒道：「丁場長……」老丁生氣地把手扔開：「這有什麼！你呀眞是個沒有見過世面的人，你讓我怎麼說你？也罷也罷。看看你的眉眼吧，打心裡讓我坐不住。」他轉身取下了寶劍，亮亮姿勢舞起來。姑娘坐在那兒，他圍著她邊舞邊轉，讓道道劍光不時映到她的臉上。姑娘用手擋著臉，老丁就越舞越快。姑娘尖聲叫起來，倚在了他的身上。老丁拍拍她說：「你看見了我的劍法？我有好劍法。告訴你吧，丁場長的劍是用來報仇的。說不定哪一天我辨出那個仇人來，就是一劍。我舞弄起它來，十個八個人近不了我的身。別人的劍亮，那是上了電鍍。我的劍哩，是風砂磨的。一把好劍啦。省裡一位首長要花上千塊錢買走，我睬也不睬他。我是一場之長，理該有一把寶劍。」姑娘淚痕未乾就笑起來，老丁也笑了。他給姑娘梳了頭，還給她紮了個奇怪的髮式，看上去像一隻貓頭鷹。有個叫小眉的姑娘常來補麻袋，掙六角四分五厘的工資，比一般民工多出五厘。她長得黑乎乎的，臉是方的，下巴往上翹得很厲害。老丁第一次見到小眉就說：「眞好。」其實所有人都不會說小眉漂亮。村裡的姑娘們在一塊議論說：「最醜的就是小眉了。」春天的風把小眉的臉龐吹暴了一塊塊白皮屑，這皮屑直到秋天還留在臉上。她瘦瘦的，肩頭很尖，破舊的衣服灰跡斑斑。只有一雙黑黑的圓眼平靜地亮著，比所有人都成熟，像個過來人似的。老丁覺得她很實在，實實在在地要玉米餅吃，實實在在地索取工錢，這之後，才安穩地坐下來縫麻袋。老丁認爲對待她，也應該實在一些才是。她不會像其他姑娘那樣狡猾刁潑——她們什麼都騙走了，吃得肚腹圓滾滾的，甚至在老丁的懷中伸長著腰身擰動

（後來老丁才明白那只是爲了有利於消化），到了關鍵的時刻她們卻寸步不讓，又哭又笑，做出不同的鬼臉，像抽走一條手巾那樣從老丁懷中抽走她們的身體。老丁想到這裡就無比憂憤，一個人時叫著她們的小名痛罵。他是懷抱全新的想法跟小眉相處的。小眉補著麻袋，右手裡的粗線擎得很高很高。她的神態像是在給自己的娃娃縫製單衣。老丁看著她，她也偶爾抬頭看看老丁，兩人有過一場動人的談話。老丁說：「世上的一些事不能看得太重，是吧？」她把針插到麻袋上：「是的。」老丁又說：「我不知道你怎麼看這林場。」「林場老大。」老丁用食指刺刺頭頂：「嗯，實在。不過你怎麼看這場長呢？」「場長是你。」老丁笑笑：「實在，實在。」他磕磕菸斗，「要是場長跟你好起來呢？」小眉拉出長長的線：「不行啊！」「怎麼就不行？」「俺不樂意。」老丁端正了菸斗：「怎麼好不樂意？」「俺是老大。」「老大咋了？」小眉抬起頭：「俺姊妹四個。我說過俺是老大嘛。一家子人裡面，老大走了邪路，個個都走邪路。」老丁緊皺著眉頭聽完了她的話，一拍膝蓋：「實在啊！」他全身鬆軟地歪在那兒，目光像即將熄去的燈苗。有好長時間，老丁一句話也沒說。他望望寶劍，又望望小眉，用手輕輕捋著鬍鬚。小眉補好了一個麻袋，將袋角掖進去，像披個雨衣似的披在了身上，繼續補另一條麻袋。她的劉海從袋角上探出來，黑黑的小臉閃閃爍爍。老丁的雙手舉到臉前，搖動著：「好姑娘啊好姑娘，你生就一副好心腸。我一輩子背過臉去，還是能記住你模樣。」小眉笑了：「唱歌似的。」老丁站起來，往前挪動一步說：「你是個通大理的人，說話不多，句句有板眼。好啊，快熄了你場長大叔的心火吧，快點吧。」小眉點點頭，咬斷了麻線。她站起來，欠身到乾糧籃裡扭下一塊玉米餅塡到嘴裡，往門外走了。老丁咬著牙關，最後問一句。

「眞的不行嗎？」

小眉點點頭。老丁猛地揚了一下手臂。小眉長腿一撩跑進林子裡去了。

做活的民工永遠被蘑菇引誘著，無法安心工作。因爲蘑菇不一定什麼時候就出現。他們把蘑菇用柳條串起，掛在腰帶上。蘑菇的老嫩不同，品種不同，顏色斑斕。文太、黑桿子、小六和軍彭，都分別率領幾夥民工。文太有時和民工一塊兒採蘑菇，一會兒又嫌他們耽誤了活計。民工說：林場的工錢忒低，俺來做活也是爲蘑菇哩。文太啞口無言。他不斷採個顏色鮮艷的獻給姑娘，姑娘接到手裡說：「有毒有毒。」文太不得不掰下一片放進嘴裡嚼了，說：「有嗎？」蘑菇的品種很雜，什麼有毒，什麼無毒，誰也講不準。大家只採絕對有把握的，比如小砂蘑菇、柳黃、松窩和楊樹板等。有一種蘑菇叫草紙花，剛生出時雪白瑩亮，接上就發黃；兩天之後它變得像天空一樣蔚藍。大家都說草紙花是有毒的東西。有人不信，試著嚼了一點點，結果手舞足蹈。文太說這不一定叫做毒，它不過能讓人添些毛病罷了。他不厭其煩地對她們講解各種蘑菇的品性，並和她們一起到樹叢深處採蘑菇。他的話一般姑娘都不太信，因爲他常常話中有話。他說：「我說話都是有根據的，我的古書底子很厚。」不少姑娘都跟他保持了淡淡的友誼。文太在跟她們的交談當中常常要說到老丁，一說起來就沒有節制，誤了工作。他說：「我們都要學習老丁。丁場長是個了不起的人，可他從來不說自己了不起。比如對待蘑菇，他是熟得不能再熟，一輩子就吃這個。他閉上眼也知道你手裡抓到的是什麼蘑菇，錯不了也。有毒的，毒在哪裡、吃多少能死、吃多少能半死，他都知道也。再你們也不用躲著他，像防什麼一樣——其實迷上他的人萬萬千千，只是他不肯那樣罷了。說他要真想幹點什麼，防也白防。他會使劍，還會點穴。你動得了嗎？老丁堅強啊，黨性強啊！」文太口吐白沫，像吃了毒蘑菇一樣。姑娘們問：蘑菇有多少種？文太嚴肅地點一下頭：「七種。老丁場長說這裡也不過七種。你別看到處花花點點的，其實都是演化出來的，歸根結柢也不過是七種也。」姑娘有的傻笑，文太用食指去捅她一下。都說文太不是正經的人，說丁場長沒有教育好他。文太氣憤地嚷叫：「這話也就是在這兒說吧，在別處說站不住腳！說我文太可以，說老丁場長那不行。」民工當中的中年婦女跟文太關係良好，這些人差不多都讓文太想到了總場場長申寶雄的老婆。他跟她們談笑自如，幾乎沒有奧秘，一直輕鬆愉快。文太在她們面前自覺小如頑童，母愛在這片林子裡氾濫成災。文太這時真不像個領工的，對她們百依百順，跑前跑後。她們一會兒讓文太這樣，一會兒讓文太那樣，使文太累得直出虛汗。有一隻大河蟹從樹蔭下沙沙地橫行過來，中年婦女一片驚呼。文太就在眾目睽睽之下伏身爬著，跟在牠後面爬了幾十米。大河蟹在旱地生活久了，品行近於蛇，也像蛇一樣有毒了。所以大河蟹每一次都是安然走去，步態瀟灑。文太閒下來時也議論一下小村裡的事情，說到參謀長和公社女書記，就「格格」地笑。他說：「女書記年輕時怎樣，我還不知道？」中年婦女說你知道個什麼！文太的鼻子蹙起來：「總有一天講講她那些好事。有意思啊！」他提起小村裡幾個地富反壞，立刻咬牙切齒。有一個叫金松的富農，又瘦又小，走路一搖一擺，一口氣就能吹倒，臉上生滿了老人斑。文太對他的模樣特別不能容忍，說：「我一看見他氣就不打一處來。反動的東西，你不打他就不倒。」說過小村，他又議論起分場裡的事情。這照例要從讚揚老丁開始。說到寶物，他機警地四下瞥瞥，小聲說：「不過老丁對寶物也太偏心眼了。有些機密的事情，跟牠說不跟我說。聽故事時，好位子也讓牠占了。」婦女們憤憤的：「一條狗懂什麼！」文太搖頭：「哼，牠的心眼都在裡邊，除了老丁誰也提防。不瞞你們，牠是個仇恨婦女的東西。」大家尖叫了起來。文太接著又說起了小六：「小六可不是個平常人。如果發生了殺人案，凶手肯定就是他；如果有人強姦了婦女，那個罪犯肯定也是他。他比某些蘑菇更毒。你不要看他又黃又小，人莫可貌取。那是讓陰險的盤算壓制得長不太大罷了。近一段時間我場出了叛徒——我們正在追查——我可沒說是小六——老天做證我沒有說是他。我只是說人民應該懷疑他，而懷疑是允許的。不是嗎？聽老丁場長說，很早他就被叛徒出賣過，他心愛的人（即小娘們兒）也被叛徒出賣過。當然了，那是戰爭年代。不過今天也是硝煙滾滾哪，看看老丁舞劍吧，那真是刀光劍影。老丁說，叛徒總要查出來的；而一經查出，他也就活不成了。我最後要提醒你們的是，小六不可不防，毒蘑菇比起他來也算不了什麼。平時不要跟他說話，沒有好處。走路也不要離得太近，沒有好處。他這個人鬧出了天大的事也不必大驚小怪。一句話：他是眞正的壞人了……」中年婦女們一聲不吭地聽著，姑娘們緊張地喘息。這樣安靜了一小會兒，突然她們之中有人喊道：「文太，你是好人，你能回屋裡偷一塊玉米餅給咱吃？」不少人咂起嘴來。文太半天不吭氣。「能不能呀？」又有人催問。文太搖搖頭：「不能。只有老丁場長一個人經管玉米餅。那是國家按人頭發下的口糧，是我們工人階級（即領導階級）的食物。」人們失望地嘆氣，搓著手。有一個一隻眼大一隻眼小的中年婦女一下子躺在沙土上滾動起來，嚷著：「老天爺爺給塊玉米餅嚼嚼吧，俺也不枉活了這一遭哩。」「那是人家的食物，嘖嘖，人家的食物。」大家嘆息著散開了，又蹲下來做活。這會兒樹叢搖動起來，像颳過了一陣風。小眉從樹叢中鑽出來，臉色彤紅，一直向前跑去。有人叫她，她也不停，直跑到另一群民工中去了。文太盯著她的背影，突然意識到那些民工是由小六率領的，就不安地向前走去。

小六率領民工的方法與文太差別很大。他不聞不問，只是苦做。那片化製墨水的染料引來了申寶雄，卻要令他後悔一輩子。好像就是這片染料把他給染黑了，他成了一個該死的黑人。不過他就不信總場場長申寶雄一敗不回。晚上，他睡著了還緊緊咬著牙齒，把希望咬到牙縫裡。他做過最可怕的噩夢，就是一個石猴似的老東西從紫帳裡走出來，手持一柄寶劍。

這些日子他不停地顫抖，肌肉越縮越緊，整個人越發顯得乾瘦了。有一天他球著身子在苗圃裡拔草，一個黑乎乎的姑娘從跟前走過，他正好抬頭去看雲彩。他看到的是她的一雙大眼。有一股濃重的苦艾味兒從她身上飄過來，令他不能安穩。他說：「不准亂跑。」姑娘站住了，嘻嘻笑著說：「你眞瘦。」他喝一聲：「胡說。你叫什麼？」姑娘坐下來，一下一下把眼前的小草拔淨。臨走的時候她告訴自己叫小眉。從那以後小六就記住了她的名字，常在心裡念叨：「小眉小眉小眉。」他去過幾次小村，一個人在街巷上溜達。他遇到的都是不願遇到的東西，比如老七家裡向他冷笑，見他走過，就在身後潑一盆水；有一次他拐過一條巷子，見寶物從另一條巷子裡探出頭來。夜裡風聲大作，千樹搖動，像有一萬個小眉來到了林子裡。他赤著身子跑出去，跑離小屋沒有多遠又被藤子絆倒。那一次他被寒風吹病了，渾身火燙。病好之後，他暗暗發誓再也不念叨小眉了。可是不久小腹疼病難忍，他苦苦挨著。第十天上頸部右側生了個瘡，然後是潰爛出血。半個多月之後傷口才見癒合，這時候癢得他恨不能哭喊出來。一陣又一陣的折騰，令他骨瘦如柴，喘息比貓還細弱。他還是沒有忘記小眉，只是不念叨了。他要想法使心中的一切讓小眉都清清楚楚。決心已定，他就行動起來。一連幾天他坐臥不寧，連寶物也感到了有什麼事故要發生了。他知道事情周折無限，不過還要耐心等待。也就是這苦苦等待的時刻裡，一個嶄新的人物出現了，那就是另一個枯瘦青年軍彭。他是總場派來的！小六當時心中一動，立刻想到了申寶雄。一線嶄新的希望霎時把小眉沖沒了，他最急於弄明白的就是軍彭這個人了。他低頭拔草，心中卻不停地琢磨軍彭。小眉跑過來了，他又嗅到了濃烈的艾草味兒，但這味兒已經不像這之前那麼誘人了。小眉喘著站在那兒，不住地呵氣。小六僵硬地站起來，一說話就口吃。小眉說：「你們國家人眞怪啊！」小六敷衍著，眼睛卻向一旁望去──他發現軍彭正披了學生藍制服在樹叢裡活動，像是踱步。他一動不動地望著。小眉說：「哼呀，你還不轉過臉來。」小六轉過臉，正好看到文太向這邊走來，就躲閃似地往軍彭那兒走去。小眉蹲下來拔草了。

軍彭在踱步，目不斜視。

文太藏在樹葉後面了。他要看小六怎樣走過去、軍彭又是怎樣對待他。文太認爲小六第二次買走了一片化製墨水的染料，總場就派來了這樣一個人，需要琢磨。如果軍彭是申寶雄的人，那麼必然與小六接頭；若軍彭是申寶雄老婆的人，那就必然來與文太接頭。當他眼瞅著小六向軍彭接近，一顆心不禁怦怦跳起來。他想關鍵的時刻眞的來了。他拉了拉樹條，以便看得更清楚些。他看到軍彭仍在踱步，小六走著「之」字接近。軍彭與小六只隔了一叢柳棵了，一轉臉就彼此發現了。小六伸出手掌，豎著往前一推；軍彭一愣，慌慌地點頭──文太把一切都看在眼裡，心中快樂得像有一隻美麗的小蟲蟲爬過。他想那肯定是暗號不對。這就是說，他們一開始接頭就不順利。他繼續看下去。小六費力地繞過了柳棵，腰多少有些弓，小步向前踮著，老遠就伸出了手。他們握手了。握著手，小六仰臉又說了什麼，軍彭像耳聾似地側臉傾聽，聽完之後用力握一下對方的手，鬆開了。小六枯瘦的身子斜愣著，那嘴像被木膠黏住了一樣，動了幾動也沒有張開。後來小六伸出了右手並很快成拳，發狠地往下一沉。軍彭嚴肅而平靜地點點頭，抹一下頭髮。他重新踱起步來，小六也愚蠢地跟上，學他那樣背起了手。他們一邊走一邊說話，偶爾打打手勢。文太猜不出說話的內容，但敢肯定兩個人並沒有接上頭——或者是中寶雄派來的這個人根本不信任小六，或者壓根就不是中寶雄的人。但文太堅信此人在這個節骨眼上來到這兒，必定肩負使命。他想我要出馬了，我要當著小六的面亮一亮古怪的智慧了。眞正的暗號別人是聽不出來的，而內中人一嗅就知道。可憐的叛徒胚子，只可惜沒有心智。文太想到這裡提了提衣領，跨出了樹叢。他想活該到了打斷你的時候了。兩個人正低頭走著，文太在後邊咳了一聲。軍彭立刻回頭，小六臉色蠟黃。文太對軍彭打了個敬禮。軍彭也打了個敬禮。文太說：「辛苦辛苦！」軍彭搖搖頭：「哪裡哪裡！」文太注視著他的眼睛，一動不動，並且一邊看一邊暗中往前移動。軍彭眼也不眨，但目光故意落在一旁的一株野蒜上。這樣過了約莫有五六分鐘，文太的眼睛一動未動。軍彭看著野蒜，一聲不吭。後來他終於大喊了一句：

「文太同志！」

文太長長地吐了一口氣，面色和緩起來。他接上問：「寶雄同志可好？」「好。」「寶雄同志愛人可好？」「好。」文太點點頭：「那我放心了。」停會兒他又問：「總場對這兒有過指示沒？來時見了寶雄及他家裡人沒？沒？沒？那好那好。」小六在一旁死死盯住，雙手插在衣兜裡。文太瞥瞥他，想：多麼壞的一個傢伙，把手插在那兒！如果兜裡有個槍，他會在抽出手來的那一刻打死我們的！文太咬咬牙，重新與軍彭對話。軍彭是個極爲消瘦的青年，這一點文太過去估計不足。他第一次離這麼近打量對方，發現了他微微發青的眉宇間，有一道深刻的豎紋。這使他顯得莊嚴有餘。文太在心裡罵了他一句。不過文太微笑著，始終親切地與他說話：「你認爲分場工作情況怎樣？領導和群衆如何？總之，初步印象。」軍彭「嗯嗯」應答，說：「我認爲是好的。這裡有這裡的特殊性，即普遍性與特殊性的統一了。這兒條件當然會艱苦，不過不艱苦還要你我這樣的革命青年幹什麼？有命不革命，要命有啥用。就是這樣的。望我們團結一致。」文太緊緊握起對方的手，搖動不停：「太對了，太對了，你幾句話就說到了我的心坎上——總場派下來的人水平就是高——當然我們都是派下來的……」他揉了揉眼睛，不願鬆手。軍彭接上說：「剛才我已經跟領導，就是小六同志談過這些想法了。」文太的雙目猛地睜大，轉臉去尋找小六，可那傢伙不知何時已經溜走了。文太大呼道：

「天哪！你把一個什麼人當成了領導！他怎麼能是領導！他把一個不熟悉情況的同志欺騙了呀……」

軍彭不解地攤攤手：「他說他是總場任命的組長。」文太吐著罵道：「特務！叛徒！這是一分場，這裡哪有什麼『組』。他專找新來的同志鑽空子哟。我們有場長，場長有辦公室，他在辦公室裡辦公，他就是老丁場長。你不是已經見過他了嗎？那才是眞正的領導。走吧，你們該好生談談了，走吧，我領你去見我們眞正的領導——他大概這會兒坐在帳子裡呢——你知道上了年紀的領導人一天一天都是坐著。我們走也。」他說著扯上了軍彭的手，撥開樹木枝條往前奔去。「民工呢？我們在工作呢！」軍彭嚷著，身體往後用力。但文太就像什麼也沒有聽見，滿臉發紅，不顧一切地往前蹚路。「我認識老丁同志，我難道沒見過老丁同志嗎？」軍彭一邊走著，還是嚷。文太點點頭，又搖搖頭：「那是另一回事，那時你還不知道他是領導嘛。這就不一樣。你有沒有這樣的體驗：同一個人，你把他看成領導，再去端量就什麼都是了。老丁場長可不是一般的人。你猜小村工作組有個參謀長是怎樣評價老丁的？他說：你是個有威儀的人。你想想吧軍彭同志，想想這是什麼情景。」軍彭再不言語。他們就這樣手拉著手來到了林中小屋，路途上磕磕絆絆，甚至遇上了一對漆黑的蝙蝠雙足相連掛在樹枝上，遇上了盤腿端坐的狐狸，他們的手都沒有鬆開。小屋旁，寶物的窩空著，四周也一片沉寂。文太捏緊軍彭的手，小心地上了台階，跨進了空洞洞的屋子。屋子的一角就是沉甸甸的紫色帳子，裡面傳出輕輕一咳。文太也咳了一聲。「誰呀？」帳子裡傳出了老丁的聲音。文太忙答：「老丁場長，我領軍彭同志來見場長了。他原先不太了解情況，所以來遲了。他現在非常想見見領導，做一些匯報等等。」帳子裡一點聲息也沒有。軍彭讓文太捏住的那隻手已經滲出了汗。軍彭盯了文太一眼。又停了二三分鐘，帳子裡傳出了一聲：「走近些來。」文太鬆了手。軍彭揩揩手上流動的汗水，走上前去。老丁端坐帳中，背後的牆上是懸起的寶劍。他閉著雙目，眼角一動一動，問了句：「何時參加工作、主要社會關係、出生年月日？」軍彭點點頭，雙手不由得貼到雙腿的褲縫上，背答：「參加工作約有半年，社會關係無，可能是二十一年前風雪交加的一個夜晚出生。這些如實載入檔案，檔案現在捆在背包上的一雙白力士鞋後面，用一塊油毡紙包了。」老丁睜開了眼，不滿地哼了一聲。軍彭接上答：「領導尊聽。我本是一烈士遺孤，生前不知父，生後不見母。我在黨及貧農老大娘的撫育下生長成人，接受哺養。後入學念書直到完小，而後回鄉務農，主要負責在溝邊渠畔點種篦麻、向日葵等油料作物。再後來上級照顧讓我就業，就業後聽說先父曾在這片林子中打過游擊。爲繼承先烈遺志，我反覆要求來這裡工作。簡單匯報就是這些。」話音剛落，老丁一下子從帳中跳下來，緊緊地攥住了軍彭的手。「你原來是烈士子女，可你這麼瘦小、這麼樸素。這更讓我尊敬——文太！」老丁喊了一聲，文太趕緊上前一步。老丁一手指著軍彭說：「你今後要向他來學習。」文太點點頭。老丁說：「好了，這次我們一分場算是加強了。以後的情況你會一點一點分明。有什麼困難、有什麼要求，你只管找我提出。全場從工人到寶物，一共六個，分工不同。反正這一下是加強了。」軍彭被突如其來的巨大熱情燒得不能支持，雙腳頻頻踏動。老丁想起了什麼，又問：「先烈——我是說你父親，叫個什麼？」

軍彭答：「聽說叫吳得伍。」「有什麼特點？」軍彭低頭思忖：「聽說，他臉上左下邊有個疤。」老丁抬頭看著窗外，說：「噢，噢。」老丁對軍彭又說了些激勵的話，然後就打發他去林子裡了。文太站在原地未動，老丁掩了門。文太說：「場長，很嚴重。」老丁說：「唵？」文太重掩了一下門：「今個我發現小六去跟軍彭接頭，可沒對上暗號。我一下明白了，來的不是申寶雄的人！」老丁大笑：「烈士子女嘛！他會是申的人？」文太皺皺眉頭：「我試了試，送了新暗號，知道也不是申寶雄老婆的人。」「那也好。毛主席說白紙才好。白紙能重新描上花兒。」老丁的話一停，文太拍一下手，誇道：「丁場長腦力絕了，絕了。」

接下的一段時間裡，老丁突然變得無精打采的。文太跟他說話，他不願回答，蔫蔫地躺在了帳子裡。文太注視著老人，見額上的橫皺不停地蠕動。老丁躺了半晌說：「文太啊，我心裡有火。」文太一聲不吭。又停了一會兒，老丁又嘆了一聲：「這話我也只能跟你說了：我心裡有火。」文太伸手握住了老丁硬硬的手掌，緊緊握著，一切盡在不言中。這樣握了一會兒，老丁坐了起來，一手搭在文太的肩上：「我一夜裡在帳中滾動三兩次，睡不沉。睡不沉哪。你可能知道這是誰的效力。這是她，那個女教師，一個方方正正的人。我想念她呀，覺得她沒有一絲兒不好。我裝在心裡，只是不說。一輩子我喜歡上的人太多了。不過這些年把我折磨成這樣的，還是頭一回。我不知多少次在帳裡看她給的材料，字字都親。我們怎麼不能給她一些寫成的東西呢？讓她也這麼一字一字看，字字都親。幾天來我就琢磨這個。我想順便也夾帶幾斤上好的蘑菇。你知道人家是有文化的人，看重的是紙上的字。一張嘴就說出的話，太輕，人家不看重，你說對不對？」文太想了想，說：「你是指寫一封求愛信？」老丁一拍大腿：「就算是吧！」文太飛快地搓手，雙手搓熱了，又一下捂在臉上。老丁逼近了問：「怎麼樣？快快動筆吧。」文太又搓手。老丁等著回答，等不來，也搓起了手。停了一會兒，文太弓下腰，到鍋灶底下刮起了煙油灰——他要用燒酒調製黑墨汁了。老丁摟住了文太：「我們是上下級的關係，可最好的兄弟父子也不過這樣。文太，我念你編，咱的成敗全在信上了。」文太不說話，只是一下一下刮著。他在積蓄內力。結果第一天只是用來調製油墨，第二天端著油墨坐在帳子裡，激動得手抖，無法落筆。直到第三天夜裡他們才把信寫好。信裝在一個牛皮紙袋子裡，文太想了想，又採了些紅色的花瓣放進去。信在送走之前，他們一遍又一遍朗讀。老丁眼裡汪著淚水，差不多整整一封長信他都背得上來了。信中寫道：

「尊敬的國家女師，請先領受俺林中人道一聲安康。在下心中激動，以至於提筆忘字，更不敢直呼芳名，故而稱您爲女師耶。知您重責在身，爲國訓材，時間尤其寶貴，所以言短情長，並選擇洗練之文法製作此信。時逢半夜三更，室外黑色千里，萬籟俱靜。遙想您來該場之情景，勇氣倍增。不知此時此刻您是否安睡枕上，正進入香甜之夢鄉？該寢室必定異常簡樸，素雅大方，適合無產者居住。且有無數學習材料文化書籍和教學儀器，並有一個能撥撥動動的鐵架地球蛋。素花錦被裹您纖軀，隨徐徐呼吸而微動，滿室芬芳。哪似我處這般骯髒貧寒，臭汗熏人。季節已臨深秋，我心諸多淒涼。幾次欲去校舍一敘，無奈雙腿如鉛，胸跳如雷。可見我心仍如童男一般火烈鮮紅，青春未熄。每至深夜三星西斜時分，我必坐起向南即校舍方向觀望，全身大抖，之後還要喝三碗涼水以鎮陽躁。吾輩有幸也不幸在林中一睹芳容，接上再不能安眠。其情景如電影一般反覆演出，思緒萬千，口中喃喃。眼見得兩頰變紅，手足脫皮，日日呼其姓名見其倩影。將心比心，您在舍中獨自一人也必然不堪其苦，做多方設想。人之常情我最知曉，因而能夠體貼愛撫。獨身之苦，苦似紅鐵烙肉，常人無法想像。您清晨即起，漱口刷牙，穿戴整齊梳頭三遍，又用粉紅香皂洗了臉面，光滑如玉。然後走向舍前空地緩緩挪動謂之散步，引逗百鳥齊聲鳴唱，其中雄鳥居多。不是芳心不動，實是意志堅定。待到鐵鐘一叩，嗡嗡有聲，千家小子魚貫入室，上課開始。一隻小手緊握木條名曰教鞭，在黑板上來往指點，疼煞林中老人。我願化一孩童端坐其中，嗅您氣息聞您芳音，至死不歸。我想您通體無一處不潔淨，眞正是完美無瑕。方圓幾十里空氣清爽宜人，必有氣體蘊您貴腹又從鼻孔排出，能辨者是您愛人無疑。在下說到此大膽吐露眞情，惟有我日夜可聞異香。看您雙肩圓軟平整杯水不蕩，背肉豐厚又能顯腰形，一望可知是學識豐富之處女，非領導而不嫁。我雖資歷深遠，品德高尚且身爲一場之長，但比您微不足道，恰似一短短毛蟲。可欣慰者唯筋骨韌壯，百折不撓，禁得起您長年摔打。說到此願再進一言：您不必在日後同枕之時過分拘謹，因級別及革命經歷不同而視為畏途；實際上他平等待人，禮賢下士，死而後已。也不必因其年邁而小心翼翼，鼠目寸光，過分溺愛問寒問暖；事實上他久經磨練無比潑辣，皮如村童，那時節無一刻可安穩。小家建立，吃葷吃素由您而定，挑泥擔水讓我去做。據估計很快會有貴子，哇哇大哭令人歡心。到時候穿針走線做成一件小襖，穿上後只露出紅色小臉及手部腳丫。哺乳期多食米餅蘑菇，催其奶水，並輔以米粥。經考證小砂蘑菇最為適宜，可令文太多方搜尋，每日一碗，對此他已許下保證。這期間必有學生來探女師，團團圍住我室；我定然按時前去驅趕，讓其做鳥獸散。至夜晚風搖樹動，如鬼泣哭，我當懷抱妻女，右手持劍而眠。睹嬌兒樣並端詳您之睡態，幸福無比。惟擔心我愛心太切，深夜裡手腳過勤而誤您安眠。到時候為求兩全，寧願讓您縛我手足以待天明。妻子在哺育生產期必然釋放濁氣，昔日芳香化為些許腥羶。但幼童鮮嫩如花，其瓣也薄，陣陣菊味與母中和。總之小家三口世人皆羨，一場長一女師一未來之接班人。寫到此我不覺淚如泉湧，手腳火燙，您見紙上塊塊斑點，即是淚痕。想當年衆女把我追逐，避之惟恐不及，但畢竟偶有損失，男人名節難以保全。至今吾尚獨身，皆因眼眶太高。後半生遇上女師也是萬幸，如蒙看上一眼，死而無憾。從今後白天驕陽是您笑臉，夜晚星月是您明眸；風吹草木，是我泣訴。還求您多來林中採藥尋菇，如逢天色太晚投宿林中，更是全場革命職工之殊榮。最後還望您多多保重身體，避開世間各種可能之傷害。荒村陋室，刁民無數，青壯光棍，最為悍暴。如您一人外出散步，最好藏一銀針袖中，冷不防歹人躥出，或可扎中。亦可取灰麵一把裝入花衣內兜，悠悠然雙手插兜而行，見惡人則揚手以灰迷其雙目，始得脫身。也有刁民性情膽怯，往往做出種種淫相，不可正視。總之處女之身如花之鮮、如果之嫩，千萬當心保存。切不能自毀自棄，不慮千日只求片刻，成終身之恨耳。忠言逆耳利於行，良藥苦口利於病，還望您堅貞不屈，保持到底，堅持到最後勝利，做到童叟無欺。林中老人含淚頓首。敬上。致革命敬禮。八月二十二日丑時。」

老丁雙手抖著以麵糊封了牛皮紙袋，又捆好了一大包鮮蘑菇。

六

爲穩妥起見，近日黑桿子與小六共同率領民工做活。這樣小六身旁就有了一個背槍的黑漢。小眉有一次從家裡帶來一個燒得黑乎乎的地蛋給小六，被黑桿子從中截了，掰開看了看熱氣騰騰的瓤兒，又嗅了嗅，才還給小六。小六一個人去樹下解溲，如果久了，黑桿子也要跟去。只有獵物在遠處鳴叫時，他才離開一會兒。有一天他手裡提個野雞從樹棵間探出頭來，一眼望見小六直盯著前面幾尺遠的小眉，就急急呼喊：「文太！文太！」文太聞聲趕來，黑桿子用槍指指小眉，又指指小六。文太走到小六跟前，端量著他說：「工人階級能這樣嗎？」小六哼一聲：「我不過看看。」「工人階級能看看嗎？」黑桿子在一旁附和文太：「幸虧丁場長不知道。」文太商量說：「好不好寫個檢查什麼的？」小六大嚷：「我沒有鋼筆水。」文太笑了：「那你買一片化製墨水的顏料幹什麼了？去年一片，今年又一片，對吧？」小六不語，黃黃的小臉漸漸轉青。文太走開了，一邊走一邊咕噥：「還是丁場長說得好——吳三桂勾引來清兵，留下千古罵名啊。」小六像肚子疼一樣蹲下去。黑桿子說：「你這樣就像個兔子，不夠我半槍打的——砰！」小六伸手去拔草，汗珠從額上流下來。一會兒軍彭弓著腰走近了，說：「小六同志，我對你有看法的。」小六瞥瞥黑桿子，軍彭就請他走開了。軍彭說：「你說自己是作業組長，經了解是誇大其詞。」小六激動地跳動，喊：「我！」軍彭說：「是你。」兩人再不說話。互相注視了三分多鐘。後來小六把手伸到了衣服的夾層裡，掏出了一個破破爛爛的紙片——這是總場場長申寶雄寫給他的一封信，他已經保存了兩年多。寶物的嗅覺太敏，在這片林子裡幾乎無秘密可言，所以他只能將其帶在身上。他牢記這是申寶雄的眞跡，睡覺時也放在內衣小口袋裡。信上有一處曾提到他爲組長，但那兩個字恰巧被摺疊得模糊不清了。小六指點著紙片讓軍彭看，軍彭耐著性子讀了幾遍，最後認爲總場場長申寶雄十分器重小六。但「組長」二字無論如何是看不清的，也就無法判斷那個最主要的問題。小六急得抓耳撓腮，把信對在陽光下，結果還是辨認不出。軍彭在樹隙間踱了一會兒步，轉過身來說：「這是什麼時候的信件？」小六沉默著，說：「本來我不願提起。不過這事情已經暴露了——他們（我不點名字）不知如何使用了特務手段，也許總場秘書部門及關鍵方面藏有壞人，他們反正搞到了我寫給總場的信，老丁鸚鵡學舌，將陰謀變成了陽謀，當著文太、黑桿子和寶物的面讀了我信，意在挑撥。你看的申場長的信，這是場長親筆回信。這信是歷史見證，十分寶貴。我之所以給你看，是爲了證明到底誰是這片林子的領導，爲了眞理。」軍彭點點頭，但說話時聲音微弱：「可以的。不過，然而，雖然是這樣，但是那兩個字是看不清的。」小六失望地看著在遠處做活的小眉，長嘆一聲：「我總以爲我們是一條戰線上的，誰知……」軍彭握住了他的手，聳動了幾下：「必要時需要外調的。我基本上是信任你的。餘下的事就讓實踐來做個證吧，你知道一切都不是天上掉下來的，是實踐得來的。這就是哲學。」小六牙齒磕碰著：「我聽懂了，是哲學。」

軍彭剛剛離開小六，文太就走上去了。軍彭對文太說：「我們談了一些哲學。」文太拍拍手：「我們這裡和總場不一樣——那裡人不懂哲學。當然了，申寶雄老婆還懂一點。我們這兒在老丁場長領導下，基本上是學哲學用哲學，如今林子裡已經有很多哲學了。內因外因，蘑菇正反兩個方面——傘頂和頂下瓤兒；兩個方面互相轉化——比如太陽一曬，傘底變得和傘頂一樣乾硬。很多的，說不盡。」軍彭接答：「說不盡。比如小六同志及老丁同志的職務問題，說得盡嗎？」文太愣住了：「小六同志還存在個職務問題嗎？你又怎麼了軍彭同志？」軍彭皺起了眉頭：「事情都有正反兩個方面，這才是哲學。老丁和小六誰是正面？比做蘑菇也可，他們誰是傘頂？還要調查研究哩。」文太驚呼道：「要不是我親耳所聽，誰講我也不信，你懷疑起了老丁場長！這可是你親口說的，軍彭同志！你竟然聽信一個叛徒的話——他什麼事情做不出來！也就是剛才一會兒，他還差點犯了腐化的毛病。你竟然去聽信他。」軍彭有些膽怯地眨眨眼：「我只是說還要調查研究。」文太哼了一聲：「該調查的早調查了。不是嗎？當初申寶雄同志接到小六誣告老丁的黑材料，連夜率領調查小組趕來，結果如何？小六何其毒也，必欲置之死地而後快——遭殃的反是總場領導一干人馬。他們又吐又瀉，像過街之小鼠，連村中小民都以白眼視之。得道多助，失道寡助，毛主席的話忘了還行？這其實也是中寶雄懷疑老丁的必然結果。對老丁怎麼能懷疑呢？軍彭同志，你是先烈遺孤，快快轉意還來得及；如果是別人在懷疑老丁，我是不會這樣規勸他的。你不知道，老丁場長對先烈的後代是十分愛護的。」軍彭不吭聲，但慢慢握住了對方的手，說道：「我非常感謝你。感謝你階級的友愛。但我必須指出的是，小六手中也有一點證據。我還要用力思考幾個月才能答覆你。再說總場調查組在這裡的情形我也不知道。我當時如果是調查組成員也就好了。」文太重複一遍：「那也就好了！」說著心中一陣快樂。他想真該讓軍彭見見那個陣勢啊。他最後握了握對方的手，離去了。

文太對老丁講了軍彭的態度，老丁用焦黃的食指刺刺頭頂：「他來這裡就是歸我領導了，他不好，那是我沒有把他調教好。」文太笑著：「他還後悔沒進中寶雄那個調查小組哩。」老丁也笑了：「機會有哇。不是小六又買走了第二片化製墨水的顏料嗎？機會有哇。」文太大笑。回想調查組進駐林子的日子，那可眞是個使人聰靈的節日啊。文太有時眞恨不能再經歷那麼一場古怪的節日呢！

那時候的一分場啊，眞正是火火爆爆。

中寶雄率領著七人工作組進了林子，寶物迎頭大叫。有一個背槍的人瞄準了寶物，黑桿子就從肩上摘下了十七斤半重的土槍瞄準對方。寶物前胸挺起，讓秋風撩起髒臭的額毛。正這時老丁從小屋走出，對申寶雄深深一揖，道一聲「上級」，然後喝斥黑桿子說：「這桿槍能裝二兩半土藥，人家的槍只裝一子兒，你一槍還不是滅了人家調查組？收起收起！」說完又擰了寶物的耳朵說：「黨派來的人你也咬?!你看準了，前頭那個臉發黃、嘴唇上有個紅點的人是咱書記。」老丁將所有人都喊來小屋門前站隊，寶物站在隊尾。老丁說：「稍息！立正！報數！」大家一二三四地報了，寶物也哼了一聲。老丁弓著腰跨前一步，說：「報告書記，全體人員集合完畢。」調查小組中有人在笑，文太瞥了瞥，見是女打字員。申寶雄說：「稍息。解散。」老丁敬了禮，說：「我們一切都實行軍事化——您知道，我是經歷了戰爭的人。」申寶雄歪一歪嘴巴，不願答話。老丁又說：「熱烈歡迎調查小組！從今後全分場都聽從您的指揮。可惜我臥病在床，不能幫您。」申寶雄冷冷地打斷他的話：「等候調查結果吧！」接上申寶雄安排小組的人都分開住，一半住林中小屋，一半住林邊的小村。他們與參謀長和女書記率領的工作組匯合了。申寶雄往來於林子與小村之間，及時將最新情況匯集一起綜合分析。所有指示都由女打字員用打字機打出。申寶雄披著大衣在室內踱步，口中念念有辭，比如：報，該組已進駐小林；該組已展開工作；該組與鄰村工作組攜手合作等等。爲歡迎調查小組，老丁抱病從帳中鑽出來做蘑菇湯，讓全組人一人一碗。申寶雄僅僅在喝湯那一刻才對老丁有一絲好感，喝畢態度照舊。老丁坐在帳中，紫色的布帘低低垂掛。文太和黑桿子有時把頭鑽到帳縫裡咕噥幾句，老丁咳幾聲他們就走開。最忙的要算小六，渾身繃緊，頻頻奔跑，領小組的人查看林中管理情況，又帶申寶雄暗中觀察老七家裡。他們甚至買了她的乾蘑菇收做樣品。駐村的參謀長和公社女幹部被老丁壓迫多日，以爲翻身在即，就興高采烈地置辦酒席，讓申寶雄喝得滿身赤紅。他們歷數了林中人的種種陋習，特別嫉恨的是老丁天天喝酒，並指出他對身著軍服的參謀長指手畫腳，惟恐天下不亂。所有情況都與小六的上告材料暗暗契合。幾天來空氣緊張，一群烏鴉在小屋上空嘎嘎大叫。黑桿子懷抱土槍，嘴唇發紫，見了獵物也不敢扣動扳機。文太一連幾天沒見老七家裡，因他發覺調查小組的人在店門徘徊。這樣約有五天。第六天一早，老丁出人意料地走出帳子，在門前空地舞起劍來。老人全身是勇，劍如鐵鏈繞周身旋動，晃得人眼花，一招收起時，總要跺一下腳，再發一聲響亮的吶喊。所有人都圍住了他看，大氣也不出。老人收功時文太跑上前去，嚴肅地敬禮。老丁點一下頭，將劍貼在後背上，又弓著腰回帳中去了。也就是這天下午，調查小組的人有兩個掉進了林中陷坑，其中一個渾身沾滿糞便，令人噁心。第二天小組的人又一齊嘔吐，接著大瀉，頻頻出入茅廁。有一根長蛇倒懸屋頂，向下伸著叉舌，讓睡地鋪的人一夜沒有合眼。天亮了，他們還要睡眼朦朧地到林中調查，結果有半數以上挨了馬蜂。蜂窩奇怪地長在小徑旁邊，他們絆了一條桑鬚，蜂窩就從樹上跌落，接著一群惡蜂圍上來。於是，調查組的人個個臉龐五官腫得走了形，並且發青，所以再也不受尊重。調查小組的人進了小村，村裡人視他們爲怪物，並不與其認眞談話。老丁對申寶雄說，這是因爲您的人初來這裡不服水土，再說又不熟悉地形地物，難免出些差錯。申寶雄半信半疑。就在老丁說這話的第二天，調查小組的人在去小村的路上遇見了一個紅毛狐狸，牠端坐路中，似笑非笑，前爪提在兩側，有人端起槍來，牠就變爲申寶雄；放下槍來，牠又復爲狐狸。大家尖叫著跑回來，見總場場長正披著大衣念著什麼，讓打字員打字：「報，該小組進展遲緩；報，該小組行動受阻，原因待查。」人們大驚失色，面面相覷。他們說：「場長，你剛才還是狐狸。」申寶雄給了說話的人一記耳光。女打字員反應不及，接著打上了「場長是狐狸」的字樣，打字紙被申寶雄一把扯下來。

調查小組自顧不暇，文太和黑桿子就趁機鑽進小村。老七家裡再也無心待在小店裡，挨門挨戶送去了乾蘑菇。她把總場新來的一幫人說得一無是處，還指名道姓地說領頭的是個流氓。文太重新調查起公社女書記丈夫的死因，親自找目擊者談話，誰談過話，就在一個小本上按一個紅指印。當小本子被紅色指印排滿的時候，他就去找女書記和參謀長。參謀長似乎有些虛脫，不停地出汗；女書記坐不住，一會兒出去一會兒進來。文太在她離去的間隙裡扼要介紹了她的經歷和趣事，參謀長直打噴嚏。文太說女書記自小凶殘過人，八歲上殺過貓，十歲上殺過狗。其父濃眉大眼，雙臂粗過碗口，常常教女兒摔跤。她入了初中，當過鉛球運動員，並在體育課上多次將體育教師摔倒。後來入了高中，提任團委副書記，工作大膽潑辣，常常以身作則。生理課上，她徵得老師同意，登台結合自身實際講解例假與青春期特徵，通俗易懂。當時號召大辦農業，全校師生來往路上都要身背糞筐，收拾起一路的牛馬糞便。她的糞筐最大，而且內分五格，自覺地將各種糞便分類存放，以便科學施用。偶爾忘記帶筐，她就將路上牛糞捧到莊稼地裡，並且絕不洗手。入高中的第一年她就入了黨，到方圓幾十里去宣講自己的先進事蹟，一時間都知道出了女英雄。第二年她的表現更爲突出，爲了學好批判材料，常和支部書記在小屋討論一個通宵。有一天半夜裡下起了小雨，她跑出來給學校飼養場蓋乾草，並吵醒了所有的駐校師生，乾草蓋好雨也停了，大家這才發現她周身只穿一個三角褲頭。事後公社領導激動地召開大會說：「爲了國家的財產，連那些方面也不顧的同志，不是感人至深嗎？這裡，哪還有什麼資產階級的羞羞捏捏！」高中畢業後，她被結合進了公社領導班子，再停一年，又接了老書記的班。最有必要提及的是後來，是她與一解放軍進駐小村的情形。參謀長說這些我都親眼目睹了，瞭如指掌。文太說你當然比我了解嘍。不過你知道她怎麼欺負自己男人的事嗎？參謀長無言。文太接上介紹了她男人矮矮胖胖，是老公社書記的兒子，貪吃貪睡。女書記嫌男人不愛活動，常年消化不良口中發酸。她住到小村裡更是爲了擺脫男人糾纏，從不主動回家。男人來尋她數次，都被她關到門外。有一次男人帶了鐵鉤繩鉤住了窗櫺，這才攀進屋裡。兩個人打鬧半夜，男人身上處處青紫，天亮時分才呼呼睡去。她是另有新歡，爲達到長期鬼混之目的，該犯用一種叫「長蛇頭」的毒蘑菇毒殺親夫，恐其不死，數量過倍，先搓成碎屑，再拌以黃酒，煮湯加肉加蛋花加蔥白，使其鮮味撲鼻。該犯一貫好逸惡勞，屢教不改，不殺不足以平民憤。同案犯男，身高一米七五，老謀深算，長於教唆，用心險惡。該犯與上犯勾搭成奸，遂起殺意，手段殘忍，構成死罪，就地正法。此布，切切，人民法庭。文太越講越流利，參謀長汗水淋漓，急急用手去掩他的嘴巴。文太一掌打掉對方的手說：「坦白從寬，抗拒從嚴，何去何從，快快選擇！」正說著女書記進來了，她一見參謀長臉上的汗水，一下子跌坐在了地上。她慢慢從褲兜裡掏出很久以前繪成的那張毒蘑菇圖形，空白處還寫了調查死因的過程及結果。參謀長接到手裡，雙手交給了文太。文太在上面按下了自己的手印。參謀長打了敬禮，然後說：「請轉告老丁場長，我們堅決站在他一邊，而且要發動革命群衆。」他說這話時正好黑桿子和老七家裡及寶物一行三個從窗外走過，行色匆匆。文太說：「人民行動起來了。」

文太從小村歸來的第二天，正是大雨。大雨下到傍晚，閃電照得天宇一片銀亮。巨雷轟轟爆響，林中小屋集中的所有人都不願言語。正這時門外一片嚎叫，中寶雄領著三五個人像落水狗一樣出現了，一頭一頭往屋裡撞。大家全愣了，一問，才知道是小村裡的人不讓他們住在那兒。村裡人不怕大雨，手舉三齒鉤和鐵釘耙將他們的住處團團圍住，說要砸死這幾個禍害村莊的人。後來是工作組的參謀長和公社女書記出面勸阻村民，危急時刻參謀長抽出小槍向上打了一發。他還想打第二發，但這時小槍照例卡殼了。國產槍質量不行。中寶雄領人慌慌地逃出重圍，顧不得帶上行李和日用物品。他們渾身亂抖，嘴唇發青，每人腳下都流了一汪水。因爲要打地鋪，一汪汪水使原宿小屋的幾個人十分不快。

沒有辦法，只得趕緊加打地鋪，分開鋪草和被褥，七八個人擠在一起。大家擠著，都抱怨來林子裡調查算是倒了楣。中寶雄不願與別人一起擠，但又沒有辦法。正這時老丁從帳裡下來，說讓總場場長睡他的大炕，他乾脆爲大家打更。中寶雄不加推辭，脫了外衣鑽進了帳子。當他赤著身子滾入被窩時，突然尖聲呼叫起來，說癢死了，癢死了，雙手亂抓撓跳出帳子。原來那被單經人用癢癢草精心搓過，老丁心裡有數。老人一邊彎下腰安慰他，一邊在暗中抽掉那片被單，然後自己鑽進了被窩。老人愜意地將被角圍緊了膀頭說：「場長，恕我直說一句吧。你沒有這個福分。」中寶雄抓撓著，無言以對。這時文太從牆角的鋪上走下來，說：「無論如何申書記不能跟大家擠，您睡我鋪吧。」中寶雄哼著到文太的鋪上了。文太走到地鋪跟前，在黑影裡摸了摸幾個人的腦袋。他躺的地方正好挨著女打字員。爲安全起見，平時女打字員的鋪與別人的鋪之間放了兩塊紅磚。文太半夜裡摸了摸紅磚，覺得又涼又硬，就偷偷地撤掉了。他與女打字員緊緊地摟抱一起，彼此心照不宣。兩人重敘舊情，淚水漣漣，竊竊私語直至天明。起床那一刻，文太稍稍離開一些，並重新擺好那兩塊紅磚。由於紅磚安然屹立，所以最終也無人懷疑會發生什麼事情。但女打字員卻經歷了永遠無法忘懷的一夜，天明之後不停地向文太使眼色。這容易暴露事情，文太從她身側走過時狠狠擰了她一下，以示懲勸。兩個人都在尋找新的機會，咬住牙關做了成功的忍耐。後來調查小組的人要去林子裡看一處現場，申寶雄也出門聯繫事情，女打字員就乘機溜到了老丁的帳子裡。文太求老丁借用帳子。老丁雖然厭惡別人因這種事占用帳子，但要服從鬥爭需要，也只得應允。文太與女打字員難分難解，眼睛都哭得紅腫了。女打字員說：「你在總場那會兒，怎麼好那麼沒有良心？」文太說：「我也想不到現在會這麼熱愛你。我想這是戰鬥加強了我們的事情。」女打字員一下接一下地吻著文太，說：「我一輩子都要向著你，你讓我幹什麼我就幹什麼。申寶雄王八蛋。」她表示要將申的話一式兩份，一份上報用，另一份就交給文太。文太又給她布置了新的任務，兩人才流著眼淚分手。

調查小組這天進入林子深處，歸來時傷痕累累。因爲寶物在林中大竄不停，山貓野狸都被驅趕出洞，逢人便咬。狐狸和烏鴉一直圍繞他們盤旋，空中陸地皆有凶兆。數不清的毒蛇擋住了去路，如茅草一般成團成簇。他們生來沒曾見到這麼多的蛇，只覺得頭皮發麻。蝙蝠一反常態地白天出動，橫衝直撞，將冰涼的分泌物甩到他們臉上。他們躲著蝙蝠和腳下的蛇，臉上又糊滿了密密的蛛網，黏稠腥澀，脫也脫不掉。更有村裡人來林中採菇，一個個打著樹皮裹腿，拿了奇怪的弓箭，向他們射出竹簽。這些大多不能傷人，但也讓人膽戰心驚。打獵的人還胡亂做了地槍和樹箭，一不小心踩中了機關，立刻有一塊木頭從半空裡砸下來，半天工夫已經把三個人的頭頂擊出了腫塊。他們見有人在樹隙裡施放一種奇特的白煙，使用的是一些前所未見的草本植物，也正是這些煙霧使潛身樹隙的蟲蛇飛奔聚攏。蝙蝠捕蟲，並被氣味誘出。狐狸溜出來散心觀陣。大野貓踏著蛇頭而過，嘴裡銜一隻花斑老鼠。他們又氣又怕，膽怯地尋問林裡的人憑什麼要折騰外來之工作人員？對方答道：俺們是折騰野物的，捎帶著也採採蘑菇，這是老丁場長早就允許的，只有那些最凶惡的人才想以調查爲名禍害我村，封鎖林場，斷我生路。你們瞎懵懵闖進了獵陣，非我等之過。他們聽了無從對答，對方拍手大笑說：輸了輸了！他們哭笑不得，只得擇路往回走，誰知陷坑比前段又增加了數倍，並且做得毫無破綻，他們輪番掉入深坑，雙腳已經跌得腫脹無比，行路艱難。有幾個陷坑裡還混入了碩大的河蟹，牠們在黑暗中一直向上舉著大夾刀，有人落入夾刀之上，牠們就用力一剪。結果落坑人有不少被夾破了手足，尖叫聲令人驚怵。人們從陷坑裡爬出來衣褲上還掛著碗口大的蟹子——牠們在沙地旱岸上生活久了，早已改變形態習性，身上生滿了綠毛，模樣就像一種惡鬼。有人恨中生嫉，點一把火燒熟了蟹子，然後去摳蟹肉吃。寶物在一邊笑出了殘牙。不一會兒吃蟹的人腹部鳴響，捂著肚子又蹦又跳，手腳抽筋。這個人需要半個鐘點才能復甦。一行人在林子裡拖拖拉拉往前走，顧不得撥開擋路的枝條，結果衣服全被扯破了。他們走出林子的那一刻，打裹腿的一些人跟在後面嚷：「都怨申寶雄！都怨申寶雄！俺跟老丁場長親，他是俺們領路人！」調查小組的人連聲長嘆，進了小屋才舒一口氣。他們進門就見到了眼睛紅腫的女打字員，覺得一班人馬個個不幸。但她紅腫的眼眶內閃動著熾熱烤人的光彩，看上去愈加美麗，調查小組的同志感到了另一種安慰。這天直到很晚申寶雄才回到小屋，回來時面容十分頹喪，不願多言多語。女打字員親手爲他捧去熱湯，又用一條花手巾爲他揩去額上的虛汗，他於是目不轉睛地盯住了對方，像是突然間發現了什麼。他接著講了這天去找參謀長和女書記的情形，說眼見得他們進了一個小院，追上去卻不見人影。小院北端是一間小屋，門虛掩著，他推門進去時，恰好有一個無鬚老漢笑瞇瞇地往外走。他問那兩人何在？老漢點點頭。小屋裡卻空無一人，他剛要返身出屋，老漢已在外面喀喀關了門，又用木杠從下邊頂實了。他無論怎麼拍打都無人應聲，接著門板下的貓道裡冒出了白煙，白煙一顫一顫，看來有人在後面用扇子扇。白煙有一股臭味，而且辛辣刺鼻，他很快就咳出了鼻涕眼淚。一個又老又啞的聲音在外面喊：「嗆嗆狐崽啊，嗆嗆狐崽啊。」就這樣地昏了過去。醒來時天色已晚，屋裡白煙消散。他這才發覺衣衫不整，皮肉上留了墨印，身前身後都畫上了一個很大的王八。申寶雄說著解了衣服，讓大家看皮膚。女打字員認眞瞅著，說：「畫得脖兒短了些。」申寶雄發誓要尋駐村工作組的兩個領導算帳，有人提醒他這涉及到與地方領導的關係，特別是軍民團結問題；而那兩個領導未必就是這場荒唐行爲的支持者。申寶雄嘆著氣躺下來。

這個夜晚風聲很大，樹木有的被颳折了，發出了刺耳的尖叫。野貓狂嚎不止，小屋四周好像有一萬種野獸在奔跑。一個古怪的鳥兒在遠方呼號，像是預告著嶄新的災變。睡在地鋪上的所有人都合不上眼，驚恐萬狀。這是他們進駐林子以來最淒涼的一個夜晚。每個人都有著傷痕，這傷創在深夜裡折磨著他們，恨不能大哭大叫一場才好。睡不著，就坐起來打抖，有時伸手在暗中擰別人一把。被擰的人尖聲喊叫一句，宙寶雄就嚴厲地斥責他躺下去。好不容易睡著了，又要做噩夢。宙寶雄朦朧中感到了巨大的恐懼，像尋找母親一般不知不覺偎在女打字員的懷中，被對方狠狠咬了一口。直到天色將白，宙寶雄才捂著傷口睡著了。這時女打字員悄悄地爬起來，從一個角落裡拿來一個醬色小瓶。小瓶中爬動著幾隻毒蜘蛛，她取到手裡，把牠們的肚腹捏碎，讓綠色的汁水全滴到宙寶雄的傷口上。最後一隻蜘蛛的汁水很盛，她讓牠流進宙寶雄半張的嘴巴裡。一切做完之後，女打字員又躺下了。天大亮時，地鋪上的人忙著穿衣服。惟有宙寶雄還在昏睡，有人要喚醒他，文太從一邊的鋪上下來阻止說：「領導心累。」話剛停宙寶雄突然閉著眼大笑，胡亂扭動，接著光著身子跳起來。女打字員瞥了他一眼，急忙捂著眼睛喊了一句：「哎呀媽呀！」接著她哭起來，罵著流氓，奔向了老丁的帳子。老丁急忙出來扶住她，一下一下拍打著，以鎮驚悸。這時候宙寶雄已經離開地鋪，頭顱可笑地硬硬昂起，兩眼無光，雙手在空中抓著。停了一會兒，他的頭又猛地垂下來，像是頸部折了一樣。他慟哭起來，含糊不清地喊著，嗓子已經變了音：「全是藍顏色！我看見了藍乎乎一片，太陽也藍乎乎……東方紅。有一條小蟲溜溜溜爬上山去。全是藍的。哎呀好累呀，我是小蟲。我要咬我那個，她不是個好東西，有一天她和……我知道！我是藍色小蟲。我是全場一把手。我讓她們入團，多發三個玉米餅。她們有的願意。兩個，三個，不，四個五個，藍色越來越黑氣，像鋼板一塊。我爸是讓我和媽媽用枕頭悶死的。他嘸氣那會兒盯住我看，我撒了手。媽媽給我洗身上，洗一遍又一遍。姥姥給我狗肉包子吃。包子皮是藍的。上面有個五星。我爸被媽媽用一塊紫花破床單裹好，像竹筒一樣圓。她們跟我走，我們進了倉庫，領料員上了北京。我一拍桌子誰不怕。秘書老婆做水餃。秘書走了，又回來。提撥兩個，或者一個。用布條綁上，狠狠勒。我光著身體叫喚，雪花落了一炕，變成絨絨，絨絨全變藍了。藍花一閃一閃，媽媽和姥姥來了，又拿來三個包子。我把第三個交給上級，裡面是四十張十元票子。工農兵學商。東西南北中。打字員喀喀，喀喀，藍字出來了。我撲上去，抓住她的手呀，不放呀。她跟了我工作五年。她不。我總得去，闖過關卡。上了山下來，藍色一片，小黃花像星星一樣炸了。我抱住你，撥開枕頭。枕頭上有血，那是他吐的。我爸我爸我爸，嘿嘿嘿，藍色駁殼槍。一顆紅色五角星。媽媽來了，地鋪多潮濕。香洩葉，我那個喝上了，瀉……你走吧，媽媽的，一筆帳記下了。我得到的比你多，你算也算不清。你還很嫩，儘管吃了蘑菇，嚼了古書。你賺下這筆也不易。我有遠大計畫。秘書是一例。不過他得了的你不會得。內因外因，哲學全是藍色的。藍色的小蟲鑽到楓葉子裡，鑽進去。藍色退開吧，我好累，藍色退、退、退了吧！藍色退了……」他大叫，眼神尖尖的，又漸漸熄滅了。他的動作快得讓人不能置信，又怪異得令人費解。女打字員不時從指縫裡看一眼，罵著：「天哪，他那樣那樣！」老丁拍打她，看她的臉。文太指著申寶雄說：「大家聽到了吧？暴露了眞實思想。別看前言不搭後語，他懷著不可告人之醜惡世界觀。這怎麼配做總場書記？又怎麼配查老丁場長？這總而言之是個反動東西也！是可忍孰不可忍！快快滾出我分場，不可稍待，急急如律令！」大家目瞪口呆，互相瞅著。這時老丁放開女打字員走過來，對大家說：「他這是中了邪了，不過也吐些眞言——不許外傳，他是負大責的人！要愛護咱總場的頭兒，聽見了啵？」大家全答一聲：「是啦！」「那好，讓我給他趕趕邪火。」老丁說完取一個木凳站好，這樣就與申寶雄一般高了。先彈了他幾下腦殼，接著又左右開弓地打了他一頓嘴巴。申寶雄被打過之後，蔫蔫地坐下來了。老丁指示：穿上衣服，捂上被褥，讓其發汗。人們遵旨忙活起來。

申寶雄大病了三天，病好了之後全身還殘留著一些紫斑。老丁說：「申書記，快快調查吧。」申寶雄說：「不查了。」「這不好。事情半途就廢了？這不好。」「不查了，不查了。」申寶雄說著召集起調查小組全體成員，宣布撤退。老丁再三挽留，又一次做了送行的蘑菇湯。他們臨走那一刻，女打字員哭了。老丁憤憤地訓斥她說：「哭個什麼？革命青年志在四方！」文太在帳子後面吻著她，說：「記住戰鬥之友誼吧。」

老丁吩咐小六送走調查組，說：「你能請客也能送客，是不是？」小六一聲不吭，臉色煞白。

這就是申寶雄率調查組進駐那麼小小一段。那時的一分場啊，眞正是火火爆爆。

七

早晨，老丁踏著落葉刷拉刷拉往前走，文太見了跟上去。秋風很涼。寶物從後面追幾步，又立住了。老丁有時仰臉望望樹隙間的天空，有時看看腳下的小草。松樹碧綠，楓葉彤紅，橡籽在地上滾動。文太追到老丁身側叫了句：「丁場長。」老丁站住了，額上的橫皺積起一疊。他瞪了文太幾眼，往前走了。文太咬了咬嘴唇，把手插到頭髮裡。想了一會兒，他拍了拍腦瓜走回去，對正在燒火的黑桿子說：「出來一下。」黑桿子跟出來。他說：「眞玄。」「怎麼咧？」「丁場長後天就該過生日了，那是他的六十大壽。」黑桿子「哎喲哎喲」地叫起來，黑乎乎的大手摩擦著褲子。文太叮囑道：「我們趕緊布置起來吧，老丁自己不好說什麼。這時候更要注意某些人的動向，防止破壞。我去轉告駐村工作小組，還有老七家裡。採蘑菇的事交給小六，但不說是幹什麼用。多採，柳黃和松板最好。」黑桿子爲難地說：「新來的軍彭呢？」文太想了想說：「不能瞞他。不過我來說吧。」他顧不上吃早飯，先找到老七家裡。老七家裡一見他就拍了一下腿，說：「了不得了！」她露著黑紫的牙根，一手指向街巷說：「毒蘑菇昨夜個又毒死人了，看看吧，這會兒工作組也去了。」「誰？」「黃花小女。剛十七歲哩，小名叫小野蹄子……看看去吧。」文太吸了一口涼氣：「是從你手上出去的乾蘑菇嗎？」老七家裡又拍一下腿：「俺都是收購來的哩，混進個把也毒不死人。她吃了鮮的也。」文太又想起了公社女書記的男人，「毒蘑菇演化出的故事萬萬千」，一句歌兒從腦際飄過。他扼要地講了老丁過生日的事，然後急急奔向街巷。

一群人圍住一個小茅屋。文太撥開人群跨進去，見參謀長掐腰站在大土炕下，一邊是公社女書記。兩個女青年用皮尺量著什麼。死者是一個少女，面容安詳地躺在牆角。她的頭髮是金黃色的，像嫩嫩的玉米纓。老父親坐在炕頭上，兩手按著膝蓋，不停地抖。有人問他一句，他嗚嗚囉囉講不清，大滴的淚水往下掉。文太沒有搭理參謀長，雙手拄著膝蓋彎腰看小野蹄子。她穿著圓領兒小花布衫，一條半長的柔軟的小綠褲，上面滿是補丁。從褲口上伸出的一截腿腳黑中透紅，有樹枝劃上的疤痕。一雙很小的腳，腳上沒有鞋子，只有硬硬的繭殼。一隻手壓在身子底下，一隻手伸出來。手是小的，同樣是堅硬的、黑黑的。她閉著眼睛，眼睫毛顯出黃黃的一道。她睡得好香，沒有人能夠吵醒她。金黃色的頭髮散在肩膀上，瘦瘦的小肩膀撐開頭髮探出來。她的左腿屈著，右腿伸開，像要奔跑。昨天的田野上就奔跑著這個金黃頭髮的姑娘。那時，她的翹翹的鼻子被霞光照亮了，一蹦一蹦地跑。風把頭髮掃向一側，紅頭繩脫了，頭上好似繫上了一面小旗幟。如今，她睡著了還在奔跑，永遠是夢幻，永遠是夢幻。一道綠色的汁水微微聯結著她的下巴和黑漆漆的炕角，她就沿著這汁水爬了一個夜晚，爬進了永遠的黑暗裡。炕角是她吐出的東西，那裡隱隱可辨粗劣的食物和幾片沒有嚼碎的花蘑菇。一個鄰居老太婆顫顫地走過來，從門框上取下一個柳條笊籬，指著食物讓大家看。這是人人都熟悉的吃物，全村人都吃它，吃了幾十年。這是發霉的瓜乾切成的小方塊，上面黏著樹葉和糠末。一股酸味直刺腦門，聞過都皺眉頭。吃它的時候要費勁兒，把脖子往上伸一伸，嚥下去。老頭子和老太太、小孩兒和半大的孩兒都要吃它。老人吃了出去曬太陽，年輕人吃過了出去做活。老太婆指著笊籬上一個坑凹說：「看看，這是小野蹄子昨個吃掉的一塊。她悔不該吃那蘑菇，苦命的丫頭。」另一個老婆婆在一邊用袖口抹眼睛插話：「可憐見的。她吃什麼？吃什麼？」這會兒老人一眼瞟見了文太，就說：「比不得你們，吃香噴噴的玉米餅。給村上人一口玉米餅嚼嚼吧。」文太沒有做聲。他很難過。這時參謀長與公社女書記聽到了什麼，抬頭瞥見了文太，就走過來。「又一起中毒事件。」參謀長說。文太看著小野蹄子：「多麼悲慘。」公社女書記喘息著：「老丁和你最懂蘑菇，該研究個方法告訴群眾。現在時興『群眾辦科研』嘛。是吧。」文太點點頭，但心裡從來沒有像現在這樣厭惡她。他說：「老丁場長早有打算。他本來就該有著作。不過這得他過了生日之後——他馬上要過六十歲生日，全場都很重視。」參謀長看了女幹部一眼：「同志之間可不興祝壽。」文太憤憤地頂一句：「這是總結老人六十年革命生涯的時候，怎麼能叫『祝壽』！」

參謀長「嗯」了一聲，糾正說：「他小時候不能算那種生涯的。」女幹部使了個眼色，又拍打一下文太：「這樣吧，地方政權會考慮的，請你先轉達我們的意思，改日再登門——現在還要處理案件咪。」文太看了看小野蹄子，走了。

文太講了村莊裡剛剛發生的事情，懇切要求老丁場長能在百忙之中傳授分辨各種蘑菇的方法。軍彭在屋內踱步，止步時舉手擁護。老丁說看來著作是非寫不可了，群衆反映強烈。老丁走開，文太對軍彭講了給老場長過生日的事，認爲該寫一篇《老丁頌》，到時候讓老人沒有防備，高興高興；同時，也可以宣洩心中長期積聚的敬佩之情，一吐爲快。軍彭對後者有些猶豫，說這樣做是否有些過了？文太說：「你不知道老人的經歷，所以才那樣說。他是黨和國家的寶貴財富，聽一篇生日獻辭有何不可！這也符合廣大職工的心願。如不然，那才是親者痛仇者快的事情哩。比如小六，他會高興爲老同志過生日嗎？不會！他一心想的是篡權謀位——我第一次揭出了事情的根源。」軍彭無言以對，文太準備紙墨去了。傍黑，老七家裡送來了一瓶燒酒，還從衣襟裡掏出了一隻雞——那是她悄悄從街上偷來的。她走後參謀長和女幹部又送來一塊生肉、一頂翻毛皮帽。小六不知道要有什麼事情，只是忙著採菇。他已經好幾天沒有說一句話，嘴唇生了裂口。他在默默等候另一件事情，胸中的火苗一刻不停地燎著他。他採了滿滿一筐蘑菇，用懷疑的目光盯著來來去去的人。寶物用舌頭舔去了身上的髒痕，比往日更加勤快。太陽還沒有落山，牠就出巡了——出巡時間比平時提前了一個鐘頭。老丁黑桿子都回來了，他們手裡提著獵物。鍋裡的蘑菇湯滾動起來，肉塊在水上翻來覆去。老丁坐在帳子裡抽那個大菸斗，一聲不響地等待。寶物提前趕回來，全身沾滿了野草籽，散發出一股古怪的氣味。軍彭在屋中踱步。文太略帶嚴厲地招呼小六搬動桌子，接著是擺好木凳。文太剛要說什麼，老七家裡闖進來了。她頭顱探著蓬蓬吸氣，繞桌一周，然後從衣懷裡摸出了一把綠色糖球、一根小耳勺。文太不快地盯她一眼，撩開帳子說：「老丁場長，請您老入席了。」老丁咳一聲出來坐下。黑桿子滿臉是汗，嘴唇有些抖。老七家裡把剛帶來的東西獻上去，說了些祝壽的話。軍彭皺眉。文太說：「今個是您老六十歲生日。革命生涯千萬里，我們晚輩不能比。請讓俺先敬丁老一杯水酒。」說著舉杯，率領大家一飲而盡。黑桿子說：「這是咱一分場最興旺的時候，人員最多哩。」老丁點頭，又將手掌向老七家裡抖抖說：「你代表地方了。你比那個參謀長和女幹部強上百倍！他們的東西我不稀罕。看看那個翻毛皮帽吧，我什麼時候戴過這東西？地主才戴它哩。」幾個人於是厭惡地盯了一邊的皮帽。寶物哼一聲，咬住皮帽送到屋外去了。大家又喝了幾杯酒，文太站起來大聲說道：

「老丁場長，請聽俺們寫的獻辭吧！是給您的獻辭！」

老丁眉毛一動，忍不住說：「還有那東西嗎？」文太看看所有的人，從懷中掏出一疊白紙，展開念道：「老丁頌。林中有一矮瘦老人，名曰老丁，不可不頌。該老人至今日深夜十二點半左右滿六十歲整，老當益壯。六十年前情景實在遙遠無法測知，想必是降生一美妙孩童全家歡喜，接著用母乳精心餵養。時逢黑暗世界，軍閥混戰民不聊生，老丁足跡印遍山崗平原，一度淪落民間。俗話說古來將相皆出寒門，艱難生活造就英兒。老丁幼時即熟知各種人情大理，稍大更是精明過人。瞻望其鼓鼓方額便可測豐富智慧，端詳其圓圓大口亦當曉能言善辯。塵世間各色人等，無不爲之傾倒。老丁年輕時剛勇過人，猛力常在，令無數妙齡少女神魂顛倒；然老丁嚴於律己，淺嘗輒止，毅然參加革命。從此他金戈鐵馬氣吞萬里如虎，偶爾思念往日情誼淚水不斷。革命聖地他曾去過，與偉人握手，與鋼槍做伴。不知穿破多少糟爛草鞋，也不曉吃過多少奇怪草根。待千里江山紅遍，他在叢中笑。資深功厚，草繩繫腰；安邦治國，鞋露腳趾。試想普天下老人皆似老丁般勤儉節約，祖國將省下多少金錢銀兩。話說歲月如梭，星轉斗移，老丁鼓額之上已見六道橫紋，時不我待。到此時丁老方憶起終身大事，徹夜不眠。東南方有鳳凰專落梧桐，咱小屋有巨龍潛於大江。水一到渠必成秘而不宣，人一走茶就涼壞人遭殃。曾幾何時歹人無限猖獗，黑雲翻捲。有小人臉色蠟黃膽大包天，行爲可疑，眉眼猥瑣，不足掛齒然實在令人氣惱耳。惟老丁胸懷寬闊，不記前嫌。有信心有衆望也有威儀，四方人物皆心悅誠服甘受領導。革命者解放全人類始解放自己，丁場長至老年愈加體貼衆人。正人君子，最重情分；小人耿耿，聲色犬馬。老丁以親身所歷教育青年，勉慰一分場同仁艱苦奮鬥。廣播恩澤必收良報，寶物尚能跟隨左右如同小兒繞膝；倒有惡少反目爲仇，日夜窺視居心叵測。同室而眠，何必操戈；用心歹毒，必露馬腳。好老人戎馬一生，本該在林中安享天年，誰想到巧遇鼠輩盜竊糧草。俺們眾志成城無堅不摧，一生追隨您之足跡，棒打不散。觀您牙齒望您肌膚，深知氣血遠未衰竭；如對異性偶有思念，更表明身處盛年。如此做保守之推算，丁老可有一百二十之壽限也。到其時科學大振，更有夢想不到之怪技，或許陽壽又可再延。總言之丁老治理林場可愈加耐心坦然，大可不必歸心似箭。您之安康實乃人民福分，懇切希望多多保養。遙望革命一生浮想聯篇，顫顫抖抖詞不達意。小文太斗膽執筆草草成文，萬望您老不吝賜教收下區區頌文。一分場全體國營職工敬撰，於陰曆九月九日晚秋日落之時。」……文太讀得滿頭大汗，待讀畢雙手捧獻時，見老丁的淚水已經盈眶。老人擦一下眼睛收了頌辭，小心地放到被褥之下，蹲在地上嘆道：「你們是最了解我的人哪！我奔走一輩子，誰曾說下這麼多公道話？這會兒死也値了，我算交了幾個眞正的朋友……老七家裡，給我斟酒！」

老丁與所有人一一碰杯。軍彭嚥下之後大咳，老丁用手背理了理他的咽部。小六也慢慢喝下，肚子疼似地彎著腰。燈苗一跳一跳，老丁的臉變紅了。他響亮地笑著，離開座位，用手掌拍打著大家。拍過寶物之後，又拍小六，手掌繃成了一把刀狀，在脖根那兒砍了一下。老人重新坐好，瘦瘦的身子球成一團，又挺直說：「我這六十年哪，跟誰去數叨，誰又能聽得明白？老天爺不容我這個轟轟烈烈的人哪！我只能趴在這林子裡，守著寶劍。我不願說起那些事了，可它們成堆兒往我眼前扎！我什麼沒見過？什麼沒聽過？什麼人沒打過交道？我老丁十次八次也死了，不過又轉活過來。我說過，我是省長以上的經歷，長征那年我背上了個外國人，害了瘧疾，叫什麼斯特斯特狼。有個首長喜歡菸兒，草地上哪兒找去？我用榆樹葉子拌上香油給他抽。他抽了一口說：不孬。到了延安，我住在最大一個窯洞裡，桌前擺三部電話機，一部通前方，一部通後方，還有一部直通總司令部。我夜夜披上老羊皮襖讀《論持久戰》，讀也讀不懂，因爲我不是個識字的人，這你們知道。跑去找我的大學生女的不少，都喜歡革命人。要不是後來我去打游擊，說不定會犯那錯誤呢！我其實有個心上人，就是我淪落民間那年頭弄上的，後來也參了軍。不過她跟上哪股部隊，哪股必敗。她是個讓男人疼憐的東西，都去疼憐她，你想會有人專心打仗嗎？俺與她千恩萬愛，說不盡的情誼，分手以後想也想死了。她說：『丁啊，咱別去扛槍了』。我說：『這槍說什麼也得扛，槍比你還金貴』。她哭著跑了。我是個大丈夫，有火氣，我要爬山越嶺革命哩！男子漢不能窩窩囊囊一輩子，他得在身上印十個八個槍子兒才是眞格的！我頭也不回往前走，逢山過山，逢河過河，追趕咱自己的隊伍，嘿，追上一看，黑壓壓不見頭尾，一個個破衣爛衫。這就是窮人的隊伍！」老丁說著一下子站起來。寶物迎著他昂起頭部。所有人都屏住了呼吸，連軍彭也怔住了。文太先默默地偎在那兒，後來一躍而起，在老丁眼前豎起拇指大呼：

「你活得英勇啊！你不甘平庸啊！」

「我跟上隊伍革命，一個人還是革命。從延安下來，就一路上打著眞假鬼子，往這林子裡來了。那時獨身一人，人又年輕，違背紀律的事多少也有點。我打打走走，半月不到，誰都知道蘆青河兩岸有個老丁啦。老丁是個手拿盒子炮的人，一瞄一個準。我穿了軍裝，後來軍裝被樹杈子劃爛了，我就脫下扔了。帽上的五星我留下，那是證據。我光著身子打槍，見過的人都說你看你看了得。我一天見個婦女在河灣洗衣服，就喊她。她跑，我當空開了一槍。後來她不跑了，我才慢慢走過去。這是我犯錯誤的一件事，不過我不避諱。當然了，我臨走取了一套衣褂，你想幹革命沒有衣服怎麼成？婦女非給我兩套不可，我說傻呀傻呀，你家丈夫要穿怎麼辦？她說就告訴他河水沖走了！你們看，戰爭年代的人民多麼好，哪像現在這樣。我穿了衣服走了，一去不回，打起了游擊。游擊游擊，主要是游。不會游的人就不會擊。我成天提著一桿槍在河堤上晃晃蕩蕩，喝得醉裡咕咚，胡亂唱著什麼。這就叫游。我唱：鬼子都是王八蛋，煮熟了以後用鹽醃。小夥子今年十七八，哪個相好的沒仨倆。沒吃黑豬肉還沒見黑豬走？當漢奸的死了不如狗。老子有槍整一桿，呼隆呼隆打下半邊天。我這麼唱，惹得那些老鄉不住聲地笑。他們都知道我老丁是個沒有多少正形的人，連首長也知道。要是按照正規法律處罰我，十個八個也早抓起來了。你知道不能的。因爲人人都有些毛病，都有些好處，比如我呀打仗好。我立正都站不穩，可一聽見槍響兩眼鋥亮，身子也不抖了。

我的槍專打敵人的腦門心。我最恨的是假鬼子，見了他們一個不留。我有兩個叔伯親戚都是假鬼子，都讓我殺了。其中一個按輩分我該叫他爺爺，鬍子都白了。他是八月十五那天落到我手裡的，當時他正就著黃瓜拌豬肝喝酒。我闖進去，繳了他的槍，然後忍不住饞跟他喝起了酒。他敬我一杯，我敬他一杯，直喝了一小罈子。喝了一會兒他說：『好孫子放了我吧。』我這才記起要辦的事情是什麼。我說：『爺爺，不能放你。』他理了理一把白鬍子，說：『你奶奶在家想我啊。』我說：『你知道掛記她，還出來當假鬼子啊？』叔伯爺爺不吱聲地喝酒，臉紅得也像豬肝。他又說：『放了我吧，槍歸你。』我說：『槍早歸我了。咱倆走吧。』他站起來跟上我往外走，我盯著他穿了厚褲子的兩條腿，那褲子油漬麻花的。我們兩人走到了河灘上，四周沒人，安安靜靜風景怪好。叔伯爺爺站在一棵老柳樹下，流著淚珠說：『好孩子，放我回去吧，我再也不當假鬼子了。』我搖搖頭，推上了扳機：『轉過臉去吧，爺爺。』老頭子最後盯了我一眼——我一輩子也沒忘那眼神。他罵了一句：『狗娘養的孽種，我的魂靈也會滅你。』我不敢再想什麼，一揚手打了他一槍，他抱著柳樹倒下去。那一整天我都嗅到了血腥氣，鑽到柳樹林裡不願出來。我後來買了些吃的東西送給了叔伯奶奶，老人家一輩子攤了個不正經的男人，像守寡一樣，她見了我一把抓住我的手問：『好孩兒見你爺爺了吧？』我說：『見過。』她說：『快讓他來家啊，地都荒了。』我沒吭聲。臨走我丟下一句：『讓地荒著吧，他回不來了。』

小屋裡靜極了。一會兒，老七家裡抽搭起來，眼淚滴到了酒杯裡。小六不認識似地看著老丁。軍彭不安地站起來，踱到窗前，又折回來坐下。文太的淚水一直在眼眶內旋動。老丁又飲了一口酒，接著說下去：

「那時候咱這片林子可大，沒邊沒沿，用來游擊可眞是好。仗打起來，有時飯也吃不上，只得吃林子裡的果子蘑菇。那時水氣淋漓的，吃物也多，光蘑菇就分不清，一咬咯吱咯吱，怪鮮的。遇上鬼子來採蘑菇，我就撂倒他兩個。外國人重營養，打死了一撥又來一撥，看來非吃上這東西不行。他們還要伐木頭，用汽車拉，我就專打幹這營生的。林子裡當時算是游擊區——地圖上這地方用點點表示，點點畫到哪裡，我就游到哪裡——只是後來才知道原來林子裡還有另一個人，當然了，這是後話。反正群衆那會兒知道只有我一個人算是革命的隊伍，千方百計讓我高興。我說什麼就是什麼，沒有找茬兒的。所有地主（這東西實在不多）都被我收拾過，我識破了那麼多美人計。地主家小姐跟我好，我也跟她好，不過有個條件，就是支持咱八路軍！反動的東西，再好咱也不能交往，這是一理。有一回我在一個富人家宿下，天亮時分讓假鬼子包圍了。這時候我已經有了雙槍，就一手一槍地幹，讓小姐給我準備子彈。小姐眼明手快，俺倆忙了半天，才把敵人打退了。這樣的小姐哪找去？我想讓她奔咱根據地去，她捨不得父母。這就多少看出她有些反動了。也罷，我自己進了林子。這時節我身上的槍傷已經有好幾處了，我想等到見了首長那天，也不講功勞多大，只把衣服脫下就是。有的首長裝做有大功的樣子，其實全身光溜溜的，沒疤沒痕的，功在哪裡？他娘的。比如有那麼一個人我不說是誰，他現在又是場長又是書記，有一次洗澡我見了，前前後後看他，就是找不見什麼。我問：『功在哪裡？』他娘的。他不如我的女人！我戰爭年代交往的女人，哪個沒受過紅傷？她們咬著牙繼續跟上隊伍，有的站在路口給咱隊伍唱歌說竹板，說，『快快走，快快幹，翻過大山是好漢！』那是給行軍的鼓勁哩！和平年代的女人也有模範，我看準了的不多，只有兩個，一個是你老七家裡，另一個是申寶雄老婆。老七家裡你不用撇嘴，要明白天外有天。聽文太講她可不像男人那麼混帳，事事堅持正義。要知道世道發展到了今天，兩口子也不一定就是一條線上的人。對她最了解的要算文太，小文太深入虎穴，得了虎子。反過來說，情同手足的人也會喪盡良心。比如說我在林子裡打游擊那會兒遇上一個快死的年輕人，用掐穴的辦法把他救下來，又教育他參加了革命，跟上我幹。我把自己的駁殼槍給了他一支，教他如何打敵人腦門心。後來的事我眞不願說。他長得又瘦又小，臉色蠟黃，不說你們也知道像誰。我可憐他，有好的盡給他吃，想餵胖他。夜間寒冷，我用衣襟蓋住他的小腿彎。有時半夜颳大風，風鑽骨縫呀，他就哀求說：『丁司令丁司令，讓我鑽進你胸口那兒吧。』聽聽他沒有血色的一對小嘴唇多麼會說，跟我叫司令哩。我說：『罷，鑽吧！』他就倏地一下滑到我大襟衣裳裡邊，貼在我身上。他眞瘦啊，骨頭硌我；他的嘴裡老有一股邪味刺我的鼻子，還不知好歹地『夫夫』吹氣。有好幾次我眞想捏住他的腳趾把他抽掉扔了。後來我還是忍了。爲什麼？就因爲他是個革命的戰士了。再說我也該有自己的兒子，他這樣在懷裡屈著讓我多少動了父子心。有時候我抱著抱著就覺得是自己的兒子長大了。不過我還沒有老婆呀，兒子，哪來的兒子！臭東西，嘴裡一股野蒜味兒。你們看，我哪裡對不起他。白天，我教他正步走，用樹根給他扎上腰，教了他一首老根據地的歌。誰知到以後，到了戰鬥激烈起來的時候，就是他把我們賣了——那個人跟我一起，另一個革命隊伍的人——這也是後話了。我要說的是有那麼一天，我在林子裡摘桑葚兒吃，登上一棵樹，發現遠處一群蒼蠅嗡嗡嗡。我知道不好，就跑了過去。離開那地方老遠，我就聞到了一股臭味兒。扒開樹枝一看，我發現了一個快死的八路。他的一條腿壞了，動不了，餓也快餓死了。那條腿呀，爛得嚇人，上面白白一層蛆蟲，臭味就是那上面發出來的。他快死了。我撥樹枝時發出了聲音，他的手指就按到了扳機上。想想看老七家裡和年輕人，想想看，快死的革命隊伍的人還這麼堅強！我看了趕緊擺手說：『莫按下手指，我和你一模一樣。』他不信，手指還放在扳機上。焦急中，我從褲兜裡摸出了那個紅五星。我就這樣挨近了他，他又昏過去了。我閉著嘴不喘氣兒，用茅草做成小笤帚給他掃去蛆蟲，掃一下我的心縮一下。多麼疼啊！革命多麼不容易啊！掃完了蛆蟲，我又給他餵桑葚，嚼一口，用手指給他抹一口。後來他轉醒了，我們談了起來，越談越親。我知道他也是老區來的，領頭的就是劉志丹！他一個人堅持在這林子裡打游擊，腰裡還別一卷地圖。圖上的一角畫了些點點，他說這是他的游擊區，我那時知道了這區裡還有另一個人在游擊。我從交談中知道他打死了不知多少敵人，只是前幾天被敵人的小手炮打傷了。他是個老實人，不喝酒不抽菸，有點空閒就看地圖。他是個好人哪，太好的人不能打游擊——只會擊不會游，哪有不失敗的道理。我給他打來了野物，燒得噴香餵他吃。我端量了他一會兒，見他個子不太高，臉上有塊疤。我問他叫什麼，他說：『我叫吳得伍。』

「他叫吳得伍，我一下就記住了這個名字……」

軍彭一直聚精會神地聽著，這會兒帶著哭音蹦了起來，喊：「那是我爸呀！我爸我爸我爸……嗚嗚嗚……」

老丁離開座位，一下子夾住了軍彭的臉，用手拍打著、撫摸著，淚水嘩嘩地流下來。老人說：「不錯，正是你的爸爸。好孩子你不要難過，不要哭。好好幹，好好繼承先烈的遺志。我那會兒用野物餵他，他活過來了，你不用擔心——你聽我講下去。」說著放開了軍彭，回到座位上。老人流著淚水喝口酒，又夾了肉片，費力地咀嚼。「這眞是個英雄。他被我救下，從今後俺們一塊兒幹，再加上那個小瘦東西，革命隊伍一下發展成了三人。三人總得有個頭兒，我們決定選出個政委來。照理說吳得伍看得懂地圖，當政委最合適，我跟小瘦孩兒說好都投他一票。誰知小瘦孩兒嘴上心裡不一樣，暗暗投了我一票，這樣我得了兩票——另一票是吳得伍投的——我成了政委。我怎麼能當政委？久後我怎麼有臉去見劉志丹？我眞想把小瘦筋的頭擰下來。小東西高興得嘻嘻笑。我說不用笑，夜間睡覺你站崗。吳得伍這個人——軍彭同志我要說你爸句壞話了，他哪裡都好，就是有一條，太顧戀老婆。睡到半夜裡他常常沒了影兒，這開始讓我起了疑心。我怕他是個通敵的人，你知道戰爭年代人專往壞地方想呀。我後來暗暗跟上他走起了夜路。好傢伙，你爸手提盒子炮行走如飛，爬了一座小山，跨過蘆青河橋，又轉過三個大村鎭。他走了足足有四十里，我跟著他累得噓噓喘。後來他在一個小土屋跟前停住了，敲門三下，出來個女人。我怕他們是有勾搭的那種事情，後來才明白革命隊伍的人是不拿群衆一針一線的，不會那樣的。眞的，原來他們是夫妻。幹革命多麼不容易，回家睡覺要跑上四十里，來回八十里，天亮前還要趕回宿營地。從年歲上掐算，軍彭同志，你是那些黑夜裡有的一個人了。那時我對吳同志多少有些看法，心想你對女人也太遷就了，也不管什麼年頭。不客氣說，他算個喜好女色的人。我以政委的身分批評了他，他沒有吭聲。後來呢？後來我爲這個後悔了一輩子。原來他早做好了死的準備。一個快死的人了，怎麼不可以？他是最後親近女人了。人到了快死的時候自己知道，人是有古怪靈性的。但是我相信他不知道會死得這麼簡單，他那些日子只知道有什麼從天邊逼近了，就像一塊黑色天氣，上拄天下拄地，不聲不響地湊過來了。他知道死的日子快要到了，得趕緊留下個後人。他想得不錯。後來眞的出事了，小瘦東西不見了！我們兩個人滿林子找，怎麼也找不到。天剛濛濛亮，我對吳得伍說：『恐怕不好，小瘦東西要是把我們賣給敵人，我們就算完了。』老吳是個好人，思想不轉彎。他說：『怎麼會哩？』我說還是防著點好，就拉他一下往東跑下去了。跑了沒有幾步有人嘻嘻笑，我一看，看來四周的大樹底下都蹲了假鬼子。完了，我估計得一點不錯。我這會兒把手裡的槍一下插進腰裡，說：『你們先別急著動手，死活一會兒就明白。我先要把自己家的事辦完——小瘦東西趴在哪？你給我出來，本政委要見見你！』沒人吭聲。我又喊一遍，有個角落沙啦啦響，那個小瘦東西眞的站到樹底下了。我一見他恨不能把他的頭砍下來。我大喝一聲叛徒，他嚇得直抖。我問：『小瘦東西，我問你，我把你當親兒子待，救了你的命，我哪裡對不起你？』小瘦東西擤著鼻涕，哼哼著說：『對、對不起。』『那你爲什麼還要賣我、賣你吳大？』他揉著眼，半天才說：『人家對我更、更好，人家給我好飯吃。』我死也要死個明白，就問：『什麼好飯？』小瘦東西答：『包子。』一群假鬼子哈哈笑起來。我快給氣死了。就爲了幾個包子出賣了革命隊伍裡的戰友，向敵人告密，老天爺可是親眼見了。我一下抽出槍來，第一個打叛徒。誰知小瘦東西被後邊的人挾上退下了。接著他們喊著讓我倆投降，俺回答的是槍子兒。吳得伍好槍法，一槍打一個。俺倆邊打邊退，我的胳膊受了傷，老吳的腿受了傷。他跑不動，我就連拖帶拉拽他走。他的血啊，把我全身都染紅了。後來老吳的肩膀又挨了一槍，一說話就冒血泡。他說的話電影上也常演，就是囑咐我替他交黨費。先烈哪裡都好，就是太掛記錢了。我說替你交就是，這會兒要緊是突圍出去。他說不行了不行了，我說行行行。他不走了，要用槍打自己的喉管，我火了，奪了他的槍……」

「爸！我爸我爸我爸！」

軍彭再也不能支持，大叫著，碰翻了一個菜碟。

老丁又一次起來抱住軍彭的臉，拍打著安慰他，等他平靜下去，才坐在座位上。「老吳同志犧牲了。他死得很勇敢。我第一回見人死得這麼勇敢。劉志丹手下的人就是行。他死了，我突圍出去了，全身都是他的血。他的血比什麼都紅，像紅雲彩一樣啊。我一輩子會記住他流的血，我老丁什麼都不怕，不怕人暗算，也不怕天塌地陷。我跟俺們吳得伍扛著鋼槍打天下，地圖一角的小點點就記下了我倆的游擊區！我要一個人打游擊了，打一輩子游擊啊！吳得伍啊，你放心走吧，我一個人待在這游擊區啊！」

老丁說著說著喊起來，單腿跪地，昂著頭顱向南望去。寶物從牠的位子上離開，匆匆地在酒桌四周行走。黑桿子激動中和老七家裡靠在一起，抹著眼淚。文太的臉紅一陣黃一陣，胡亂搔著頭髮，終於又一次彈跳起來喊一句：

「你活得英勇啊！你不甘平庸啊！」

他喊完氣力頓失，像泥土一樣癱在那兒。小六瞥瞥周圍的人，伸長脖子吸了一口氣。軍彭一直在哭，這會兒揩揩淚水，上前抱住老丁說：「老丁場長，老丁場長！受孩兒一拜吧！孩兒不知道你是先烈的戰友，不知道你們一起浴血奮戰……孩兒對不起你呀。我，我還暗暗懷疑過你不是場長。從今後你老說什麼就是什麼，我把你當成父親。我要革命到底。」老丁的淚水滴在軍彭的頭髮間，伸出粗老的大手按住他說：「好孩子我不怪你，吳得伍沒了，還有我哩。誰敢欺你？不瞞你說孩子，你丁叔的這把寶劍就是用來查訪那個叛徒的，早晚刺在小瘦東西的腦門心上。記住啊，人不可輕視吃物，那個叛徒在當年還不就是爲了幾個包子出賣了先烈？叛徒都是告密的好手，他不在了，他兒子也會在，我憑他的長相就能猜個八九不離十。好孩子，要繼承先烈的遺志，要跟我一起查訪那個叛徒。你沒聽人說嗎？有人把國家變色的希望寄託在第三代第四代身上。軍彭，記住咱們林子裡出過一個叛徒——這個告密的好手，讓咱查訪到的那天，也就算活到頭了。記住，記住叛徒的長相……」

八

小六不停地喝涼水。後來全身熱燙，像被火烤過了一樣。他唇上爆起白皮，嗓子沙啞。早晨或深夜天氣涼爽時，他就赤著腳到林子裡奔跑。有一次腳背上刺了一根大刺，讓黑桿子給他拔出來。林子裡有白色的楊樹幹，光滑得很，他抱住樹幹身子就軟了，嘴裡呼喚：「小眉小眉小眉！」從林子裡回來，眼角發紅，嘴上的裂口流著血，後面還緊跟著寶物。黑桿子沒好氣地問一句：「你癡了嗎？」他夜間在床上翻滾，哎喲聲接連不斷，文太眞想給他擰下一塊肉來。有一天半夜他坐起來寫什麼，鋼筆尖沙沙有聲，衆人一齊舉燈圍住他看。只見一張白紙上印痕重疊，只是無色，原來鋼筆無水。白天他隨別人一塊出去勞動，神色焦慮。有一次他攔住了軍彭的去路，說：「軍彭同志，沒人能跟我談一談。你能夠跟我談一談嗎？」軍彭冷冷一句：「談什麼？」他的手抖著說：「談談……愛情。」軍彭用厭惡的目光盯住他。他說：「一陣一陣，像浪一樣往前頂，我受不住。我受不住哇。這是愛情啊，我受不住。我尋思她模樣，睜眼閉眼都是她。第一回的，第一回有個愛情了。她像不明白。一陣一陣往前頂啊，這些日子又猛烈了……我！軍彭同志！跟我談談這個吧，我憋不住了，我憋死了，我不行了呀！沒一個人跟我說話，我不行了呀！」軍彭哼一聲：「你不是買了一片化製墨水的顏料嗎？你會寫嘛！」「不行呀，不行呀，我只買過兩片……」軍彭厲聲質問：「第二片呢?!」小六的腳抬動著：「我、我……」「你是個陰暗的人！你這樣的人也配談論愛情嗎？」軍彭說完大踏步向前走去。小六僵在原地，後來大仰著臉，踉踉蹌蹌往前趕。他見到做活的民工，一步闖過去，睜大眼睛四處尋找，問：「小眉？」婦女們大笑：「誰還不行，非得小眉不可嗎？」他說：「小眉。」他走出林子，一路匆匆奔向村子。他在街巷上轉著，有時還弓著腰。有一次小眉眞的出現了，他撲到跟前問：「你怎麼呢？你快呀！」小眉嘻嘻笑著，從衣兜裡摸出一張紙片，捏住一角抖著，轉身就跑。她邊跑邊回頭，希望他追趕。他叫著追起來，趕過一條巷子又一條巷子。有一次正好參謀長和公社女書記轉出來，一下攔住了他的去路。他從他們中間穿過，參謀長一愣，拔出了小手槍喝道：「站住！」他不聽，還是跑去了。參謀長讓民兵把這個人逮住，綁住押到辦公室盤問了一番。小六嗚嗚囉囉講不清楚，民兵用槍托搗他。小六一邊抵擋著一邊嚷道：「哎呀，好香的野艾草味呀，好香呀。野艾草味呀，好香呀，一陣一陣的野艾草味呀，哎呀，我受不住的艾草香味呀……」民兵都笑了。參謀長用手托起他的下巴看看，說：「是不是誤食了毒蘑菇？」他讓人去喊林場來領人，文太就來了。文太給小六鬆了繩子，又取一瓢涼水給他當頭澆下來。小六不喊叫了，搖著頭，搖去了滿臉水珠。往回走的路上文太斥責說：「你想怎麼樣？告訴你，損壞林場與地方關係的事勸你還是不要做。」小六說：「我想小眉。文太，我想小眉，我不行了。」文太說：「勸你還是不要做。」小六說：「小眉呀，小眉呀，小眉小眉小眉……」他越說越急促，後來撇開文太一個人向林子深處跑去。

文太本想將近期小六的情況向老丁匯報，但後來發現這不能夠。老丁躺在帳子裡，像小六一樣翻動著身子，見了文太一把抱住，說：「文太，我心裡有火啊！」文太知道老人又想起了女教師：那封信仍不見音訊。老人耐心地等待了七天，第八天上，他終於受不了。老丁說：「人家不願意嗎？我尋思她會願意。」文太一拍大腿：「她當然會願意。她也許高興過分了，一時不敢回信。」老丁嘆息著：「折磨死我一個老人了。我耐不住性兒啦，我想跑去看她。我一遍一遍想她的肩膀，走路的穩重樣兒。上次她來採藥，我和她說話多順茬兒。我知道她喜歡我。」文太想了想道：「喜歡和喜歡不一樣。她如果喜歡的是你的職位，那就不能算眞正的愛情了。」老丁有些不高興地盯他一眼：「說哪去了！她是那樣的人嗎？她喜歡的是我這個人。」老人在炕上活動一下身子，把頭壓在枕頭上咕噥著：「尊敬的國家女師啊，俺林中人先向您道一聲安康……您也不能不理別人的死活。您的心好硬啊，林中人怎麼受得住。我們都是公職人員，更應該多體貼才是！國家女師！國家女師！我要在這裡罵您哩，國家女師！」老人的臉在枕頭上顫抖搖動，整個瘦小的身軀弓起又放下，帳布被震抖了。文太驚訝地看著，心想老人與小六是絕對不同的兩個人，可這幾天的情狀卻是相同的。他那麼替老人難受，知道這一切對一個老人是無法抵擋的——那像火苗一樣燎著胸口啊。他緊緊握著老丁的一隻手，又把這手貼在臉上。他自語一般急急地輕輕地呼叫著：「老丁場長，我比誰都理解您老！您是個重感情的人，您待我們場裡人恩重如山。我眞想幫您，可又幫不上忙。您老多保重啊，您老自己多支持著一會兒吧。我眞恨那個國家女師，讓我罵罵她吧。」老丁從枕頭上抬頭插一句：「不許罵她！」文太急忙說：「我怎麼敢罵她！像您老一樣，我是說說氣話。我多想看看她的模樣，她多麼穩重大方！她多麼文雅！我一輩子看不到比她更美貌的女人了。」兩個人緊緊摟抱在一起，互相捶打後背，久久不語。

這個夜晚，文太陪老丁在小學校舍四周徘徊。他們指點著尋找女教師安睡的那間小屋，後來見黃亮的一扇小窗上映出了女教師的影子。她在端杯喝水。老丁緊緊盯住，說：「看見了吧？她儘喝水。哎呀，我算見她了——你知道我不敢來看她。」文太握著老丁的手，弓著腰往前走幾步，說：「老丁場長，我眞想過去拍拍窗紙，把她叫出來。」老人阻止了。他說這只隔了一層窗戶紙，一戳就破的，就破的。後來燈熄了，老丁說：「她睡下了。看看她孤單單的，我心裡眞不是滋味啊。多好的姑娘，四十多歲了還是獨身！我們應該早早讓她結束獨身生活。」文太信心十足，用力握了一下老人的手：「會的。一定會的。」他們繼續沿校舍旁的小路走去，長時間沉默著。小路兩旁的草葉有露水生出來，夜已經深了。老丁接著又討論了一旦婚期來臨，他們要做些什麼等等。他們討論了每一個細節，比如新房的安置、酒宴請不請參謀長和老七家裡等等。較爲一致的意見是堅決不請公社女書記。還有，在婚前的前後十天時間裡，要讓黑桿子和寶物特別注意一下某個人。天有些涼，天空的星星又大又白。老丁看看校舍的方向，見它無比安靜地呈現一溜黑影。不遠處的小村莊有狗的叫聲，叫聲停了就更加寂寥。他撫摸著自己的胸部，輕輕哼唱起來。後來這歌聲就大了，引逗小村裡的狗齊聲鳴叫。老丁唱著，唱罷對文太說：「她會辨出我的音調來。我相信這夜晚她是睡不安穩了。多好的一個夜晚，我唱了歌給她聽。」他的話音剛落，一個黑影飛快地奔過來。老丁一眼看出是寶物，說：「牠來了。牠是不放心我呀，走吧！」

老丁的事情使文太越來越沉重。他等不到女教師的回信，像老人一樣焦慮。他對軍彭說：「快十天了，就像鈍刀割肉，誰受得了。」文太講了事情的前前後後，說：「老人把你當成兒子一樣，別人我才不講。」軍彭在小屋裡踱起了步子，停住說：「讓一個德高望重的老同志在婚姻上折騰成這樣，我們是不稱職的。」文太點點頭：「不過怎麼辦呢？」軍彭只顧自己說下去：「老同志爲革命戰鬥了一輩子，晚年什麼幸福不該得到？我們眼睜睜看著他這樣，對不起他啊！」文太久久地握著軍彭的手，默默無語。

老丁越來越消瘦。幾天來他不吃飯，只喝一點蘑菇湯。後來他病倒了。文太、軍彭和黑桿子焦慮萬分，用各種野物給他補身體，又請來小村一個中醫開了湯藥。老丁的病時好時壞，參謀長和女書記代表地方來看過，彼此使著眼色。老丁對左右說：「什麼醫生也除不去我的病根。」參謀長問：「病根在哪裡？」老丁不語。他們走後老七家裡又來了。老丁握著她的手，再三撫摸。老七家裡親了親老丁鼓鼓的額頭，哭了。文太說：「我從來沒見過這麼動人的愛情。」他們此刻最恨女教師，都認爲她比不上老丁場長一根毫長。夜間，秋風吹得人心裡一揪一揪的。小屋裡，只有老丁和小六的鋪子發出嘆息聲。兩個不同的人，在同一個夜晚害了同樣的病。風一陣大似一陣，野物淒嘯。有鳥兒扇著翅膀從屋頂上經過，帶來了隱隱約約的雷聲。文太也睡不著，朦朧中見軍彭一個人披著衣服在屋裡踱步。風把什麼吹得尖響，像一陣陣邪惡的口哨。寶物從屋角爬起來，轉著身子將尾巴壓到屁股下，才重新躺了。夜深了，黑漆一樣的霧氣從窗縫湧進，蒙到了文太的臉上。文太覺得軍彭爬上鋪子，黑桿子起來小解，之後又到乾糧籃裡擰了一塊玉米餅塡到嘴裡。一陣咀嚼聲引來了三兩個蝙蝠，牠們呼呼飛著，緊貼著文太的眉毛滑過去。林中一棵大樹折斷了，發出「喀啦啦」的巨響。文太似乎看到折斷的枝葉下，有一隻褐色的大河蟹支起笨軀爬過，沙沙聲如同急雨。一片片泥土在風中開了裂紋，接上無數的蘑菇圓頂鑽出地皮，一望千里，令人驚悸。每一個蘑菇頂部都生出一隻眼睛，張望著黑夜。文太心上一緊，淚水從頰上流下來。他爬下鋪子，伏到窗口上望著，見無數的樹冠猛烈搖擺。突然，他看到黑漆漆的叢林間飄出了一團白影。白影在跳動，可以辨出是一個舞動的人形。文太「啊啊」大叫跌在地上。黑桿子一翻身滾下來，抱起文太。文太說：「看看！」白影跳得近了，離窗口只有十幾米遠了。老丁哼哼著爬出帳子，小六也到窗前來了。那個白影呼叫著在原地跳動，聲音粗啞。文太吸著涼氣。聲音顫顫地問：「你是什麼東西？」白影答：「我是人。」文太說：「你是誰？」白影又答：「我是小野蹄子。」文太尖叫：「你不是！小野蹄子死了，讓毒蘑菇毒死了。」白影跳著，哈哈大笑：「我就是小野蹄子。我把命丟在林子裡了，我來找我的命啦……」文太離開窗戶，說：「媽媽呀，小野蹄子眞的來了！」白影繼續呼叫：「我是小野蹄子啊！我來了噢！」她喊著往前撲，屋裡的人慌亂起來。黑桿子去取槍，忙亂中走了火，把屋頂打了個洞。這一下大家都記起鬼是打不得的，絕望中向後門擠去。白影長長的毛髮在風中撩動，很快靠近了窗口。一屋的人全跑出了後門，四下奔去。老丁跑在最後面，他的頭腦被涼風一吹，清醒了許多。後來他站住了。

白影蹺著腳去摸乾糧籃子，大口地嚼著玉米餅。

老丁看得清楚。老人輕輕地靠上去，猛地將白影抱在懷中，任她大叫著掙扎，只是不放。後來她失了力氣，一下子疲軟了。老丁給她掀去頭上的麻綹，褪下身上的布單。她哭了，連連求饒。老丁這才辨認出是來小屋裡補過麻袋的一個姑娘。老丁厲聲喝問為何裝鬼？她說：「俺餓。俺想拿走乾糧籃子。」老丁說：「你可知這是犯大罪的？」姑娘身子抖著，直說：「俺餓呀！」老丁讓她吃玉米餅，她淚痕未乾就兩手捧住吃了起來。老丁把乾糧籃子摘到帳子裡，帳裡立刻充滿了玉米餅的香味。她哭著，說再不敢了，不敢了。外面的風繼續颳著，野物不停地呼號。老丁把所有的玉米餅都包好，交給了姑娘。姑娘走的時候謝過老丁，說要把這些玉米餅交給年邁的奶奶和姥姥。她再也不敢了，不敢了。她趁著夜色溜出去，沒有忘記那個白布單和一團麻絡。天亮時分幾個人從林子裡鑽出來，見老丁正躺在帳子裡呼呼大睡。軍彭感嘆道：「眞正的唯物主義者是無所畏懼的！」文太說：「我聽見白影兒在尖叫，嚇死我了！我到處找老丁場長，還當老人被鬼擄去了——那樣場子就得塌了天了。」小六臉無血色地爬到鋪子上，用床單蒙住了全身。一會兒，床單顫動起來，傳出了抽咽聲。軍彭厭惡地轉過身去，在屋內踱起了步。早飯時老丁醒來了，神情安定。他招呼大家吃飯，黑桿子取過乾籃子見空空如也，不知如何是好。老丁說：「它們被鬼取走了。鬼也餓呀，他們都是貧農。」一句話說得大家不語。小六的呻吟漸漸弱小，後來就睡過去。文太和軍彭動手熬了點蘑菇湯，勉強吃了早飯。文太講起了小野蹄子金黃的頭髮，軍彭瘦削的肩頭抖了幾下。他懇求說：「老丁場長，人民多麼需要你的才智！早一天寫出《蘑菇辨》，早一天挽救出一些人。您老貢獻吧！」老丁點點頭：「不是不寫，是工作太忙。一個分場有多少事情，我實在閒不出手來，寫是要寫的。」文太在一旁催促說要儘快爲老人筆錄。「偉人大半是有著作的。」他說。老丁拍拍手：「也罷也罷，那就寫起來吧。」接下的時間裡文太調製黑墨，老丁閉目養神。他們坐到了帳子裡。這期間一些閒事都由軍彭和黑桿子照料，寶物常常跟隨小六。以前寫任何東西都不是這般艱難，這似乎要花費很多個時日。文太出來時總是急匆匆的。

小六在林子裡勞動，蹲下就不願活動。他的對面有一個年老的民工在拔草，他就閒下手來喊：「你是小眉嗎？」老頭子斜他一眼。小六說：「然而不是。」做活的民工中有細弱一點、穿了鮮艷衣衫的，都被他認做了小眉。他伸手去捏人家的頭髮，被人家打了嘴巴。小六沮喪地蹲下，揪掉一株草。寶物在他身旁撒尿，臭味刺鼻。牠對小六笑著，殘牙露出來，呈漆黑的顏色。有一次一隻小野兔子不愼被牠逮住，牠就在小六眼前二尺遠的地方宰殺獵物。血腥味小兔吱吱叫著，一道血水濺到了小六身上。小六退一步，寶物就咬起獵物逼上一步。血腥味頂著他的鼻子，他捂著鼻子拒絕呼吸跟前的空氣。然而寶物耐心地咬開毛髮極爲細膩的小兔腹部，咬出尙在跳動的器官，咬出一個杏子大小的紫紅色的東西，咬出一個像碧藍的石頭似的東西，又咬出一瓣菊紅的葉片。牠咬著，舔著上唇。小兔內臟中分離出一個活躍的東西，在沙上滾動了一下，接著躍起半尺高，又往前一躍，躍到一邊的小樹叢中。小六呆住了，一動不動。寶物呼地一撲，長嘴到樹叢中拱了幾下。一會兒，樹叢中有什麼「呀」地一聲哭了。小六木木的腦瓜在想：那個躍跳的東西大概是小兔的靈，小兔的靈剛死去。寶物折回來了。小六驚訝地發現，寶物醜惡的臉膛一瞬間被印上了綠得發黑的幾個箭頭，這張箭頭指向各不相同的幾個方向，像是要撕碎一張骯髒的面孔。小六說：「你……」寶物迎面一吼，然後去吃剩下的肉塊。黑桿子掮槍走來，手裡捏著三兩個又大又黃的柳樹蘑。他粗聲粗氣地對小六說：「玩什麼名堂！」小六指指寶物，黑桿子怔住了。他對寶物說：「玩什麼名堂！」寶物在原地一臥，接著四蹄一騰，一陣沙煙爆起來，一下子迷住了兩個人的眼。他們搓著眼，等沙煙消盡了再尋找寶物，牠已經無影無蹤了。黑桿子大聲叫罵起來。小六一個人做活的時候，不免又陷於沉思。有姑娘之聲在樹叢震響，他必然身體抖顫。野艾草的香味陣陣撲鼻。他舉了一束野艾草不停地走。在黝暗的林子裡，蜘蛛的網子不斷地將他罩住，他奮力擺脫著。蜘蛛在樹梢看看他挨上咒語，心中興奮。蜘蛛把從未有過的惡毒咒語拋向了這個枯瘦青年，因爲他面部已經顯出了不祥的兆頭。小六若無其事地舉著艾葉往前走，後面傳來了軍彭嚴厲的呼叫，他像沒有聽到。後來他走出了林子，向小村方向奔跑起來。蜘蛛的咒語追逐著他，他瘋了一般向小巷子裡跑。

一個縛了草繩的奇怪的殘土牆上，有著四方小洞。小六驚喜非常地趴在洞口向裡望著，嘴裡一聲接一聲咕噥。他想把身子扎進那個洞裡，但總也不能。小方洞的深處有什麼在活動，他激動地哭起來，肩頭抽搐著。這樣停了不知多長時間，突然有一個老頭子穿了黑衣服，手提一根木棒走過來。老頭子摸了摸小六的後背，伸手抓住拉出來，照準頭部就是一棒。小六像一捆谷秸一樣倒下來。老頭子罵了一句，弓著腰跑開了。停了沒有一分鐘，一隻黑黑的小手在小方洞裡搖了一下，一會兒一個黑黑的姑娘跑出巷子，大叫著拍打倒地的小六。小六怎麼也不醒，黑姑娘就一下下拍打，一隻手還撫摸起他變硬的鬍茬。她四下裡看著，急出了眼淚，嚷著：「你好狠心哪爸！你把他給打死了！」她嚷著，捧住小六的臉，在鼻子的一側親了親。不一會兒，小六醒來了。他一定睛，立刻大叫：「小眉小眉小眉！」他緊緊地、毫不猶豫地抱住了姑娘。小眉像被勒壞了一樣，臉龐憋變了形，一雙小手狠推小六。小六鬆鬆手，說：「媽呀！」小眉說：「你剛才死了。」小六兩手按住她的肩膀說：「我等你的音信！我等！你怎麼了！你怎麼了？」小六發瘋地搖她。她「格格」大笑，一下蹦起來，跳著後退，說：「嘻嘻，等什麼音信？嘻嘻。」小六拍著手嘆息：「怎麼辦哪！又美麗又愚蠢的人！叫我怎麼辦哪？」小眉湊前一步問：「什麼是『愚蠢』？就是長得黑嗎？」小六哭喪著臉沒有回答，只好伸手按住她，不歇氣地吻了一會兒。他們在一塊的時候，正有一個四五十歲的中年婦女在巷口上看。他們吻一下，她就咬一下牙，下巴用力地點一下。她手裡提了一包乾蘑菇，正要去小店裡。她是老七家裡。她的一雙大黑手正按在牆上，十個手指把土皮抓下了屑末，哼哼地笑著。停了一會兒，她覺得眼前模糊，就撩起青布衣襟去擦眼。擦完眼，人家兩人已經分開了。只聽小六急急地喊叫：「收到了嗎？」小眉笑著嚷：「收到也不稀罕！」小六一跺腳：「我問收到了嗎？」小眉從衣襟裡掏出了兩張紙，在遠處抖著：「就是寫了黑麻麻的糊窗紙嗎？」小六說：「天哪！你不識字。這是信喲——我天天等你回音，天天……你！」小眉嘻嘻笑著，一邊抖一邊跑，讓小六追趕。小六真的追上去。

這邊的老七家裡兩眼放出了光亮，焦急地直搓巴掌。她的腳抬了幾下，但終於沒有挪動。焦急中她攔住了從另一個巷口拐出的一個老頭子，對在他耳邊說了幾句，然後轉開了。老頭子雙手舉拐一聲斷喝，小六回了頭。老頭子招手讓小六過來，小六不解，老頭子又喝：「給我過來！」小六挪過來，老頭子狠狠一拐杖，罵道：「你攆閨女家！」小六捂著頭躲閃，又想起了什麼往回跑去——可是小眉已經不見了。

小眉抖著紙片往前跑，被老七家裡攔住了。她一手挾住乾蘑菇包，一手飛快地揪了小眉一下，把她揪到另一條胡同口。老七家裡問：「手裡是什麼？」小眉把紙片藏到背後，不吱聲。老七家裡說：「拿著吧！反正你是睜眼瞎。什麼時候了？還不快找個識字的念出聲來，你知道那上面藏了什麼？你就不害怕！」小眉疑惑地看她，問：「你識字嗎？」老七家裡罵道：「識你姥姥家個地瓜蛋！我不識我不會找學問人嗎？」小眉又說：「我不願找參謀長和女書記。我想找女教師。」老七家裡做個嚇人的手勢說：「天哪！女教師這會兒正白天黑夜想著老丁呢，焦急八叉的，她看了這些字紙，好的地方她還不偷換了去呀。這可不行。」小眉急得要哭，老七家裡說交給我交給我，說著一把扯下信紙往前跑去。小眉跟上她跑，她說：「回去等吧。我沒告訴你結果，你千萬不要再靠近那個蠟黃臉小六了，啊?!」小眉這才止步。老七家裡跑著，到小店扔下蘑菇，又往林子裡跑去。寶物迎著她打呵欠，她不睬。進小屋的時候，寶物將她攔住了。她大叫，立刻被黑桿子捂住了嘴。她想罵，軍彭披著衣服走來了，說：「不要吵。」老七家裡壓低了聲音：「我要見老丁場長。」軍彭搖搖頭說：「對不起。這不成了。」老七家裡剛要喊，黑桿子又捂嘴巴。軍彭解釋說：「老丁場長近幾天與文太（他僅僅做記錄和細部整理而已）正作《蘑菇辨》，誰也不得打擾。萬望海涵。」老七家裡急出了汗水，紫色的嘴唇爆起白皮。她從衣襟底下摸出疊起的紙片，晃一下說：「俺是報材料的。」軍彭說：「那報給我好了。」老七家裡說：「臭美。這材料俺只報給老丁場長。」說著她跑開了。停了沒有幾分鐘，老七家裡重新跑到小屋跟前，不說話，只從懷中掏出那幾張紙——上面已經插了三根雞毛。軍彭上前看了看，知道雞毛信是火急的，只得放她進去。老七家裡將信紙掖進帳子的褶縫裡，然後坐在炕下一個蒲團上。稍頃，帳子裡有些混亂，文太和老丁罵起來。老丁從帳布間探出堅硬的頭顱問：「怎麼到手的？」老七家裡答：「從小眉手裡取來的——她也不認字兒。」老丁走下炕來，咬咬嘴唇說：

「事情透底了。原來小六為這個又買了一片墨水顏料。嘿，鬼東西，這下算明白了。」

老丁將寶物和黑桿子、軍彭叫來屋內，講了事情的原委，讓文太宣讀小六寫給小眉的信件。老人很快活：「聽聽吧！咱一分場就是出才人。聽聽才人想了些什麼花裡胡稍的東西。這回謎底算揭開了哩，嘿，小六是個什麼都會寫的大才人。他想小眉了——那閨女可實在，他眼力不能說錯。文太念念，念念。」文太清了清嗓子，說：「他的文法不順，不過同志們湊合著聽吧。」他念道：「題目，求愛信：接正文——親愛的小眉小妹您好。接到這封信件您必然感到突然慌亂，懇切期望您能穩重大方。這信的目的一言以蔽之，僅爲了送去些感情構成一對革命戰友而已，別無他求。先介紹一下本人政治面貌及其他基本情況，供您夜間思考。我生於古曆二月，生日較大。家庭出身雇農：房無一間，地無一壟，父親外出時穿母褲，而母只得臥炕並以黃沙埋住腰部以下。可見成分比雇農還貧因而苦大仇深堅決革命鬥爭。十七歲入團並且宣誓，介紹人一個姓李一個姓張（他們如今不知去向未再聯繫）。本人積極開展政治努力學習要求進步身體健康。注：身高一米六五見硬，略顯黃瘦但並非疾病，因七歲那年開春患過蛔蟲（並不傳染），食蟲藥三包，瀉下死蟲無數，痊癒。社會關係方面父親早死，母親爲一家庭婦女，沒有兄妹。現存世上尚有姨母三閨女的外甥（呼我爲舅）一人在家務農。總之政治面貌清白根紅苗正且成長在紅旗之下。本人常常憶苦思甜牢記父親討飯被地主放狗咬傷及冬天在大雪地凍掉九根腳趾等事。地主逼債如狼似虎闖入我家，見母用黃沙埋住下身即用力拽起無所不用其極。血淚帳一本本記下，共同生活時我會常常與你溫習並互相鼓勵前進。您本是我階級兄妹，在林中一抬頭見了便產生深厚感情，夜間尤其思念（白天稍差）。思念您周身上下一處處頭足手腳等等，心中激動萬分。您之眉眼如革命閃電，電光石火稍縱即逝；您之兩腿如同總場場部的那匹灰斑騍馬，又踢又蹦一躍千里無敵手。小臉黑油油是勞動人民本色，雖然腳上有牛糞然而革命者喜歡。您潑辣大方艱苦樸素，有一次褲子破了還堅持在林中勞動直到天黑。所有方面我都看在眼裡喜在心頭，幾次想吐露又怕您把我當成流氓所以小心觀測。觀測結果就是這信。我思想深處即內心激動萬分。有時恨自己沒能出生在您左邊小屋，同為村童一起拔苦菜擲泥蛋赤身洗澡，由小到大進入學生時代。說不定戀愛更早發生互相無所不知，成為新一代人民公社社員，結婚時老支書贈咱倆一副钁頭、一個小鐵鋤外加繫了紅綢的寶書。我們為革命種好良田及進行科學實驗，志在廣闊天地煉紅心。我看你小肩膀很瘦即產生可憐，甘願獻上一切。您誠然不夠豐滿，但我堅信您是一塊好鋼。您不像有些中年婦女，與壞人勾結滿身臭氣，脫離農業生產經商反而自以為得計。任何人與此等婦女一旦結成夫妻都會痛不欲生自暴自棄革命半途而廢。所以今去信並非只求男歡女笑席上枕間意志消沉。我與您即便有了那後代也仍舊堅持正確路線互為進步表率，並不因那種事而毀了原則於一旦。年頭長久必生些老皺，但我信您是個老樹紅花兒，又吹新芽。紅旗漫舞戰歌嘹亮，高路入雲端。我如能收到回音，就飛跑到小村看您，到那時再請介紹苦大仇深的雙親二老。我這信一發出就專心等待，盼你能不辜負革命戰友的期望。本人正處於特別時期，度日如年有餘（仔細情況等以後面敘），總之有人一手遮天，惟恐天下不亂。謝謝，致崇高戰鬥敬禮。緊緊握住小手。盼親愛眉妹速復。於陽曆七月七日一早。」

「他媽媽的！」黑桿子大罵了一句。

「多麼狂妄，然而多麼無知、多麼腐化！」軍彭揮了一下手。

「這顯而易見是一封反動的信。」文太說著瞥了一眼眼睛發紅的老七家裡。她這時揉一下眼，罵道：「天哪，這個年頭誰給俺做主呀！他信上說那個『中年婦女』還不是說我？指桑罵槐……」老丁大咳一聲問：「你親眼見他們牽上線了？」老七家裡拍一下腿：「可不！我還見他們摟著哩。」「這個大才人哪，淨想好事，嘿嘿。」老丁笑著，招呼文太到帳子裡寫字去了。寶物昂頭看著小六睡過的鋪子，打了個響亮的噴嚏。

九

暮色蒼茫，樹影如山，寶物出巡了。

紫色帳子裡仍舊盤腿坐著老丁。老人閉著眼睛說話，一邊的文太把黑墨滴在紙上。濕漉漉的草葉絆著寶物的腿腳，牠跳騰起來，正巧把一個七星瓢蟲吸進鼻孔裡。蜘蛛的長長絲線從樹梢垂掛下來，寶物小心地躲開。文太埋下頭滴著黑墨，老丁的手一沾他的頭髮，黑墨就一溜溜滴下去。智慧的主人哪，英勇無敵，威震四方。寶物鼻孔裡的七星瓢蟲箭一般射出。在一處殘破的樹坑邊緣上，一溜兒生出五加六十一個蘑菇，有藍有綠。牠嗅著，彎著身子繞開了。參謀長和公社女書記躺在炕上，他們中間是一簇燦爛的金黃色傘頂兒。寶物至今身上的骨節還要在陰雨天裡疼痛。牠盼望那兩個人挨上蜘蛛的咒語。水淋淋的藤蔓和樹葉很快把牠的皮毛濕成一團一團，水漬到皮肉上有一陣奇癢。沙土上印了深深的人的腳痕，分別散發出小六、文太及黑桿子的氣味。有一處似乎散發出文太和老七家裡混合的氣息，寶物萬分驚奇。林子裡已經灑過幾十次雨水，還是洗不掉申寶雄一夥人的骯髒。寶物覺得他們的氣味有點像失效的糞便。中寶雄老婆的氣息似乎也通過男人曲曲折折地傳遞過來，那是一種難言的霉爛絲綢的氣味。文太身上一旦沾了這種氣味，就必然去過總場場部。牠嗅出這種氣味，知道事情會有吉祥的結果。大河蟹渾身綠毛猶如青苔，凶惡的雙目像沒有長成的手指，一動一動指點江山。寶物認爲出巡的時刻遇上牠們，多少是個凶兆。老丁坐在帳中，文太滴出黑墨。一切都會逢凶化吉。老人多少時日沒到林子裡了？記不清了，算不出了，遺忘了一位數的運算。

就在寶物出巡歸來的時候，老人和文太從帳子中走出來，拂去了衣衫上的塵土。《蘑菇辨》寫成了。軍彭上前握了握老丁的手，表示祝賀。黑桿子興奮得手都抖了，握不牢槍桿，十七斤半的土槍落到了腳趾上。他拐著去洗菜洗蘑菇，點火做飯。老丁滿臉紅光，長長地舒氣。小六長時間蒙著床單呻吟，老丁伸手摸摸他的腦瓜說一句：「大才人。」蘑菇湯做好了，寶物抿著嘴角。老丁招呼大家快快坐下，讓黑桿子將小六拉起來吃飯。燒酒的味道使文太坐立不安，他的左手捏緊了右手腕子，搖動不停。老丁讓文太先飲一口，說他幾天持筆最爲辛勞。文太美美地喝了，擦擦鼻子說：「辛勞的是場長您。這是您一生經驗。我不過適時記下了您的智慧。」老丁微笑不語。老人讓軍彭和黑桿子都喝了酒，還給寶物的小碟中滴了五六滴。最後他把酒瓶遞到小六手裡說：「你也喝口吧，今天是大赦的日子。」小六木著臉，一口飲去了好多。老丁怔怔地看著，說一句：「好。」小六弱不勝酒，臉色一會兒變得血紅。燈火點起來，光亮下每個人都興匆匆的。老丁今夜飲酒很多，一會兒哼哼呀呀地唱起了歌。這歌聲是大家十分熟悉的，只有軍彭對其中不潔的詞兒一時還難以適應。老人唱道：我是個他媽的老皮起皺的好老頭啊，火氣太旺，六十歲了還出頭油。想想十八九二十郎當歲，那時候力氣大如牛。睡過多少革命覺，糊糊塗塗跟多少人兒結下了仇。不知道累，也不知道愁，打江山跑遍東南西北，瘦得像個猴。他唱著，直唱到不久前鬧鬼的夜晚，他說那可是個好鬼。文太驚恐地看看軍彭，又看看寶物。最後老人唱到了女教師，自然而然地將那封信化成了歌兒。「國家女師！國家女師！」老人的筷子從手中脫落下來，泣不成聲。文太扯一下軍彭的手，兩人離開了飯桌。「我從來沒有見過這樣動人的愛情。」文太聲音澀澀地說了一句，再不吭聲。這個夜晚小六早早上鋪躺下了，嘔吐了幾次才睡過去。老丁直到深夜才算止住淚水。老人在最激動的時刻曾將文太幾個人的頭摟了，不停地拍打，那時刻寶物早已坐在了老丁的懷中。軍彭說：「我們一分場團結得像一個人一樣。」他們商量了很多事情，都認為鬥爭形勢發展很快。至於《蘑菇辨》，無疑是群衆搞科研運動中最重要的成果，他們決定先向小村工作組負責人通報，然後當衆宣讀；適當機會，該成果將越級上報。

第二天一早，文太找到了參謀長等通報了科研成果。女書記拍一下參謀長的肩膀說：再也不會有小野蹄子以及那個親愛的人的事件發生了。參謀長一笑說不會了。文太接著談到了小六，指出該同志近來行為反常，場裡與貴單位取得聯繫，以免惡性案件發生。參謀長說不了解情況，難以插手。文太不高興地說：「軍民聯防嘛。再說他常常跑到你們管轄範圍哩。」參謀長拍了拍腦袋：「此人我抓獲過。」文太笑著一拍手：「就是他也，小臉蠟黃。你們不知道，他近來常常打一貧農女兒之主意，該同志叫小眉。」公社女書記瞪大了眼。參謀長說：「戒嚴了就是。」最後分手時參謀長問過了老丁場長的身體狀況，叮囑對方千萬代他們問好，請革命老前輩多多保重等等。文太一一應允，走了。參謀長與女書記立即差人將小眉傳來工作組辦公室，命令其立正站好。小眉不知何故，嘻嘻地笑。女書記喝道：「嚴肅。」小眉不敢笑了。女書記掏出一個小本子，邊問邊記：「年齡；性別；家庭出身；主要社會關係。」小眉艱難地答了，只是不懂性別。女書記厭惡地告一聲：「就是『女』。」又問道：「你與小六進行到什麼程度了？」小眉不懂。女書記拍一下桌子：「睡沒睡過？」小眉的淚珠一串串流下來。女書記看了一眼參謀長說：「看來睡過了——很嚴重。」小眉抽咽著：「你、你罵俺了，你把俺看成什麼。」參謀長一擺手：「不必糾纏，送她到合作醫療那兒查查。」他們推著小眉走了。一路上很多的人跟上去，到了一間小土屋跟前時，已經圍了一圈兒人了。小眉想跑脫，幾次都被民兵逮住押回。赤腳醫生一男一女，眞的打赤腳，腳上沾了泥巴。他們把小眉抬上一個土檯子，小眉又蹬又踢。沒有辦法，只得上來幾個民兵按住，捆了手足。布帘內傳來小眉「呀」的一聲大叫。一會兒女書記與赤腳醫生走出來，滿臉汗珠。「情況怎麼樣？」參謀長問。女書記說：「還好。」他們重新推擁著小眉到辦公室去了。參謀長嚴厲地訓斥說：「告訴你，已經檢查過了。你現在覺悟還來得及。小六有嚴重問題，絕不許你與他來往。這是命令。」小眉說：「俺不聽命令。」參謀長從腰裡掏出了小手槍，「啪」地放到桌子上。小眉說：「打死俺也不聽。」

小眉房子四周有了持槍的人。

小六手持艾草跑進小村。拐進了小巷子，他又渴望伏到那個綁了草繩的土牆上，把頭扎進小方洞裡。可是一個民兵在土牆邊擋住了他，往外不斷地推搡他。他喊著：「我要見小眉！」民兵把槍橫過來，一下子把他推倒，罵道：「去你媽的！」小六爬起來，不甘屈服地喊破了嗓子：「我要見小眉——」他的長聲大喊引來了五六個民兵，他們把他拉起來，橫豎愣揍，一會兒有血跡滲出鼻子。有人還把他的褲子撕成了一個破洞，讓他正好不能遮羞。小六捂著破洞滾動，染血的臉又沾了沙土。後來他把臉貼在土上，久久不動，像要吞食土塊似的。正這會兒公社女書記喊著趕來了：「閃開閃開，讓我看看流氓是個什麼樣子。」有人把小六拉了起來，女書記瞥一眼說：「哎呀！」她又看了一會兒，喝一聲：「還不快跑，等會兒參謀長來了，非用小槍打你的腦門心不可。」小六一怔，接著撒腿就跑了。女書記也走了。一會兒一個穿得破破爛爛的中年婦女往小眉家走去，民兵們見是老七家裡，也就未加阻攔。小眉聽到小六的幾聲長喊，早已哭成了淚人。老七家裡從懷中掏出一張破報紙，小眉當成情書搶到貼在胸口上，問：「信上說了什麼？」老七家裡四下瞥瞥，說：「孩兒，你被人耍了。信上盡是有毒的詞兒，你這麼點年紀怎麼受得住。他想用毒信把你騙到林子深處，用毒蘑菇把你害了。」小眉抱住老七家裡，身子直抖。抖了一會兒她說：「不過我想他呀，我老想要跟他。我一個人待在屋裡試了試，不行。我老想要跟他。」老七家裡伸開黑黝黝的五根手指，在小眉頭頂捏了一下，罵道：「臭東西！到底是個沒臉的貨——幸虧我來。告訴你吧，我是個過來人，什麼都知道。我找明白人打聽了小六，人家說那是個有髒病的人（看看小臉蠟黃！）。他不中用。讓他沾了身，你身上就慢慢爛，先是下邊化膿，接著頭髮全脫。鼻孔眼裡往外掉小蛆，小蛆又變成蒼蠅……」「哎呀媽呀！」小眉尖叫起來。老七家裡接著說：「知道怕了？最厲害的關節我還沒說呢。」小眉嚷：「別說了別說了。」老七家裡拍著腿：「偏要說！偏要說！他身上有個地方生了癩，誰見誰怕。到了半夜就瘋癲，瞅你睡了，用小刀兒剜你的肉……」小眉昏了過去。老七家裡用長長的指甲掐住她的人中穴，一用力，嘴裡發出「嗯」的一聲。小眉嫩嫩的上唇被掐出殷紅的血。

這個夜晚下起了雨。小六躺在林間沙土上，讓雨水洗著身子。他十分安靜，一個大癩蛤蟆從腹部爬過，他一動未動。兩個紅眼睛的、小豬一般大小的動物在一邊吵鬧，他就像沒有聽見。這個夜晚不回小屋去了，讓雨水淋死自己才好呢。他凍得瑟瑟抖動，頭和腳快挨在一起了。呻吟引來三五隻烏鴉，牠們在頭頂的枯枝上躲雨觀察。他覺得身子底下有什麼在蠕動，用手一摸，原來濕土滋生出了一簇簇蘑菇。他在蘑菇的圓頂上滾動，它們很快碎裂了。

他感到一陣快意。雨水順著枯枝及蹲在上面的烏鴉身上澆下來，他索性脫了衣服。赤裸的身體被雨水撫摸著。濃烈的艾草香味被雨水衝擊著瀰漫開來，他胡亂披一件衣服奔跑起來。黑暗中，他又一次準確無誤地伏到了捆綁草繩的土牆上，把頭顱深深地扎入土洞。他呼喊著小眉，小眉在屋子深處顫抖。「我是我啊，我是小六……」小眉用一個布單裹住身子跑到土洞一側，大口喘息。小六哭了，說：「親愛的眉妹，你該回答我信。要不，你再親我一下吧。」小眉停了半晌說：「想不到……遇上你個壞蛋。」小六泣不成聲：「你回我信！小眉小眉小眉！」小眉跺跺腳：「鬼才回你！你這個毒蘑菇！毒蜘蛛！」小六嚷著：「放我進去，放我進去呀！」他的頭用力往前掙，脖子轉動著。小眉慌了，拾起一個剁豬菜的木墩，輕輕砸了小六一下。小六的頭往回縮著、縮著，癱坐在土牆根上。雨停了。東方有了曙色。戒嚴的民兵又要到來了。小六覺得四周全是一片紅色，揉揉眼睛站起來，扶著牆走出了巷子。林子就在遠處，林梢像火苗一樣紅。他大口嘔吐起來。

小六一直未歸，小屋中的人懷疑出了事情。上午時分，參謀長與女書記來到小屋，要親睹科研成果；而老丁則堅持要在全體人員面前宣讀。於是黑桿子和軍彭寶物四出尋找小六。一會兒他們分別從林中和小村歸來，都說沒有見到蹤影，只是在小眉後窗洞那兒發現了抓撓過的三兩道印痕。時間寶貴，已經不能再等了。老丁只得帶著一點遺憾，讓文太宣讀。寶物與女書記挨坐在一起，閉上了左眼。文太介紹了成文經過，然後緩緩讀道：《蘑菇辨》——

謹以此文獻給女書記之親夫及女青年農民小野蹄子及古往今來一切誤食毒菇之不幸人民——願他們安息。觀歷來之典籍，雖對蘑菇多有記敘，浩繁如煙，卻仍未精確分明。甚至有人借文墨而顛倒黑白，以菇論姑，黃色下流不堪入目。蓋因文權不掌工農，文人墨客沒有實踐。近代之書又稱蘑菇為菌類，本文作者大不以為然。一菇出土，清香撲鼻，亭亭玉立，其傘部如少女之裙褶，何菌之有？吾認為蘑菇本一植物，其梗為莖，其傘為葉，分木本草本兩種。俺老丁一生呑食此物無數，深得口腹之樂。幼時牙牙學語，生母即餵以菇湯，現仍記湯色乳白，略有米醋酸味。後長成青年，流浪山崗，從未斷此等補養。再後來進入小林並負該分場之重責，更是在樹叢草間往返來回，神出鬼沒，因蘑菇絆腳而倒地無數。其形其色其味，耳濡目染爛熟於胸，且能舉一反三。讀書是學習使用也是學習而且更其重要。我難忘一初秋天景氣候涼爽，本人清晨小解後食一灰菇，結果昏迷不醒映出幻象，男女追逐於氣霧之間。如此情景另有三次，於是私判灰菇為不潔之物。又如一種紅菇偉壯約有半尺餘，顏色誘人親近並做多方假設。其梗絲絲如肉，呈杏紅，鮮麗不忍烹用。待到次日煮湯一碗試飲，始覺清香透過肺腑，直貫丹田。然不消一時三刻，只覺口渴難耐，蹦蹦跳跳見異思遷。俺老丁深知悔之晚矣，嚇出一頭盧汗大者如豆粒。有合歡樹又稱芙蓉，其根部善生綠色大菇，觀其狀必有劇毒無疑。此菇稍老，傘頂破敗如絮，令人再添三分厭惡。豈不知取來晾曬一乾，可做冬令之佳品。老七家裡小店所貯之菇以該類居多，且據農戶反映最抗消化，實為備戰備荒之物資。吾曾再三咀嚼以究其因果，發覺此菇梗部韌壯如老牛之筋。李子樹左側常生黃色小蘑，其貌不揚，傘頂平坦如板，並有波浪圓形花紋恰似樹之年輪。此物大涼，不可多食，否則大瀉如注。苦草根下生一零星小菇，大如指頂，微微腥臭，有小毒。聞聽十里外之雇農家小女食後不省人事，昏厥於路旁，被一痲臉車夫席捲而去（注：此案於十五天之後破）。有一種怪菇初生潔白如雪，其形如小小蘆筍，村姑多愛採集。此菇其名也怪，單單一個字如同常人呼嘆，謂之「嘿」。嘿在幼時鮮嫩嬌美不可言說，一到老壯即不可食也。其梗枯瘦僵硬，其頂乾結鼓脹，觀之如老式菸斗，並果眞散布出菸油之味。如有毒蛇追來，採一株嘿扔下則可退蛇於片刻。再有一種菇類很像馬蘭之花。藍藍如小燈亮盞，生成一簇。該菇切不可與韭菜配。曾聞一老者食過此等菜餚，爾後青筋暴起，雙目如鈴，在街上奔跑三天，逢人便打。有痲斑的蘑菇亦不可食。皆因其痲點為瞌睡蟲所啄，啄時留下唾液。食過該菇，必有昏睡，重者再不復醒。有歹人曾將此菇研成乾末以備用，做案數起，切望革命群衆再加警惕。有一種片菇薄薄無梗，像樹葉飄零於潮濕泥土之上，人稱其為『瓜乾』。取瓜乾炒蛋勝似肉片，因能壯陽，故一般同志多喜之。又有小小蘑菇微小如豆，滾動於爛草之間，顆粒呈紅黃，有人多疑為蜥蜴之蛋卵。實際上該蘑菇營養超群，以做湯為最佳。惟不足處乃不易保管之弊，脆弱如冰，風光之下稍頃即逝，化為一攤白水。有一菇類其狀如小人，頭頸胸腰皆俱，乍一看眉目清秀。該菇食時下部必除，不然則騷臭難聞，三日後兩股生出紅色斑點，歷久不消。俺老丁曾在柿樹下一青石右側撿得一片紅色圓菇，置於掌上，自覺可愛而久久不忍拋棄，攜在袖內。回屋後與鵪鶉合烹，食後通體舒適，肌膚明滑潤滋。至半夜心情愈加溫柔體貼，追憶數十年與同性異性之各種友誼，熱淚盈眶。之後數日，觀林中少男少女，皆引為親生之骨肉，欲懷抱親近拍打以克盡父責。我認為此菇必含有益人類之特別怪素，只惜僅此一遇。吾以為蘑菇一物花花點點，實難遍數，猶如人類。優者如英雄模範，劣者如地富反壞。性質居中者為多，有益無損，聊可充實飢腸，恰似廣大群衆。當然群衆是眞正英雄，在此再綴一筆。至於蘑菇一物是否有性別之分，歷來莫衷一是。竊以為萬物皆賴此而繁衍，惟菇類可逃耶？否其性別者實為少見多怪之正人君子，躲躲閃閃貌似一生不曾同房。其實大至偉人小至昆蟲，原理相通，不必諱飾。君不見有菇艷麗豐腴，生於花草之側，迎風搖曳，儀態萬方？君不見有菇挺直幹練，長在石樹之間，獨立傲視，堅定茁壯？兩相比較，不言自明，在此不再贅述……說到林中之菇，雖斑斕無限，然細論也不過七種耳。小砂蘑菇，多產於花生棵下，屬菇中珍品。灰包不可食，但老壯之後可敷傷創，堪稱一寶。另有柳黃松板、楊樹菇及草紙花，皆可炒可燉。需指出惟草紙花一種，稍老則不可採集，食後全身奇癢。最毒不過長蛇頭，幼時金黃可混跡於柳黃，人常誤食。少則鬚髮皆脫，多則頃刻身亡。如女書記之夫及小野蹄子所食之菇皆是。分辨之法頗難，常用者以舌舔之梗部汁水，如感微麻則速速棄之……」

文太口齒清晰，一字字吐出來，聽者無一遺漏。

老丁在一旁閉著眼睛，輕輕隨音節拍打膝蓋。所有人都不響一聲，陷入沉思。參謀長在文太停歇時評述道：「這是一部眞正的科學！惟一讓人擔心的是過分深奧，怕是難以普及到群衆中去……」軍彭打斷說：「你該知道這是老丁同志幾十年經驗結晶，是著作。你們要跟群衆講解。不是嗎？」參謀長想了想，點頭答：「也是。」女書記評價說文章很好，尤其是開頭一句即肯定丈夫是誤食毒菇而亡，很有實事求是的精神。是唯物主義的。不過這也令她追憶起舊時情意，添諸多傷感。

整個下午大家都在尋找小六。參謀長和黑桿子是有槍的人，這時候持槍在手。老丁怕眞的發生了不測之事，也從帳中取下了寶劍。幾個人分頭在林中奔波，老丁與寶物同走一路。他認爲惟有寶物具備嗅覺特長，對牠寄託很大希望。林子深處昏暗潮濕，青苔滑膩，各種蟲類交錯奔走。大河蟹抖著綠毛，舉起長鉗示威。有大鳥在叢林另一面呱呱大叫，見到人跡又飛上最高的樹，像石塊一樣擱在枝椏上。黑桿子粗粗的嗓子喊叫：「小六！小六——！你奶奶的，跑到哪去咧？」一群烏鴉大吵著從頭頂一掠而過。參謀長從另一條小路抄過來，正好遇上老丁，弓著腰建議說，如果仍找不到，他將命令小村全體民兵出動。老丁拒絕了。女書記緊緊跟在參謀長後邊，見了寶物急忙躲開。女書記衣衫不整。參謀長看到寶物向他暗暗獰笑，就用手拂了一下臉，發覺頭髮上纏了很多蛛絲。文太在遠處召喚老七家裡，一會兒兩人手拉手從樹隙間鑽出。大家坐在樹下歇息。老丁看看天色，用食指小心地抹著劍刃。他說：「我們歇歇腳再找。他必定是藏在林子裡……他是逃不脫的。我這裡可沒有忘記他。我以前告訴過你們，我在這林中一直查訪一個仇人——這個人也許早就死了——不過他會留下後代根苗。這個人也是告密的好手，也會買一片化製墨水的顏料。我琢磨這是那個仇人的兒子。我記住了仇人的臉相……」四周一點聲息都沒有。整個林子都在傾聽。大家互相盯視著，緊繃著臉。

天傍黑時黑桿子發現了一片破碎的蘑菇，接著又看到一綹頭髮，髮色枯黃，他認出是小六的。黑桿子粗暴的嗓門很快將大家喚到一起。人們在四周勘查蹤跡，不久即聽到了微弱的呻吟。大家圍了過去。

小六蜷曲在一團青草上，嘴角流出了黑色的血。四周全是嘔吐物，其中多半是未曾嚼碎的蘑菇，一片片被綠色的汁水連扯著。一股濃烈的蘑菇味兒散發出來。

寶物嗅著嘔吐物。老丁托起了小六的頭。「誤食了毒蘑菇？」小六無力地睜了睜眼。老丁站起來喊：「快快把他抬到合作醫療去，快快！天哩，林中人也出了這事……」他讓幾個人折樹枝，又讓幾個人脫下上衣，將衣扣繫好又穿進袖子，兩枝木桿做成了擔架。小六被抬上疾走起來。老丁一邊隨擔架快走一邊說：「小六！你抗住勁兒——一會兒灌上瀉藥就好了！哎呀，你在林中吃了多少年蘑菇，還辨不清楚。你到底年輕……」小六的黑眼珠快沒了。灰中透青的眼白漸漸翻轉到正中。老丁讓人停下，大喊著：「小六！小六！」小六的手抽搐著扳一下老丁，老丁將耳朵對在他的嘴上。他的聲音微弱得沒有第二個人聽見。然而老丁聽得非常明白：

「我不是誤食。我是故意……」

小六說完死在了擔架上。

有人嗚嗚地哭起來。奇怪的氣味立刻引來林中無數野獸，牠們在四周窺視。巨鳥又一次出現了，在最高的大樹椏上蹲著，沉甸甸的。寶物繞著擔架跑動，不讓任何野物接近這兒。牠的細繩般的尾巴搖動幾次，偶爾抬頭一瞥老丁。「毒蘑菇演化出的故事萬萬千，俺寶物也通曉一二三……無非是革命幹部誤食毒蘑菇，自古天下美事難兩全……這就是民間事那麼小小一段，日月風塵埋下了沉冤。」寶物的腦際又飄過了那陣歌聲，牠一昂脖子，真的向著吹來的林風狂唱起來。

十

林子裡第一次死人，這個人的葬禮還算隆重。下葬那天場長兼書記申寶雄領著一幫人趕來了。他們全是上次進駐這兒的調查組成員，因而至今臉上還帶有一絲晦氣。小屋的人對他們都很熟悉，一個一個上前默默地握手。他們帶了一個小小的花圈，中央是一簇鮮艷的蘑菇。參謀長和女書記也帶來了一些人。整個葬禮都由老丁主持，老人站在高處，那額頭比往日鼓得更厲害了。他歷數了死者一生大事，對其乳名及生日時辰都記得一清二楚，令人驚訝。再也沒有人比老丁更熟悉死者的了。他呼叫著小六，說人固有一死，或重於泰山或輕於鴻毛；小六如果晚死幾年也許會重於泰山，現在還不行。不過人死了，開個追悼會，以寄託人們的哀思。「小六啊！小六啊！」老丁呼喚著，淚水從眼眶中一串串跌落下來。他讓黑桿子和參謀長一齊放槍，他們照辦了。老丁說今天葬禮讓他想起了戰爭年代——那個如火如荼的年代啊，那個生生死死的年代啊！多少先烈比如吳得伍同志就是被叛徒出賣身亡——讓我們踏著他們的血跡前進吧！老人說到這兒掃了一眼軍彭，軍彭大聲喊起了「爸爸」。老丁上前扯起軍彭一隻手領到衆人面前說：「看到了吧？這是烈士留下的一個遺孤。如今他在林場繼承先烈的遺志了，他的大號叫做軍彭。」葬禮結束之後衆人悲切地散去，老丁及小屋的人當晚點起蠟燭，擺上了豐盛的葬後宴。老七家裡眼睛紅腫地趕來小屋，從懷中掏出兩瓶燒酒。老丁一一給人斟酒，擺擺手掌讓大家喝酒。他拿起杯子，先灑到地上一點，然後一飲而盡。這是跟小六告別的酒啊，這是多麼有勁的酒。肥嫩的蘑菇顫顫地被夾起，拋給了寶物。寶物一下連一下舔著明亮的鼻子。老丁的臉紅了，把頭轉向窗戶，背向著大家。文太和軍彭叫他，他不應。停了一會兒老人轉過臉來，讓大家吃了一驚：老人滿臉都是淚水。「丁場長！」大家叫道。老丁搖搖頭，長嘆一聲：「小六走了。我越來越孤單。我想他啊！他生前是個貪嘴的人，最後還是害在了嘴上。他該早一天聽聽《蘑菇辨》。我還想國家女師，我心裡有火！」老丁說著用力揩掉了淚水，蹲在了木墩上，大聲喊著：「我早說過，我是天不怕地不怕、一個轟轟烈烈的人。我不知死過多少回，最後都是死裡逃生。我的命比常人堅硬，一輩子是個反叛人。我反天反地反皇上，一生只信服紅軍。我的朋友如今都在北京和省裡，可我不找他們。我依靠的只是一樁：自己的血性。我自小流浪啊，赤腳扛槍到處跑，沒有家沒有窩，最後才尋到這片林子。這裡是我和吳得伍打游擊的地方，是我查訪叛徒的地方。我老了，可我心裡還有火。我要去找國家女師！她一個人在小學校裡，我想她。我要告訴她我一生的磨難、一生的故事，我要領她走上革命的路，沿著我和吳得伍走過的蘆青河往前闖！

我要告訴她我和她生死在一塊兒，一輩子不分開。國家女師！國家女師！你聽不到我一個老頭子的嗓門嗎？你心硬哩！你是我老丁的人，我要扯上你的小手往前走哩。我什麼都不怕，我只有一輩子！等到我跟小六在陰間會面那天，我會哈哈大笑。國家女師！國家女師！你聽到老丁的嗓門了嗎？你聽不到，你再也聽不到。我老丁送走了一個年紀輕輕的人，我老丁永久不死哩！」老人呼喊著，嫌熱似地解了衣懷，飲下滿滿一碗酒。文太怔怔地望著老人，不覺間握緊了軍彭的手。後來他終於跳起來，伸出拇指叫道：

「你活得英勇啊！你不甘平庸啊！」

一陣雷聲震響了窗戶，接著澆下了嘩嘩大雨。小屋在閃電中搖擺不停，一會兒屋內傳出了老人的歌聲。這歌聲是從一張合不攏的嘴裡流淌出來的，吐字不清，音域寬廣，一瞬間壓倒了雷鳴。老人在閃電中搖晃著瘦小的身軀，啊啊地唱下去。

又是一個黃昏。

寶物躥跳在水氣淋漓的林子裡，一眼看到了小六的墳尖：一簇簇蘑菇頂傘鼓出新土，被夕陽映得金光燦爛。牠有些恐懼地閉了眼睛，輕輕地繞過去。當蘑菇味兒漸漸淡了時，牠才重新奔跑起來。

暮色蒼茫，樹影如山。寶物出巡了……

附錄

周邊故事

生長蘑菇的地方

最近我去了一趟農村，遇到了一個人，就想起了自己過去的一個故事。

農村裡眞有些古怪地方，也眞有些好地方。我的叔伯哥哥住在河邊，又離大海不遠，那兒玩起來很有意思。河裡面有魚、有鱉、有螃蟹，還有一片片的葦子。河岸全是樹，柳樹、橡樹、楊樹，什麼都有，是片雜樹林子。地上沒有黑黏泥，全是細細的白沙，上面又生了密密的綠草，因而顯得很乾淨。我十歲多一點的時候去過哥哥家一次，碰巧在河裡逮了條二三斤重的魚，因而總是留戀著那個地方。十八歲這年，社會上亂起來了，因爲爸爸的緣故，街面上的一些「革命」青年時常要用拳頭「教育」我一下。媽媽愁得沒有辦法，就對我說：「你到哥哥家去住吧，在這裡光要挨揍。」

十八歲，已經是有選舉和被選舉權的公民了。然而我不但絲毫幫助不了家裡什麼，還要挨揍。於是，我就又一次來到了河邊的村子。

這是個初秋季節，田野裡一片蔥綠。蘆青河快到了一年裡水最旺的時候了，流得很響。岸上的林子裡，各種鳥兒成天價不住聲地吵，哥哥說莊稼和果子都快成熟了，牠們是急著吃東西。我覺得很有意思。地上的青草長得很茂盛，裡面夾雜著生出一簇簇的各色小花；你彎腰掐花的時候，又往往會從手旁的草窩裡驚出一隻野兔：玻璃球似的眼珠先向你轉兩轉，然後箭一般射向遠方……

村子裡很忙。哥哥說這地方哪兒都好，就是每年裡事情多一點。比如說在這個季節吧，別地方的人都是吃閒飯養神兒，準備積下勁兒忙秋。可這裡就不行，這裡秋季雨水大，一入秋就要忙著挖渠，提防秋田泡到水裡。我問哥哥：「不是有蘆青河嗎？怎麼還要挖渠呢？」哥哥說：「蘆青河的水自己的肚子都盛不了，有時還要往外漲呢！」這真是個古怪地方。

哥哥一家人都在外面忙，我閒得有些不好意思。我對哥哥說：「哥哥，我也去挖渠吧！」哥哥搖搖頭：「不行，你是外地人，幹活也不記工分的……你要是閒得難受，就到林子裡採些蘑菇吧。」

我提上了一個小柳筐兒。

爲了採蘑菇，有時我要在林子裡走上很遠。我生來第一次知道，原來蘑菇也像花一樣五顏六色：有紅的、黃的、藍的、紫的、白的、灰的……它們可以生在草窩裡，也可以生在大樹的半腰，生在小樹的根上，生在白白的沙裡；無論是橡子、柳樹還是松樹、槐樹，都能生出肥肥嫩嫩的大蘑菇來。同時我還發現，它們都生在朽過的東西上面，凡是一株蘑菇，下面都有一截腐爛的樹根或是草梗……大海灘是一眼望不到邊的，在這塊土地上，有各種的樹、各種的鳥、各色的花，也有各種各樣的蘑菇。我採呀採呀，慢慢在哥哥的院子裡堆成了一個小山。哥哥和嫂子沒事了就在這堆蘑菇旁邊看著，他們說：從來沒記得誰閒下工夫採過這麼多蘑菇。哥哥喜歡地伸開那鐵叉似的五根手指在蘑菇裡摸索著，翻看著。有一次他的大手正在活動著，突然猛地一抖。我一看，原來他捏住了一片大大的、出奇美麗的粉紅色的蘑菇。

他放到眼前看了看，就小心地用兩個手指夾起，「噌」一下摔到院牆外面去了。他說：「有毒。」

院子裡的蘑菇吸引了好多的人。村裡的人有的端著飯碗進來了，一邊吃一邊看。他們看蘑菇，也看我。有的說：「大概全海灘的蘑菇全讓他給採來了。」有的說：「也怪，大小夥子哪來這麼多耐性兒！」人群中有一個姑娘不服氣地說：「我要是專採蘑菇，比他採得還多。這有什麼了不起？瞧他還成了『能人兒』呢！」

我順著這聲音一看，見她的鼻子上正蹙起好多道皺兒。那是瞧不起人的神氣。這個鼻尖翹得很厲害，但是很好看……人們一會兒就走散了，但我還記得那個「小翹鼻子」。哥哥對嫂子說：「就是捧捧的嘴厲害！」我聽了，知道了她叫「捧捧」……夜裡我琢磨：大概是她讓家裡人「捧」慣了，才這麼瞧不起人吧？

天亮以後，門口湧來好多小孩兒，說是爸爸媽媽讓我領他們採蘑菇去——反正都沒有事兒。讓我個大小夥子成天和一幫紮朝天辮兒的一起採蘑菇去嗎？我突然感到了一點受侮辱的意味，怎麼也不提那個小柳筐了。我跟哥哥說：「我挖渠去！我替你，你閒在家裡好了！」

經再三要求，我終於扛上了他那把鋥亮的大鐵鍁。

人們是在海灘上樹林稀疏的地方挖渠的，準備讓將來的雨水能順著這溝渠流到海裡去……挖渠的差不多都是年輕人，領頭的是隊長劉蘭友。這個人有四十來歲，兩隻眼睛陷在裡面，顯得很深。他見我來到工地，就走到跟前端量著，好半天說了一句：「你咋長這麼白呢？」

四周的年輕人都笑了。我的臉一下子變得彤紅。

劉蘭友又說：「白點不要緊，我年輕時候就很白的。不過你在我手下幹活，可得規矩點兒，不能跟姑娘們動手動腳的……」

我窘極了，心裡眞恨這個油裡油氣的隊長。我突然聞到了一股雪花膏味兒，仔細一看，才發現劉蘭友的臉上似乎抹了厚厚的一層。

這天回到家裡，我把劉蘭友跟哥哥說了。哥哥罵了一句說：「他就這麼個東西！自己不正經，還得空就裝樣子訓別人……不過這個人不壞的，他就這麼個東西！」

在挖渠工地上，每人每天要挖多少土方是固定的。隊長劉蘭友手裡捏個皮尺，把未挖的渠道分成一個個長方形的格子。每人都站在一個格子上揮動著鐵鍁。我自然也分到了一個格子。我老瞅著這個白石灰畫成的小格子笑。我覺得憑自己這身力氣，挖掉這個小格子是太容易了。隊長劉蘭友幹起活來只穿一個褲衩兒，這使我看到了他那出奇瘦削的身子。奇怪的是這麼瘦的人竟有那麼大的勁兒，那鍁揮得飛快，一會兒就把格子掘了好深。我抬頭看看四周，見所有的人，就連那些姑娘們也比我挖得快。劉蘭友說：「看哪，『白小子』擱到『島』上了！」

青年人都笑了。有一個姑娘笑得特響，她就是捧捧。這個捧捧這會兒讓我看清了：高高細細的個兒，那身條有點兒像運動員，十分健美。由於常年在野外勞動，臉上自然說不上白，但卻豐潤細膩，配上那個小翹鼻子，有股子特別的神氣。

她見我在打量她，立刻就不笑了，只輕輕仰起臉來，小鼻子上又盡是細細的皺皺了……我用盡所有的力氣挖腳下踏的「小島」，好不容易挖到黑黏土，地上又開始滲出水來，那黏黏的泥巴沾到鍁上，怎麼也甩不掉。劉蘭友大笑起來。我覺得全身都在發燒。這時候我老覺得她——捧捧在看我，一抬頭，果眞碰上了兩道明亮的目光。這目光是溫暖的，我一點也不害怕。她看著我，又朝手裡的鍁噘噘嘴，然後握緊鍁柄，「噌噌」幾下，在黑泥上鏟出一個方塊塊，再把鍁板放進一個水窪兒裡蘸一蘸，這才掘地那方方的土塊兒……土塊兒在沾了水的鍁板上很滑，被她只輕輕一甩，就飛出了老遠，鍁上一點泥巴都未沾！我簡直看呆了，仿著樣子做了遍，順勁兒極了！

休息的時候，人們在做著各種各樣的事兒。年紀大一些的鋪著破棉襖躺著。這裡的人出外幹活，常常帶個破棉襖，據說能隨地而臥，變天時還能包在頭上防雹。年紀輕的滿海灘亂跑，跑到林子裡摘酸棗，跑到海邊上踩貝蛤。林子裡，最後一搭兒蟬在樹上鳴叫著，惹得捧捧踮手踮腳去捉牠們。她那樣兒就像捉迷藏。我看她那隻伸出來捂蟬的手，又小又胖，手背關節處淨小肉窩。這樣一雙手怎麼那樣能幹活兒呀？

有一隻蟬爬在高處，她搆不著，就用期待的目光看了我一下。我走了過去。因爲打籃球練過彈跳，我就像投籃那樣，一下子彈跳起來，飛快地將那樹半腰的蟬捉了下來……我回身給蟬的時候，發現她正愣著神兒，臉兒紅紅地看著我。她把蟬接到手裡，只用食指和拇指捏住一個翅膀，讓牠飛動著。她說：「多好啊，多好啊，你飛去吧……」說著，那蟬就自由了，「嗶」一下飛向了藍藍的天空，鑽得很高、很高……

我奇怪地看著她，她卻笑瞇瞇地看著空中的蟬。她收回目光的時候，又一次用力地瞥了我一眼。她說：「哎呀，跳得眞高，你跳得眞高……嘖嘖！嘖嘖！」

她跑開了。

我直直地盯著那個苗條的身影，盯著她飛進綠綠的林子深處。當我低下頭來的時候，我突然發現腳邊就有一簇兒嫩嫩的蘑菇！啊，我欣喜地蹲了下來。蘑菇，我親手採了多少啊，我簡直跟它有了特殊的感情。我小心地把它採下來；嗅著它特有的清香的氣息，又珍惜地放到了衣兜裡……小鳥兒四下裡唱著，林中那無數片寬窄不同、顏色不同的葉兒刷刷地抖著。天眞藍哪！天空裡，鷹飛得好高啊！我彎腰擷取著野花兒，一枝一枝，歸結成一大束，我搖動著鮮花向前跑去。我跑著，又看到了一種小葉兒很密、上面生了一層小絨毛的草棵兒，就順手揪了一把，玩著走向工地……

人們從四面八方走過來，勞動又要開始了。我這時突然覺得身上發起癢來，伸手一抓，癢得越發厲害了。劉蘭友過來看看，立刻鼓著手掌嚷：「哈哈，他碰上『癢癢草』了，瞧，他手上拿著『癢癢草』！」我趕緊把手裡那個小葉兒草抛掉了，又去河邊洗了手……我想：這兒的大海灘多怪啊，還有「癢癢草」！

這天回家的時候，我手上已經磨起了兩個大泡。哥哥說：「你累吧？」我說：「不累。」我說的是真話，我真的沒感覺到累。

大海灘喲！你寬廣、神秘，最富有傳奇色彩。每天裡，多少飛禽走獸在奔跑、飛翔、鳴叫、追逐，有多少人在密密的林子裡尋覓、採摘、挖掘。大海灘太廣闊了，潤濕而溫暖的氣候，使每天裡有多少東西在腐爛，又生出多少新鮮而美麗的蘑菇！每當我穿過大海灘，奔向工地的時候，心裡就有一陣陣說不出的衝動。這兒是喧鬧的，又是寧靜的。這常使我想起我的家，想起母親那被愁苦和憂慮絞扭著的臉。那兒是寒冷的，因爲我爸爸的緣故，有人要用拳頭和棒子來迎接我……但願我能永遠生活在大海灘上吧！

在挖掘工地上，我慢慢找到了朋友。年輕人需要知道一些外地的新鮮事兒，我則需要他們的友誼。……捧捧的弟弟也在工地上，名字叫「老國」。這個老國長得黑乎乎的，樣子有點像小人書上畫的「軍閥」。他雖然剛有十六七歲，但卻膀大腰圓，那肥胖的屁股看去像扣了一個洗臉盆。我不願相信他就是捧捧的弟弟，但這分明又是真的。每當我看到他們坐在一起，笑嘻嘻地分吃一塊烙餅的時候，心裡就有一股奇怪的感覺：不是厭惡，不是嫉妒，好像只是覺得驚奇，覺得不十分諧調……

劉蘭友故意將低窪的地方分給我來挖——這樣要省好多力氣的。我心裡開始感激他了。我差不多完全忘記了剛來時他給我的不好的印象。……勞動時，捧捧常常是很愛說話的。但我近來好像總聽不到她的聲音了。她只是用力地挖著土，使勁地甩著鍁。她變得沉默了、也能幹了。我有一次看她的時候，發現她也正在看我。她碰到了我的目光，就使勁甩了一下辮子，那道灼熱的目光也一塊兒給甩沒了。

我像害怕什麼似的，總不敢抬頭。但有一股非常執拗的力量，使我總想瞅空兒看她一次。一顆心跳得很急，那跳動的節奏是愉快的、興奮的，也含了一絲兒小小的懼怕……我停止了掘土，輕輕地用手擦著臉上的汗……擦汗的手擋去了一隻眼睛，另一隻眼睛卻看到了她那熱烈的目光！她看著我，咬著唇，笑了。那笑是羞澀的、甜甜的……啊，她原來是這樣好看哪——在她笑的時候！我也笑了。大概誰也沒有察覺。

我覺得自己眞是一個男子漢。我有寬寬的肩膀，我有結實的肌肉，我有海灘獵手那樣的勇猛。一張大大的鐵鍁握在我的手裡，就像握了一把小鏟子一樣輕鬆，那沉重的土塊也彷彿失去了原來的分量，被輕輕一甩就滾開老遠。渠下的水滲出來了，土縫兒裡，腳丫兒窩，到處都是水流兒，那鐵鍁插在泥土裡，掘一下，清清水流會歡快地蹦跳起來，濺到我的身上、臉上。這是挖渠嗎？這是勞動嗎？這是在大海灘上幹活嗎？不，這是寫一首詩、一支歌……

中午，大家要在海灘上吃飯、休息。年輕人全趁這個時候到海裡洗澡、挖蛤蜊去了。捧捧也去了。我去得稍晚一點……在海裡，小夥子只穿一個小褲頭兒，姑娘們只在淺一點的水裡，高高地挽著褲腿兒，花衣服依然穿在身上。他們都用腳在沙裡擰著，如果腳下有個硬硬的東西，那一般就是蛤蜊了。小夥子踩到蛤蜊，從水中撈出時常要放眼前看一看，如果略小一點，就會喊一聲：「去他的！」大臂一掄，「砰」一聲，摔到了遠遠的深海裡。姑娘們踩到一個就新奇地「哎喲」一聲，哪怕是最小的，也要珍惜地保存起來。我注意到，她們盛蛤蜊的小口袋和兜兜兒都是鮮紅的塑料繩兒織成的……捧捧偏沒有站在淺水裡，而是站在比小夥子們那兒淺、比姑娘們那兒深的中間地帶。她踩呀踩呀，總也不吱聲兒。誰也不知道她踩了有多少。

我沒有踩蛤蜊，我老在游泳：一會兒仰游，一會兒側游，那溫柔的水浪撫摸在我的身上，暖融融的。我透過波湧間的低谷望著捧捧，心裡說：「你是在踩蛤蜊嗎？你很會踩嗎？你踩蛤蜊眞的就比得上我採蘑菇嗎？……」我不知怎麼又想起了她在哥哥院子裡說的話，想起了她那打了細細皺紋的小翹鼻子。正想著，捧捧在一邊叫了一聲什麼，還向我招了一下手。我趕緊游了過去。

原來她踩到了一個大蛤蜊，水太深了些，她取不上來，求我幫一下忙。我在她身邊扎下一個猛子，在她的腳下取了蛤蜊。這時，一雙胖胖的小手伸到了水下，我慌忙將蛤蜊塞到了這雙小手裡，一個猛子扎開了老遠……

趕海的人們是容易疲勞的，人們從海上回來，匆匆地吃了飯，就在樹蔭下睡著了。姑娘們差不多都鋪著一塊漂亮的塑料布，躺在柳蔭下……我和老國他們睡在一起，整個中午只聽他那粗粗的鼾聲了，怎麼也睡不著……過了一會兒，劉蘭友最先爬起來了，他大約要招呼人們起來上工了。可是他沒有喊什麼，只是躡手躡腳地走到熟睡著的姑娘們身邊，先蹲下端量一會兒，然後伸出那隻又沉又大的手掌來，按在她們脖子下邊，就勢往下一捋，嘴裡發出滿意的一聲：「嗯——」……姑娘們爬起來就罵、打、用沙土揚他，他只嘻嘻地笑著。我看他走到捧捧面前，只用腳輕輕地碰碰她的身子，招呼一聲：「上工了！」

「他不敢動捧捧。」——我想。

晚上回到家裡，哥哥說：「你已經替我幹了這麼多天，還是讓我去吧！」我著急地大聲喊著說：「不！不用你去！我要去挖渠！……」大概由於我喊得太急、太響，使哥哥和嫂子都吃了一驚。哥哥連忙說：「去吧，去吧，願去就去吧，沒人攔你的。」

這天傍晚，我很想唱一支歌。我最先吃過了飯，來到了院子裡，大口地呼吸著清甜的空氣。這風多麼濕潤哪，大約是從蘆青河邊吹來的。滿院子裡擺滿了蘑菇，這都是我前些日子採下來的，如今都快曬乾了。我想，關於蘑菇，可不可以編一首歌呢？那歌兒開頭也許會是這樣的：「蘑菇，蘑菇，生在大海灘上……」

這個夜晚，顯得很長。我睡了一覺，醒來時天還是灰濛濛的。我坐了起來，從窗子裡往外望去。我最先看到的是放在窗下的那把鐵鍁，鐵鍁板兒在星光下發出一片淡藍的光。這光色使我想起海岸那密密樹林縫隙裡的天空，想起那輕輕蕩著浪湧的海水……

天亮後來到工地上，我第一眼就發現，捧捧的辮梢上多了一小朵粉紅色的野菊花。隊長劉蘭友看見她從後背上搭下來的黑油油的辮子和辮梢上的花，就慢慢地閉上了一隻眼睛。他說：「農村人兒，一般講來，有點雪花膏抹抹也就可以了……資產階級思想兒……侵蝕……」

他說著轉過身去，俐落地朝旁邊的人一揮手：「幹活，幹活了，都立著幹什麼？看西洋景兒嗎？」

就在他轉過身去的時候，捧捧看了我一眼，然後蹦跳著向著渠邊走去。她拍打著手掌，嘴裡嚷著：「噢喲！噢喲！幹活啦！幹活啦！」

她真歡樂。像個小鳥兒。

踩蛤蜊，留給了我甜蜜的回憶，可蛤蜊吃起來是怎麼個味道呢？

我們在休息時，支起了幾塊乾木條燒起來，將剛採來的蛤蜊燒著吃。劉蘭友只有兩三個蛤蜊，卻丟進蛤蜊堆裡說：「烤烤一塊兒吃吧。」老國撅著屁股用力吹火，那張方方的、滿是橫肉的臉上抹滿了黑灰。蛤蜊一個個烤熟了，我們就首先投給姑娘們。劉蘭友悻悻地對她們說：「你們吃吧，你們臉上搽了粉，他們都是衝著香味兒摔的。」說著又扭頭吐我們一口：「呸！沒出息……」

正烤著，由於不小心，我將一點火星濺到了老國腳邊的破棉襖上，那棉花立刻冒起了煙。我趕緊用手撲打，結果還是燒了拳頭大小的一個洞！老國一見，再也無心吹火了，一下子撲到上面，捧起一捧沙子就往洞洞裡放，等看清那火早已滅了，才狠狠地罵了一句。我的臉燒了起來，覺得很對不起老國。他罵著，越罵越凶，最後竟然用手點劃我的鼻子……我的目光不由自主地在人群裡尋找她的眼睛：她正看著我和她弟弟，那表情木木的。人們都在看著我，我有點忍不住了。正在這時候，劉蘭友突然喊了一句：「看摔跤比賽啊！」

老國猛地抱住了我的腰。我憤怒地和他扭到了一起。這個粗粗的漢子有的是憨力氣，但遠不如我靈活。他扳住我，臉憋得彤紅，一雙大手抓在我的腰上，使我覺得像一雙鈍口的鉗子鉗住了我。一股羞愧和惱恨的火焰在我心頭燃燒，我不顧一切地反擊著，用盡一切手段對付著這個牯牛一樣的東西……等我把他笨重的身子「噗」一聲放倒在地上的時候，旁邊的人，特別是劉蘭友，「嘩嘩」地鼓起了掌。

老國躺在地上，那腳還在狠勁兒往上踢，這提醒了我「戰鬥」還遠遠沒有結束——我趕緊用力按住了他。按住了，再怎麼辦呢？就這樣按著嗎？似乎還應該打他幾下吧！但我不知怎樣打才好一點。我著急中想起了小時候淘氣，母親打過我的屁股，於是就拿過了老國踢掉的一隻鞋子，「啪啪」地打開了他的屁股：一下，兩下，三下……當我舉起鞋子要打第四下的時候，我猛然看到了捧捧那雙尖利的眼睛！她站了起來，向我猛地一指說：「你不要臉！……」

她在罵我！罵什麼？罵我「不要臉」——這是指我曾向她笑過、曾在海裡接受過她的友愛嗎？……我的腦袋嗡嗡響著，那隻舉起的手顫抖了一下，鞋子一下掉了下來……

老國卻瞅準這個時候，照準我的一隻眼睛，狠狠地揮起了拳頭。一陣眩暈，我跌倒了。那隻眼睛一時間什麼也看不到了……旁邊的人亂起來，劉蘭友大喝了一聲：「老國！你個臭小子，怎麼能打人的眼睛?!」

我緊緊地捂著眼睛，止不住的淚水從指縫兒裡流了出來。我聽旁邊有人說：「他哭了，哭了……」劉蘭友「哼」了一聲：「傷了眼睛能不疼嗎？」

我的眼睛一陣陣地疼痛。但我絕不是因爲它才流淚。我的心在疼，這是別人無法看到的……

這天回家，我跟哥哥講：因爲走路不小心，撞在了一個樹枝上，眼睛被碰了一下……哥哥半點也不懷疑的，只責備我「毛手毛腳的」。我跟他講：我再也不想去挖渠了。爲什麼？因爲……我太累了。哥哥笑對著嫂子講：「我早說他會累下陣來的嘛！」又對我說：「你還是去採你的蘑菇吧！」

我就重新提起了那個小柳筐兒。

我成天蹣跚在大海灘的密林間，就像做過了一個不祥的夢，我的心老在不安地跳動著。「不要臉」三個字一直在我眼前晃動。我在無聲地追問：「難道不是你向我送來甜甜的微笑、伸出溫暖的小手嗎？在我的心目中你曾經多麼美好，像春天裡第一次搖動綠枝的南風那樣溫柔！可是就因爲一件破棉襖、因爲我和老國的一次打架，你竟突然變得如此冷酷……這究竟爲什麼呢？」我認眞地在樹叢草間尋著蘑菇，排遣著心頭的煩悶和懊惱。我不知疲倦地採摘、採摘，一筐一筐地背回去……很快，哥哥的院子裡，又有了一堆新鮮的蘑菇。

我曾想過，一個地方有一個地方的理解，「不要臉」三個字也許不像我自己認爲的那樣壞吧？於是我偷偷地問嫂子是什麼意思。她正在燈影下納鞋底，聽了我的話，趕忙用錐子在頭髮上抹了兩下，紅著臉說：「我也不清楚……大概，和『流氓』差不多吧！」

我嚇了一跳！

海灘上，鳥兒淒清地唱著，樹葉兒在風中輕輕彈撥，發出一陣低沉的和聲。蘆青河日夜奔流，那水浪聲傳過來，使人從中能聽出一些憤懣。採吧，採吧，哥哥，我要給你採成一座高高的山，我要給你把滿灘的蘑菇都採回來……

可是這天我回到家裡的時候，發現哥哥的臉色不像過去那麼好看了。他看看院裡堆起的蘑菇說：「採這麼多有個什麼用？你閒在家裡算了！」

我驚訝地說了一句：「多好的蘑菇呀！」

哥哥看了我一眼，轉身進屋了。

吃過飯後，他一邊捲著一根紙菸一邊對我說：

「我都曉得嘍。劉蘭友全告訴我了。你那眼哪裡是樹枝碰的哩！」

我沒有說話，一顆心怦怦地跳著。

他看了看嫂子，然後生氣地盯著我說：「爲這種事被姑娘指著臉罵，你受得麼？……年紀輕輕就不學正經。你要是再不正經，就不要來這裡住吧……」

夜裡，我和衣躺在了炕上。我在苦苦地回憶著、思索著。我想：她也許過分寵愛她的弟弟了，但這也礙不得我們的友誼啊！也許她有時也以爲這就是「不要臉」吧？也許她也認爲這是一種「見不得人的友誼」，所以才這麼容易地拋棄吧？……想到這兒，我的腦海裡突然劃過了一道閃電，似乎明白一些了……我一想起哥哥那張陰沉沉的臉就有些害怕，知道這個家裡並非理想的避難所，這兒是不歡迎一個「流氓」的。我分明是不好再住下去了。可我到哪裡去呢？我從炕上坐起來，伏在窗上向外看著，又看到了立在窗下那柄閃著淡藍光色的鐵鍁……我走出了屋子。

啊啊，好亮的一天星斗呀！初秋的夜，水氣很重，院牆邊上的青楊樹上，不時甩下來一點露滴。院子正中，高高的一堆蘑菇散發出一縷縷清香。我蹲下身子，伸手撫摸著它們，想像著我一個個地在草叢間採摘、尋找的情景。我曾多麼歡快地採過蘑菇，多麼用心地採過蘑菇呀！……我要跟這些蘑菇告別了。我輕輕地撫摸著，撫摸著，最後伏在了蘑菇堆上，一汪兒淚水再也忍不住了，用手捂在臉上哭了起來……我想，還是回去吧，回家吧——一想到這兒，我馬上想到了那些辱罵、欺凌，想到了那些高高舉起的棒子和拳頭……可是，儘管有這些在迎接我，我還是要回去。因爲我彷彿感到在這大海灘上，似乎有比棒子和拳頭更可怕的東西……

我決定要走了，馬上就走。我給哥哥留了個小紙條，然後就頂著星光上路了。我走得很急，要在天亮之前趕到縣城搭車的……

十幾年一晃就過去了，我三十多歲，結了婚，如今已有了一個孩子。我自從那次離開蘆青河邊，就再也沒有去過。我非常想念哥哥和老鄉們。這年，也是一個秋天，我終於來看哥哥了。

令我吃驚的是，進村遇到的第一個人，就是捧捧。她正站在街口，抱著孩子曬太陽，見了我，先一愣，接著熱情得了不得。她大概完全忘掉了過去的事情，我卻一下子觸起了好多的往事……我發現她依然還是那麼美、那麼羞澀，身上還是有一股別人沒有的神氣……

哥哥是用蘑菇招待我的。做菜時，他專揀粉紅色的、樣子十分美麗的那種。我想起了他用兩個手指夾起蘑菇摔掉的情景，說：「這不是有毒的嗎？你摔過。」他笑了：「沒毒。過去總以為長成這樣好看的就有毒。錯了，沒毒。」他說著扳開一個放我鼻子下讓我嗅，說：「聞聞，特鮮特鮮！」

吃飯間有說不完的話。他大約也忘了我被人打壞眼睛那一段往事，我也就不提它了。但我還是問了那年挖的水渠怎樣了？他笑笑：「不成，不成，白費力了，水來了照樣排不出去……」我笑笑：「不是常說『水到渠成』嗎？」他聽了苦笑一聲：「那要看在什麼時候，什麼地方。這地方淤沙太多，風一起，挖成了也要堵死的！」

「淤沙太多！……」我思慮著，在心裡一字一字重複了一遍。

我又特意問到了劉蘭友。他說：「還是隊長！人老了，不過老了也好，老掉了不少毛病……這個人還不壞，頂能幹的……」嫂子也在一旁點著頭：「就是，就是。」

我問：「大海灘上還有那麼多蘑菇嗎？」

哥哥點點頭：「怎麼會沒有呢？這地方氣候好，水氣重，有些東西要腐爛起來也快，就淨生些好蘑菇了……」

是的，沒有腐爛就沒有新生，人，應該好好研究一下那些鮮嫩的、美麗的蘑菇是怎麼生長出來的。

我最後要求哥哥領我到大海灘上採一次蘑菇。他同意了，連連說：「成，成。」

鑽玉米地

無邊無際的大玉米地裡有什麼？肥壯的玉米棵遮天蔽日，一片連著一片。無數的刺蝟、兔子、黃狼、草獾，還有狐狸，都從裡面跑出來。各種鳥雀一群群鑽進鑽出，喧鬧著。你站在玉米地邊，可以聽見十分古怪的聲音，有咳，有笑，有呼呼的喘息。

該進玉米地裡看看去，看看究竟有些什麼人？人的一輩子不鑽到玉米地裡去幾次，那可太虧太虧了。鑽玉米地啊！

我們鑽進玉米地，就像颳了一陣風。呼啦啦，玉米棵兒一溜兒搖動，葉子亂舞，大玉米穗子亂悠晃。我們盡量不把玉米棵子碰折，而是側著身子，沿地壟往裡跑。跑得越深，天色越暗，大玉米地深處黑乎乎的，遠離村莊和學校。地的當心是誰也不曾去過的一個世界呀，是冒險的人才會得到的一個好地方。

男的有兩個人結伴就敢鑽到地當心；女的要有一群才敢往深處鑽。她們什麼都怕，怕野物也怕人。如果有不認識的人從玉米棵裡鑽出一個頭來，她們就嚇得呀一聲跑開了。玉米葉子掃在她們的臉上、手上，掃出了小小的血口子。儘管這樣她們還是要來。因爲這玉米地裡有饞人的好東西。

如果趁月亮天裡鑽進去，那就更來勁了。月亮天玉米棵裡奇怪極了，各種聲音響個不停，從聲音裡你就可以明白，這裡面的東西和故事太多了。一個人只要有膽量，就能找到他需要的一切。你想想看，玉米地這麼大，什麼東西沒有呢？

小村裡的人聰明得很，他們守著莊稼地過了一輩子，可知道土地的脾性：能滋生各種東西，也能招引來各種東西，更能埋藏下各種東西。比如人吧，最後還不是要入土？所以你缺了什麼不用愁，只管跟土地要去。

秋天到了，玉米棵子連成大海大林，這不是個好機會嗎？

小孩子們嘴饞，嚷著要吃瓜。哪裡有錢去買？自己去找吧！他們呼啦啦鑽進玉米地裡，伸手扒拉開玉米葉兒，小鼻子不停地吸氣兒，專門衝著香氣去。一大片土地上藏下的瓜兒可多極了，你得用心找才行。終於找著了，一個金黃金黃的小瓜，像大鴨蛋似的，香得都不好意思吃。還有黃瓜、西紅柿，它們的氣味都比菜園裡的好。瓜兒偷偷生在暗處，找它們的人在明處；它們不吭聲。可是它們有氣味——於是它們就設法兒掩蓋自己的氣味。你可以看見它們的旁邊有一株野花，花朵放出刺鼻的怪味兒。這就是瓜兒的詭計。它設法讓別的氣味蒙騙人們。

小炕理進玉米地裡找瓜。他很想找一個西瓜。西瓜不易找，因爲西瓜沒有什麼氣味，而且容易和青草長在一起，你看不見。玉米地裡的各種花草很多，多得叫不上名字來。什麼野菠菜、野蒜、酸菜、三棱草……誰也數不清。有時你看見一片黃花，有時你看見一片紅花。

小炕理膽子很大，他敢於一個人鑽進鑽出。他在地裡像頭野豬一樣，呼嚕呼嚕喘著拱著，不知尋到了多少好東西。他隨身有個大口袋，吃不了的瓜就裝進去。他找到的大南瓜有十幾斤重，全家用它熬甜飯喝。他還找到了野葫蘆，做了一個挺好的水瓢。

小炕理的奶奶喜歡養貓，可是那時候貓很缺，要弄一隻貓可不容易。自從老貓沒了以後，炕理奶奶就想牠。老人愛貓就像愛孩子差不多，整天說：「我的貓呀！我的貓呀！」炕理說：「奶奶，我設法到玉米地裡找一隻去了！」奶奶說：「胡謅！地裡什麼都有呀？」小炕理就弄了一個暗扣繩下在地裡，又設法把一隻小麻雀放在機關上。

兩天過去了，暗扣兒套住了其他野物，就是沒有套住貓。

小炕理並不灰心，他堅持了十幾天。有一天他正在地裡打瞌睡，突然有喵喵的叫聲，一聲比一聲淒厲。他一下跳了起來，跑近一看，見套住了一隻長爪兒黑白花小貓。小貓野性十足，一看就知道是在野地裡生活久了的東西。牠胡亂蹬人，咬人，大嘶大叫。小炕理不得不揍了牠一頓，綁上，帶回了家來。

開始幾天不餵牠，硬餓硬餓；後來眼看牠餓得站不起來了，才由老奶奶餵一點點東西。但是始終都未敢鬆了繩子，一直捆在桌子腿上。小貓一直處在飢餓狀態，也一直由奶奶餵牠。到後來牠終於死也不肯離開老人了，溫順得很，老人可以一天到晚抱著牠。

牠長得很快，一年多的時間，牠像隻小老虎一樣。誰見了都誇這是一隻好貓，是貓中之王。

這隻貓捉鼠很多，還能捉到麻雀、烏鴉、喜鵲，甚至能捉到大鷹。這是一隻攻無不克的貓。

可惜炕理奶奶死後第二年，這隻貓誤食了死鼠，被鼠肚裡的毒藥毒死了。

炕理的父親是個勤勞的人，整天勞動，餵豬餵雞餵鴨。可是家裡很窮。一頭豬餵肥了賣掉，還捨不得錢買小豬。

也許是炕理找貓的經歷啓發了他，他有一段時間整天想到玉米地裡去。那裡面肯定有，因爲人們經常抱怨莊稼被豬拱壞了。看來沒有主人的豬會有的，至於牠們究竟來自哪裡，誰也不想去問。田野這麼遼闊，裡面什麼都會有，這本來就是不成問題的。不過弄豬要有耐心，不能太急。炕理爸起了心就收不住，沒事就往地裡跑。他準備了一個捕鳥網，如果發現有了目標，就會架了網，然後從一個方向轟趕。

豬畢竟是豬，並不那麼容易得到。一個多月過去了，炕理爸仍未如願。可是他非常注意地上的印痕，不止一次發現有被豬拱過的痕跡。有一天他在玉米地裡聽到了呼呼大喘，摸著湊近了，眞的看到了有一頭油亮亮的小豬。多麼好的小豬，小豬嘴兒也油黑發亮。他笑得臉上開了花，一時倒忘了怎麼去逮牠。他認爲牠差不多已經是自己的了。他這樣想著往前摸爬了一段，眼看就要揪到那可愛的小豬腿了。他猛一伸手，小豬呼一下跑了，發出「咕咕咕」一溜驚喘，沒了影子。

他的確感到了小豬的熱乎乎的皮膚。可是這次機會就這樣失去了。不過他心裡更加堅定了，認定玉米地裡可以捉到他所需要的東西哩！他更加起勁地到地裡來，一早一晚，只要是不出工，總會鑽進去，一邊拔草，一邊尋找。

大約又過去了十幾天，他終於發現了牠。

這一次他總結了教訓，先張網，然後小心地移近，一切都做得沒法再謹愼了。當然，最後他是捉到了。小豬沒命地喊叫，他拍打牠，親牠，說：「別哭了別哭了，有個家就比沒有家強——咱回家去哩！」他差不多是把小豬一口氣抱回去的，並從此開始了精心餵養。

這隻野地裡捉來的小豬長得很好。由於牠的身架兒毛色及各方面都讓人滿意，所以最後沒有捨得閹成肥豬，而是餵成了一頭不錯的種豬。

土成是個懶漢，沒有媳婦。他熬到了三十多歲，還是沒有。土成焦急得很，動不動就發火，有時連村裡的領導也罵。他臉色發黃，不願洗澡，身上灰塵很多。這樣越發沒有姑娘跟他了，連跟他說話的都不多。土成說：「一個一個都長得有限。」那意思是他還看不上她們呢。大家都說土成的事要看麻煩。

他自己不往好的方面發展，而是順著勁兒走下坡路，做一些不太光彩的事，比如說他趴在別人家的後窗看一會兒；還偷過雞。總之他的名聲越來越壞。他剛剛三十來歲，就學習老年人的樣子，裝成有氣無力的模樣，還故意不繫腰帶，而是在褲腰那兒挽個疙瘩。

一個青年丟失了青春的氣息，也就根本不可愛了。看來他也不準備再娶媳婦了。因爲他甚至發展到這樣的程度：一連幾天不洗臉。他臉上的黑灰十分明顯，鼻子兩側已經有硬幣那麼厚。平常他的生活很單調，除了下地幹點活，再就是隨便躺一會兒。走哪兒躺哪兒，街頭巷尾，樹底下，草垛根。他躺下就不願意動，也不睡，只是打瞌睡，瞇著眼想事。他想了些什麼誰也不知道。開始有人以爲他長了什麼病，後來也就習慣了。

土成的個子很高，身材比較細，比較柔軟，像是個沒有骨頭的人。他什麼都吃，不講衛生，有時吃得肚子滾圓，有時餓得直不起腰。他偷了好吃的東西，攏把草就燒起來。有時候他一個人坐在大樹底下，坐著坐著就哎喲起來，像肚子疼似的。「你肚子疼嗎？」有人這樣問他。他誰也不理，只是哎喲，發出一連串奇怪的聲音。他那時的眼睛瞇著，有時突然睜大了，裡面有一汪淚。

後來有人明白了，說土成傷心。

土成說誰家姑娘如果給他當媳婦，他抱著就跑。往哪兒跑?往家跑。他說不讓她幹活，只讓她吃好的，餵她白麵饅頭和鹹魚什麼的。大夥都說土成原來是個好人。

雖然這樣說，他還是一個人過日子。

也不知從什麼時候開始，他常常去玉米地裡了。有時一整天在裡面瞎躥，誤了出工幹活。他打個什麼譜，慢慢大家都明白了。他是想在裡面找個媳婦也說不定呢。不過媳婦畢竟不是西瓜蘑菇之類，也不是一般野物，要找到不易啊！

當然，姑娘們有不少進玉米地的，她們進去摘野果啦，拔野菜啦，玩啦，解溲啦。不過她們可不會找土成。她們一般都不喜歡他。她們只有一點堅信不移：土成還算老實，不會對她們動手動腳。

土成趴在玉米地最深處，一躺就是一天。餓了，他扒開玉米皮，啃一個嫩玉米穗子；眞的睏了，就睡一會兒。刺蝟、黃鼠狼都不太怕他，有時就從他身邊走過。他還伸手捏過牠們的小腳丫。

一個秋天快要過去的時候，土成創造了個奇蹟。

那是一個黃昏，他走出了玉米地，後面還跟著一個頭髮黃黃、瘦瘦薄薄的姑娘。姑娘除了兩眼有光，周身都是暗淡的。她大約有十八九歲，步子很小，像是害怕什麼。問她多大了？她說二十五了。看來她發育不好，看上去還不夠成熟。土成找到村裡領導，問跟她成家行不行？領導說當然行了。

原來姑娘是南邊窮地方下來的，秋天裡躥在莊稼地裡，走哪兒算哪兒。她有一天在玉米地裡，見一條長蟲爬近了睡著的土成，就替他趕開。他醒了，正做夢，一睜眼就把她抱住了。土成那會兒不像個安分人，他們打打鬧鬧就熟了。不過姑娘第一天並未跟他走出來，而是一個人留在地裡過夜。土成回了家，半夜睡不著，就攎了幾個玉米餅，抱著席子被子鑽進玉米地裡。地裡有月光兒，他找到了她，把東西放下，說了三五句話，就回來了。

土成那些日子差不多都是在玉米地裡。那裡面藏下了她這個人，誰也不知道。一連多少天過去了，他終於把姑娘領回家了。

後來那個黃瘦姑娘漸漸胖了，像模像樣了，還生了兩個小孩兒。土成也講究起來，不僅按時洗臉，過節時還要穿襪子，冬天戴護耳套。

鍋頭老叔兒子比土成還要大五六歲，難壞了老叔。他名字叫「小就」，長了副很奇怪的樣子。主要是粗矮異常，不過身體十分強壯。他口吃，但是憨厚，最愛幫大娘大嬸幹活兒。她們走在路上，扛著東西，只要小就看見了，一定要替下她們來。「小就娶不上媳婦，冤！」她們都這麼說。可是她們誰也不把自己的女兒嫁過去。鍋頭老叔有時很粗野地罵她們，街上的小孩子漸漸也學會了這麼罵。老叔帶壞了村風。

土成的婚事大大啓發了鍋頭老叔。他催促兒子，說連土成都不如，那可就白活了。兒子不願到玉米地裡去，再三勸導才跑進去了幾次，可是並不深入。老叔說：「你得往深裡走，見了女的多說話，一遭不行兩遭！」

小就幾乎沒有機會同姑娘們說話。姑娘們在玉米地裡見了他，老遠的就跑。因爲都知道他在這兒幹什麼，人們害怕。其實小就是個老實人，在玉米地裡主要是拔草，拔了一大捆又一大捆。

僅有的一次說話，是同一個採野菜的老太婆。老太婆坐在玉米棵下，數叨了半天她男人在世時的「好處」，一把鼻涕一把淚，小就不由得跟上哭起來。後來老太婆拍拍身上的土末子走了，又剩下了他一個人。

鍋頭老叔帶上一口袋上好的菸末去了玉米地。他慢慢地吸菸，捎帶做點活計，安心地等待機會。他要親手給兒子找個媳婦。他不信沒有機會。

玉米地裡好熱鬧啊，有時眞有不少姑娘鑽進來呢。不過她們大半是年紀輕輕的本村人，主動過來逗鍋頭老叔。老叔說：「你們懂什麼才是好？」她們都說：「俺不懂。」老叔又說：「矮壯矮壯，不矮能壯？莊稼日子講個身子結實，又不是天天板著臉看。」姑娘們哈哈大笑，拍著手，跺著腳，呼啦呼啦跑出了玉米地。

莊稼快熟了的時候，有外地人順著大路流過來。他們都是些吃百家飯的人，夜間就在溝渠裡、莊稼地裡過夜。其中有男有女，有老有少，都是些吃了上頓不愁下頓、到了秋天高興得直打滾的人。

老叔就想打他們的主意。他對他們當中的女人們說：「人這一輩子，走到哪裡才是一站？不如見好就收，找個窩兒趴下。」女人說：「瞧你老人家說的，誰家沒有個人等著？俺人窮志不短哪！」老叔無話可說了。有的女人還沒有男人，不過她們也不願留下，只說：「俺不服水土，胸口憋得慌！」

一個秋天過去了，鍋頭老叔沒有留下一個女人。不過他仍不灰心。他知道這是一生一世的大事情，哪能那麼簡單？

第二年秋天又來了，玉米一節一節往上躥。「快長快長，瘋長吧！」老叔在心裡喊著。玉米林子形成的時候，老人又在地裡來來去去了。他想大閨女家一個人鑽到玉米地裡，大半都是些有心事的人，也是些潑辣人。再也沒有比到玉米地裡找媳婦更聰明的辦法了。他想到這些，愈發佩服光棍漢土成。

深秋來到了。那些外地人又來了。這一年上，鍋頭老叔一口氣拖住了好幾個偷玉米的外地女人。她們都不在乎，還嘻嘻笑。老叔說：「吃人的嘴軟，拿人的手短。想不想留下來過日子？」女人說不中不中。她們當中有人願意留下來過上一個冬天，可一直留下來，那可不行。

住一個冬天，那也不錯啊！那就是說，兒子可以在一個冬天裡有他的媳婦了！老叔於是趕緊把那個女人領回了家去。

小就見了領回的女人就跑，老叔喝了兩聲沒喝住，就抄起一根扁擔。兒子這才站住。他把兒子和女人關到了一個屋裡，當時村裡沒有一個人知道。

十天半月過去了，那個女人又白又胖，眼神裡全是光亮，說這裡人到底比那裡人好一些，吃得也實在。冬天過得眞快啊，一晃天要暖了。小就夜裡摟著媳婦哭，說活活分離啊，還不如死了好。老叔商量女人說：「續下去中不？」女人想了想說：「不中。」不過她要再多住些日子。她說要報答報答這個人家。

這一住又住了一個月。女人忽然在一天早晨蹦到院子裡，大罵一句粗話，高喊：「我不走了！」

一家子摟著笑了好久，小就眞的有了長久的媳婦了。小就說：「俺要不好好過日子，讓俺死。」

後來小就的媳婦生了兩個兒子，又勤儉又孝順，待男人好，待公爹也好。她在鍋頭老叔最後那幾年裡，還親手爲他洗澡、翻身、撓癢癢。

小村裡的年輕人個個都能鬧騰。他們吃飽了飯，幹活時又花不盡力氣，就想打一架。不過大家都知道打架是怎麼一回事，很少一口氣把別人打壞。打架打得恰到好處，一個一個臉上通紅，喘呼呼的，身上一層小汗珠兒，這就算不錯了。

大白天打架不太好，因爲在街道上、巷子裡，什麼都看得清清楚楚，不像那麼回事。最好是在晚上，最好是再有點月亮。大夥兒分成一幫一幫，呼喊著，揪住一個對頭狠狠揍。這叫打群架。有時候一場大架打到天亮，打得滿臉是灰、是抓撓的印痕。這樣的打法最讓上年紀的人憤恨。他們說：「吵得人睡不沉！」他們希望年輕人留住力氣幹活。

姑娘們也參與了打架，她們與小夥子摔跤，一下一下讓小夥子摔倒，高興得哈哈笑。「哎呀你這個驢玩藝兒，眞有勁，眞有勁！」她們力圖將男的摔倒，有時也眞能摔倒。小夥子壓住姑娘，呼天喊地大叫，說再敢不敢了？姑娘們大聲嚷：「不敢了不敢了！」

一幫一幫人在街上跑來跑去，狗汪汪大叫。老人們在窗子前面大罵，罵得越來越難聽。年輕人跑著，追著，一頭鑽到了玉米地裡。這下子好了，誰也管不著了。他們小心地側著身子在地壟裡跑，惟恐碰壞了莊稼。這時候主要是藏，是找，是一下子把對方撲倒。對方爲了不壓壞玉米，也倒得利索。他們哈哈大笑，在玉米地裡躥來躥去。一地的野物都給驚起來了，牠們尖聲大叫，有的一蹦老高，有的飛到了天上。大鳥本來在玉米棵裡睡得很美，突然被驚動了就有些火，牠一下一下啄人的頭髮。狗最後也跟來了，牠們首先在玉米地壟間追趕野物，來來往往十分繁忙。主人吹一聲口哨，牠們就回到各自主人身邊。主人跟別人動手，牠就幫主人撕扯別人的褲子，有時一口氣把對方的褲子扯下來。

如果這種打架一直局限在本村的範圍內就好了！可惜在玉米地裡常常遇見跑出來的外村青年。由於彼此陌生，往往就不太友好，一旦吵起來，就成了一村對另一村。他們打得認眞又專注，下手也厲害。有時一夜就能打傷幾個人。有時這一夜吃了虧，下一夜就要設法補回來。大夥兒從四面包抄過去，一點一點圍，盡量把對方困在玉米地中央——只等一聲呼喊，大夥兒一齊躥起。

儘管這樣的打鬥太冒險了，但打得還是很來勁兒。沒有人害怕，沒有人躲閃。到了晚上，領頭的一點名，一個一個應聲。如果誰不出來，領頭的和大夥兒一塊罵他。人齊了，就往玉米地裡跑。那裡又寬大又看不透，又有人又有野物，打起仗來可有意思了！

到了收玉米時，只要有碰折倒地的玉米秸子，人們就說：「打夜仗的碰的！」

姑娘們性格不同。有的什麼也不怕，即便跟外村人打架也敢跟上；有的只能與本村青年一塊兒打鬧。不過她們一般都聽小夥子的。她們一般都在暗暗保護一個人；也有的要保護兩三個人：一個喜歡的小夥子，另外就是哥哥和弟弟。她們衣兜裡裝了好吃的東西，比如棗子和蘋果、桃子，還有巴掌大、指頂大的硬麵餅。

玉米地裡比賽說粗話最好玩。這種話平時誰也不說，因爲年紀大的人聽見就喝斥，甚至掄直巴掌打人。他們都是在特定場合才說。特別是配合著打架說粗話，最有意思了。用粗話罵人，罵得再狠也不准惱。如果與外村人打架，打到一定的時候，就主要是說粗話比賽了。那些五花八門的粗話像排炮一樣衝騰而出，把對方壓得抬不起頭來。有時一個響亮的大嗓門負責喊，一邊就有幾個人爲他準備粗話，小聲編出來。姑娘們也跟著編，她們編粗話編得熱火朝天，已經忘記了害羞。

只有在平靜的時候，姑娘們回憶起晚上說的話，才或多或少有點不好意思。「咱把他們罵成了什麼？眞解氣！眞解氣！」她們往往這樣說。

年輕人如果不時時找點仗打，就不太舒服，就要出別的毛病。打仗像抽菸，不抽不好，抽得太多了也不好。最好是抽抽歇歇，歇歇抽抽。如果沒有玉米地遮著人眼，打仗就成了胡鬧騰，就沒有了偷偷摸摸的滋味兒。

一些村裡人閒了沒事，都願意到玉米地裡去，去幹點什麼——拔草尋瓜兒，或者是逮野物，只要手裡有點活兒就行。玉米地裡反而比街巷上、家裡熱鬧。莊稼人除了幹活兒，一年到頭有個什麼光景看？電影一年裡演不了幾回，唱戲的差不多等於沒有。大夥兒蹲在地裡啦個呱兒，說點家長理短，消愁解悶兒，正經不錯呢。有了心事，一個人愁也愁死，一夥兒說說，愁事就消了。如果遇上個對脾氣的，兩人面對面，四周沒有人，說上一會兒，多麼好！

七姑這個人熱鬧了一輩子，她一刻也寂寞不得。冬天裡，閒人多，她上了誰家炕頭，就說上一天熱鬧話。春天裡老年人在街上曬太陽，她就伴他們曬，主要是尋個功夫說說話，扯些天南地北的事。她願幫眼神昏花的老年人捉虱子，一口氣能捉好幾個人。她是老頭老婆婆們的知心人。大夥兒都說：「沒有七姑，這個小村就白瞎白瞎！」七姑人緣好，誰家有了紅白喜事，都少不了她。特別是喜事，都要喊她來；如果不喊，她就自己來。她說自己就是願意吃好飯，願意看不足月的小孩兒笑和哭。

秋天最忙，人們都下地了。七姑早就不出工了，她一個人在村裡與老年人玩，常了悶得慌。有一次她偶爾去玉米地找一種草藥，遇上幾個年輕人蹲在裡邊，就一塊兒蹲了一會兒。眞熱鬧啊，年輕人眞能說能逗，高興了還爬起來蹿一陣。他們給七姑起外號，問她一些稀奇事兒，她都不惱。「只要熱鬧就行，俺反正這麼大年紀了。」有個小夥子給她取了個外號，叫「大肚蟈蟈」。她指著肚子說：「俺這是有福哩，俺這肚兒什麼都盛過，豬頭，活鮮活鮮的大刀魚，無花果兒，咱都吃過。」

「淨說些饞人的東西，七姑好不好閉上嘴呀？」小夥子們嚷著。七姑拍著手：「你們年輕，吃好東西的日子在後頭。人一輩子說不準碰上什麼好事兒——就像在這大玉米地裡蹿，日子久了什麼碰不上？」

「七姑說得眞對呀！」「七姑有經驗！」「七姑年輕時候也到玉米地裡玩嗎？」

七姑沉沉臉說：「也來玉米地。不過那會兒七姑可不是如今的七姑。」「怎麼？」「怎麼？傻唄！你一活動腳就有十個八個盯著你，還保得住？一年秋天俺去玉米地摘個瓜兒，剛剛一會兒的工夫，得了，讓趕車的麻臉老五瞅準了，一個惡虎撲食過來……好心不得好報啊！」

大夥兒笑起來。都說七姑是個好人，從來不記恨人，事情過去也就過去了。一個村住著，誰聽見她罵過麻臉老五？七姑點點頭：「過日子，誰沒有個三長兩短？人不能得理不讓人哪。一個村住著，低頭不見抬頭見，拉家帶口的，誰也不容易啊！是吧是吧！」

「俺就一樣喜好：熱鬧。只要是熱鬧地方就有俺。」七姑接上說，「年輕時候合作社來村裡招幹部，相中了俺。俺問：社裡熱鬧不熱鬧？他們說也談不上熱鬧，反正是幹工作唄。我一聽就搖手，說把俺留在村裡吧，俺還沒跟老少爺們玩耍夠哩！」

年輕人說：「七姑，你這樣性情的人沒有愁事，壽限大啊——老年人都這麼說。」七姑又點頭又搖頭：「離了熱鬧不行。有了熱鬧就好，反正是這樣。」

由於玉米地裡有年輕人說笑打鬧，所以後來七姑就經常往地裡鑽。有人看見了說：「這麼大歲數了，好傢伙！」她和年輕人在一塊兒，又說又笑地快活，有時也幹一些力所不及的事情。年輕人玩「騎大馬」——幾個人弓腰摟抱著，讓另外幾個人往上跳——她也跳，結果一下子從馬背上栽下來，下巴上磕了個大口子。好在她這個人樂觀，血跡還沒乾就哈哈笑起來。

老孫頭性情孤獨。他從年輕時就喜歡一個人獨處，默默吸菸。本來是安安靜靜的地方，他坐一會兒還是嫌吵。他是全村最能抽菸的人，一桿大菸鍋時刻不離。他一邊抽菸一邊擰艾草火繩，一口氣能擰一大捆子。火繩平時就放在院門上邊的擱板上，積成一座小山。誰進他家，一眼望到的首先就是火繩。

他手拿火繩，嘴裡咬著菸鍋，找個沒人的地方去打發時光。七十歲的人了，剩下的時光儘管不多，可也足夠他打發一陣子的了。人說話、狗吠豬哼，他都受不了。老孫頭整天為尋找一塊安靜地方發愁。他的老伴一天說不上三五句話，可他還是埋怨：「吵死我！吵死我！」他聽見刷刷拉拉的腳步聲也受不了。

「老孫頭肯定在琢磨事兒。」村裡人這麼說。「人一輩子要琢磨好多事兒，這是肯定的。不過老孫頭琢磨的時光可不短了。」

老人的眼珠盯住眼前一片泥土，長時間不會移動。他緩緩吸菸。火繩在一邊冒煙，煙筆直地往上走。

有時他一個人微笑。不過大多數時間他是緊緊繃著臉的。他如果要說話了，會主動找人；他如果坐在那兒，最好還是不要打擾。有人試著搭訕過，結果老人差點扔了菸鍋。

人如果沉默了並且又絲毫不尋思事情，那是絕對不可能的。不過老孫頭成天琢磨了些什麼事情？這太讓人納悶了。有一天村領導小心地繞開他走去，他卻看見了，輕輕招手示意村領導過來。村領導比老人小十幾歲，也算個老人了。他趕緊走過去，哈著腰站著。老孫頭抽著菸，頭也不抬。停了片刻他說道：

「五八年秋天那匹栗皮馬不是讓人毒死的，牠是自己病死的。」

村領導閉上眼，用手敲打著自己的頭，還是想不起。他想啊想啊，還要想下去，可老人已經揮手讓他離去了。

「原來他在想這樣一些事情，嗯。」從此他覺得老人的孤單是非常重要的事了，告訴村裡人，誰也不要去擾亂他。「老人琢磨大事哩！」他這樣說。

有一次老伴躡手躡腳從老頭子身邊走過，聽見哼了一聲，趕緊站住了。老孫頭磕了菸鍋，抬頭看看她說：

「娶了你第二年春回娘家，你爹罵我那句話好狠。」

老伴記不起了。「罵了什麼？罵了什麼？」她揪著衣襟問。老孫頭揮揮手，她於是走開了。

老孫頭在哪裡待一會兒，哪裡就有一堆菸灰。他的菸吸得越來越猛了。這讓人感到他正琢磨更瑣碎更深入的事情。也可能是年齡的關係，他越來越不能與人同處了，在家裡幾乎不能安坐。到後來他終於走出村去，一直走向田野，走到大玉米地裡去。大夥兒都躲開他，讓他一人向玉米地深處鑽去。那裡的野物好像也不跳不叫了，只讓老孫頭一個人坐下來吸菸。多麼好的莊稼地，大綠葉兒一串一串，都在老孫頭眼前閃跳。他這一輩子都是看著莊稼的，每片葉子都讓他安恬。老孫頭像來到真正的家，身心都鬆下來。玉米纓的氣味，泥土的氣味，青草的氣味，什麼都混到了一起，湧進他肺裡。這氣味養人哩。他舒服得躺下來，覺得泥土熱乎乎軟綿綿，比自家的大炕好上十倍。地裡有各種細碎的聲音，有人在遠處呼叫——這一切聲響一點也不吵人。好哩，好哩，大玉米地才是俺的老窩兒！老孫頭透過玉米葉兒，一眼望穿了好幾十年！陳穀子爛芝麻，什麼都記起來了。死了十幾年的驢也昂昂大叫，故去的老人們也湊過來啦呱兒。這回不是老孫頭去想往事，而是往事找老孫頭了！你說怪不怪？怪不怪？

村裡人只要一看見老孫頭手提火繩往前匆匆走過，都知道他是去鑽玉米地的。「老傢伙又進去了！」大夥兒都這麼說。

一個莊稼人最戀著的是什麼？一開始沒人知道，後來大家才一點點弄明白。他們戀著莊稼地，而不是老婆孩子，也不是熱乎乎的炕頭。

小古媽媽東跑西顛地講述這個理兒，她說她算開了竅了。

她是個小腳女人，個頭一點點，眉眼好看。上年紀的人都記得她年輕時候的模樣。男人早死了，小古媽媽不嫁人也不亂跑，安安靜靜守著小古過日子。可是她越來越想自己的男人，想小古爹。她做夢做他，說話說他，天天把他掛在嘴邊。「過年過節孩子他爹也不來家！」她埋怨。有人聽了就說：「你老糊塗了，人死如燈滅，怎麼還能回來？」

小古媽媽腿腳還算靈便，只是神態已經不清了。小古常常逗媽媽玩，聽她說一些驢唇不對馬嘴的怪話。小古笑得嘎嘎響。村上人都說小古這孩子不孝。

老太婆走走街坊，跟大夥一塊兒樂樂。七姑喜好熱鬧，就長時間地陪伴她。後來七姑建議小古媽媽不要悶在村裡，說這樣長了會生出毛病，不如到田裡走走。那時正是秋天，是玉米棵茂盛的時候。小古媽媽提個籃子鑽進去，隨便拔點野菜，累了就安靜地坐一會兒。她覺得無邊無際的大玉米地裡有一萬種聲息，細碎而且渺遠，在遠處，好像有個男人在深長地喘息。

「小古爹！小古爹！」她呼叫著。

然後是傾聽。有他的聲音嗎？似乎他在很遙遠的地方哩。「你呀，你不來家，你在玉米棵子裡胡鬧騰。我可知道你脾性呀，你不是安分的人。你在那裡蹲了一會兒，看看，又站起來了，哎呀，還笑，笑什麼？你不想我，也不想孩兒？你說說，嘖嘖嘖嘖！」

小古媽媽拍打著膝蓋，數叨著，又驚喜又絕望。

「你走了多少年了？闖關東也有個回家的時候嘛，誰知你一口氣跑了哪去？早不回來晚不回來，到了快收玉米的時候就往回跑。我知道你是饞個秋天，饞又大又香的玉米棒子！」

小古媽媽笑哈哈地拍手：「俺這回可看見你了，你在玉米地裡鑽來鑽去，這回可瞞不過俺的眼去！我知道，你出門回來都是先看看莊稼，這樣心裡才踏實。你這回看明白了嗎？一地好玉米，綠油油黑烏烏，大棒子比小孩兒胳膊還粗……」

她數叨一會兒坐下來，閉著眼，一臉的皺紋飛快地活動。她這樣說著，笑著，走著，一直忙到天黑，這才戀戀不捨地往村裡走去。

有人親眼見到她在玉米地裡幹什麼，回村裡對人說：「小古媽媽癡了。」七姑反駁說：「誰的事情誰自己心裡有數。她或許眞的看到了男人呢。」有人大笑：「玉米地裡還能沒有男人？」「我是說她自己的男人！自己的男人自己看得見……」

七姑的話讓人將信將疑。都知道小古媽媽和小古爹在玉米地裡會面。他們兩個人都返老還童了，那麼大年紀還在地壟裡追著玩，互相下絆子。小古媽媽一個絆子被絆倒，全身是土，爬起來還是跑。她嘴裡嚷：「小古爹，你這個老不正經，我叫你野跑！我叫你給我下絆子！」

玉米地的另一面是什麼？走不到邊，走不到邊！多少老人小孩兒，這裡可是個熱鬧地方。他們都在幹自己願幹的事兒，別人看不見也抓不著。小古媽媽有一回眞的抓住男人的衣襟了，一張兩臂抱住了他，大叫：「小古爹，坐下坐下，兩口啦啦知心呱兒……」小古爹一臉鬍子比針還硬，老皮老肉也刺得疼。小古爹是個有勁的男人，一伸手指把她捏住，鼻子吭吭噴氣。「兩口兒沒有不說的話！」他粗粗的嗓門說。「哎呀，這麼多年不見了，你還喝酒，喝起來沒頭，你是個酒鬼啊！」小古媽媽笑著叫著。

多麼好的大玉米地啊！莊稼人沒白沒黑地幹活，從播種到施肥澆水，費了多大勁兒才弄出這麼大一片。它還能不好嗎？莊稼人流血流汗莳弄大玉米地，大玉米地也得保佑咱莊稼人，事情都是有來有往嘛！

一個人只要耐住心性，只要信服大玉米地，大玉米地就會幫你。你要什麼？你只管跟它說，不用不好意思。不過你得是個好人，是個誠心誠意的人。就是這樣，嗯。

拉拉谷

一

有些事情是沒法琢磨的。像蘆青河，一路靜靜地流淌，波瀾不驚，很像個性情溫恬的姑娘。這就很難使人相信很久以前它的脾氣竟會這樣暴躁：巨浪捲起泥沙，呼嘯奔騰，一夜之間就推平了近海的泥嶺土渚，沖刷出一線平坦的谷地。

後來的人就叫它「拉拉谷」。

大半由於河水的滋潤，天長日久，拉拉谷裡長起了一片挺拔的林木。林木中，最引人注目的要算那些嫵媚的蓉花樹了。灌木和草叢擠得很密，裡面還混生出各種野花。牽牛花常順著荻草稈兒爬上去，爬得和人的鼻粱一般高，使人們走在谷地裡淨聞它的香味兒了……拉拉谷是很美的。

綠色的草地印著一條條彎曲的小路，那是買魚的人們踏出來的。夏日裡，正是太陽辣熱的時候，一群買魚姑娘頭上頂個梧桐葉兒，斜挎著魚籃子走過去。快到海邊了，她們偏不再挪步，只找個柳蔭臥下來，用胳膊支起腦袋看遠處那白白的沙岸。

拉魚的人在灼熱的沙灘上是不穿衣服的。小夥子在號子聲裡躍動著，遠遠望去，那一簇簇赤銅色的軀體會給人留下長久的想像。姑娘們遠遠地看著他們抖網、合網，用柳斗將一片銀樣的魚收到小漁房子旁邊的水泥場上，成幫成夥地離去時，就一個個從柳蔭裡跳起來，帶著那些還沒有散盡的美妙而朦朧的想像，跳動著、歡呼著，向著那個孤零零的小漁房子跑去……

金葉兒跑得很慢，她常常落到人群的後面去。

她手腳笨嗎？那高挺的腰身兒，兩隻長長的腿，還有讓人看一眼就再也不會忘記的黑亮亮的眼睛，到處透著敏捷和機靈。天熱，她上身只穿了一件方領兒小衫，短袖的，露出兩截兒胖鼓鼓的胳膊。花衫的方領口兒太寬敞了些，讓太陽曬紅了一小片胸脯兒……有一天早上，金葉兒洗頭，照著鏡子擦臉的當兒，看到了自己凸起的高高的前胸，突然覺得自己是個大姑娘了！

她十九歲了。十九歲的姑娘生在海邊，少不了魚吃。父母的遺傳和豐富的滋養，使得她十分漂亮。只看這兩條辮子吧，烏油油的，絕不是一般地方的姑娘所能生出的。她一跑，這辮梢兒就打她的後背、臉龐，有時還打她的眼睛。於是她乾脆也就不跑了，只邁開大步走。等走到小漁房子跟前，臉上連個汗珠兒也不掛！

而別的排隊姑娘都汗浸浸的，頭髮散亂地黏到了前額上。對比之下，金葉兒倒更顯得恬靜溫柔，引人注目了。

她們在漁房子跟前排起了一條長長的隊。這是一條彩色的長龍。姑娘的花衫兒紅紅綠綠，在海風裡抖著，遠看一眼是極有風采的。就有個聰明的人每天立在一邊，捧個畫夾兒把她們這模樣兒給畫下來。

畫畫的人細高身量，白皙的皮膚，潔淨得周身衣服都沒有一個汗點兒。他來的次數多了，人們都知道他叫陸小吟，是隨地質勘查隊過來的勘查員，業餘時間愛畫點畫的——畫拉谷裡的花、草、谷中那條河；畫大海、海邊的船、網，什麼都畫，連赤身裸體拉網的人他也畫哩……

金葉兒站在長隊裡，老覺得他專畫她自己一個人。

也許別的姑娘也覺得他在畫她們自己呢，她們雖然都故意傲慢地挺著脖兒，可那興奮怎麼也抑制不了，於是這個「哎呀」一聲，那個「嗯」地一哼，你推我，我搡你，嘻嘻哈哈地笑了起來……有人見金葉兒只抿著嘴角，連笑也不笑一聲，昂著胸脯很有些文謅謅的樣子，一絲兒嫉恨就在心頭漾開，故意推她一把說：「想什麼喲？想女婿——想『泊裡鹿』嗎？……」

姑娘們一齊笑了。笑得眞痛快，眞舒心！她們把個柳條籃子舞動起來，各自在面前的空中劃了個圈兒。

「泊裡鹿」是個小夥子的外號。因爲他的腿特別長，奔跑起來就像野泊裡躍動的麋鹿。他就在海邊拉網的那些人中。也不知從什麼時候起，也不知是因爲雙方父母的約定還是什麼別的原因，反正人們都知道金葉兒給泊裡鹿當媳婦兒了。金葉兒一想起自己是個「小媳婦兒」，心裡就癢絲絲地怪舒服。可她一想到自己是給泊裡鹿做「小媳婦」，又立刻不那麼高興了。她不喜歡他。可她總算是知道的：她是他的媳婦兒……這會兒，她狠勁兒瞪了一眼那個推她的姑娘，噘起了嘴巴。她的小胸脯兒一起一伏，那裡面蕩動著幾句罵人的話兒哩：「瘋張張的，是你想女婿哩！你不想怎麼就知道別人想？沒臉沒臊的……」

但她終於沒有罵出來，這時反而低下了頭，紅著臉捏弄那個柳筐的邊邊。看上去，這個金葉兒老實極了，長得又俊，沒有爭議是個好姑娘。

海岸上沒有什麼風。海浪也給太陽曬蔫了，有氣無力地拍打著沙岸。水蒸氣往天上升去，透過它望去，好像小漁房子、人群，什麼都在浮動著……這時一個老頭子一拐一拐地走過來，他一邊走，一邊伸手打著涼棚兒，四下裡望著；那隻跛著的腿腳走一步甩動一下，特徵是非常鮮明的。所以只要他出現在海灘上，哪怕離得再遠一些，人們瞅一眼也就知道他是海邊守夜的「鋪老」、金葉兒的老父親「骨頭別子」。他的後屁股上繫著割網線的刀子、菸袋荷包、網梭兒、小漁線拐兒……特別顯眼的是還有一隻半尺來長的豬腿骨做成的骨頭別子——那是用來編製柳條筐兒的……這一大串東西互相碰擊，一路總發出「噹啷啷」的響聲。

畫畫的陸小吟前不久曾為這個老漁民做過一張素描頭像，所以骨頭別子走到他身邊，就笑瞇瞇地拍了拍他的肩膀。等陸小吟抬頭說話的時候，那「噹啷」聲卻早已從身邊飄去了。

「嘻鬧什麼呢？嗯——」骨頭別子離姑娘們老遠就嚷叫起來了。他總在開始賣魚之前趕來維持秩序，站在隊伍的一旁，吹鬍子瞪眼的，好像只有他對一切要求得特別嚴格。姑娘家還能不笑嗎？都像你的金葉兒嗎？

金葉兒見父親走過來，立刻就笑了。她這會兒像個小姑娘，很有點撒嬌的意味。她一點也不怕父親。姊姊早就出嫁了，媽媽在她生下不久就死去了，她是老父親身邊的「寶貝蛋」。這會兒她雖然還站在隊伍裡，可那樣子就像馬上要撲到母親懷裡的小孩子，眉梢兒皺著，眼裡含著甜蜜的怨怒，薄嘴唇兒噘著，一身肌肉軟塌下來，手裡那筐兒鬆鬆的就像要掉到地上的樣子。可她就是不說一句話，要說的全在這奇特的表情裡了：昨夜裡你做的魚丸子還有嗎？香噴噴的小鍋貼兒給我留了多少？

骨頭別子朝她搖搖頭，從口袋裡摸出個東西，在她眼前晃了晃，又從一隻手裡「哧溜」一下滑到另一隻手裡……金葉兒瞅見了從他指縫裡閃出的金色斑點，一把奪了過來：咦，一隻多好的小海雀兒（1）呀！

「原來我想留下拴菸荷包的。是泊裡鹿在沙灘上拾的，你留著玩吧！……」骨頭別子小著聲兒說。

金葉兒把海雀兒放在展成平板的手背上，迎著陽光看牠反射出的光線。她被耀得瞇起了眼睛，小翹鼻子上也起了皺皺……她好像沒有在意父親說些什麼，聽了一會兒，她輕輕地收回手掌，也像他那樣，先在眼前晃了晃，然後把牠從一隻手裡「哧溜」一下滑到另一隻手裡。她扯過父親握緊了的那隻老手，一根一根扳開手指，給他放在了掌心裡。

「怎麼咧？」骨頭別子剛要裝菸鍋，這時有些吃驚，趕忙把荷包收了。

金葉兒沒有回答。她只轉過去身子，往隊伍裡靠一步，嘴巴幾乎要對在前面姑娘的耳朵上了。她像噓氣似地問她：「快開賣了吧？……」

二

人們想像不出一個鋪老成天過著怎樣逍遙的日子。

骨頭別子總在太陽落山的時候吃飯。在漁房子的東外間裡有一個小小的鍋灶，骨頭別子一看到它總想笑。多精巧的小生鐵鍋啊，也不知用了多少年了，上面總被油滋得亮閃閃的。每到傍晚，用鐵鉗子捅開灶下的煤火，再取過一條沙板兒魚或者小黃鱔，用小尖刃兒刀「塞」地一聲破開肚兒，「喀喀」、「啪啪」，切碎蔥絲，搗爛花椒，悠悠悠燜起了鮮魚湯……小鍋貼兒總是做得薄薄的，焦黃的片片，咬到嘴裡香味就出來了。鍋貼兒喜魚湯。他不常喝酒，因爲他最近感覺酒喝多了，那條跛著的腿老是痛，不過泊裡鹿送來的酒一揭塞子都是撲鼻香的，他怎麼能不喝呢？

酒足飯飽，他拿過了立在門旁的那杆魚叉。

如果沒有拉夜網的，海邊上是安靜的。骨頭別子肩扛魚叉，一拐一拐地走在沙灘上，雄赳赳像個將軍。月亮升起來了，拖在沙灘上的大大小小的木船，月色裡看得清清楚楚。船體黑黝黝的，那一個個碩大的船肚兒裡有時就能鑽進偷魚賊——他們等到月落西天的時候再爬出來，有魚偷魚，沒有魚，他們就割截兒魚網；有時實在沒有東西可拿，連櫓槳也會扛得走的！怪不得人家說「山霸王海賊」呢，海邊的賊忒厲害……骨頭別子多少年沒有遇到這樣的賊了——他倒眞希望有這樣一個賊，那時候他會先把這陌生的客人屁股上揍幾個烏紫的印痕，然後再邀他到小漁鋪子喝上兩盅，讓他舒筋活血，使傷處不至於瘀結；臨送行時要迎著海風高高吆喝一聲：「喂，朋友，咱們不打不成交啊！……」這只是他的想像。只可惜那海賊總也不來，使得他這充分展現漁人粗獷豁達性格的壯舉一直未能實現。

但最近幾天的一個夜晚，他倒差點兒如願以償。

那時月亮還沒有落盡。骨頭別子正轉過幾條木船，坐在沙灘上一個斜扣著的舢板上吸菸。突然他覺得小舢板輕輕拱動了一下。他暗自笑了，故意用菸鍋狠勁地往船板上磕著菸灰，然後一鍋接一鍋，悠哉游哉地吸起來。他想：嘿嘿，他娘的，我倒要坐這兒吸上一天一夜哩，看你急不？正想著，只聽裡面傳出一個細細的聲音：「你、你讓俺出來哎——」

是個女人！骨頭別子大吃一驚，異常靈快地蹦到一邊，衝著那舢板喊：

「你是人是鬼？還是海裡鑽出來的女妖？」

舢板掀動一下，出來的是一個五十歲左右的女人。她那已經有了很多皺紋的臉上，兩隻眼睛卻是明亮亮的，這時一動不動地望著骨頭別子。他覺出有股香味直往鼻子裡鑽，仔細一看，才知她穿過谷地走來，頭髮上粘了些粉紅色的蓉花瓣兒……原來是小名叫「二姑娘」的李家寡婦！骨頭別子心上顫了一下。他問：

「你大黑天的跑這海上做啥？」

「俺是看你一個人怪清冷……」

「呔！……」骨頭別子一跺腳。

二姑娘膽怯地坐在了舢板邊上，一動不動地望著他，眼裡慢慢湧上一層淚花。她喃喃地說著，嘴角在輕輕顫動：「……這幾天，我看到拉拉谷裡一對對小夥子姑娘，一顆半死的心又活過來了。我老在想：這半輩子就這麼過下來、挨下去嗎？……」她說著，淚水流到了臉頰上，突然站到近前，兩手抱住了骨頭別子的胳膊，用臉龐輕輕地摩擦著。

骨頭別子呆住了！他慢慢坐在了舢板上。二姑娘依偎在他的胸前，兩個膀頭激動地顫抖著。他高高地昂著頭，但終於伸出了那隻鐵一般硬的繭手，一絲絲地撫摩她那被蓉花染過了的頭髮……但這手撫摩著，撫摩著，突然劇烈地抖動了幾下，接著他猛地站起身來，嗓子眼裡喊了一聲什麼，使勁把二姑娘掀到了一邊。

二姑娘倒在溫熱的白沙上，苦苦地叫著：「骨頭別子啊，骨頭別子！你眞的就那麼心狠嗎？！」

他彷彿不敢看她，輕輕摸過一邊的魚叉，一跛一跛地走去了……

夜裡的海風變涼了，他滿耳朵都是海浪的喧囂聲。他踟躕在大海灘上，留下了深深淺淺的腳窩兒。他嘴裡不停歇地小聲咕噥著：「這個女人，這個女人……」

這個女人勾起多少他心中埋藏著的酸甜苦辣啊！

四十多年前的骨頭別子，年輕、強悍，滿身都是一疙瘩一疙瘩的肌肉。長這樣肌肉的人特別適合於搖櫓使槳，他就早早地在大海上出名了。像所有海邊上的漁人一樣，他很能喝酒。酒喝多了記不得自己的老婆，只認得女人。女人在這兒的海邊上是太多了。她們的丈夫都出遠海去了，有的不知多久才能回來，有的是分明再也不會回來了。她們年輕，都很愛美，沒有胭脂，就用大馬齒莧花兒搽臉，臉搽得紅紅的，有時爲了一筐爛魚就能賣了貞節。那些夏天的夜晚喲，女人們跑到拉拉谷裡了，男人們跑到拉拉谷裡了，半夜裡也不知道回家……

拉拉谷，傷風敗俗的谷。

骨頭別子有一個多好的媳婦兒啊，她溫柔得像隻小貓兒。小貓兒雖然喜腥，但吃個魚頭魚尾也就滿足了，總把整段的魚肉兒剔給男人，自己「唆兒唆兒」地吮著光光的魚骨。她爲他生了一個姑娘，反而被他揍了一頓……村子裡，有個寡婦兒眼眉細尖尖的，彎彎的像個大魚鉤兒，把他的魂靈都給釣走了。月影兒皎皎的夜晚，他一次又一次走到她的窗前，看那個映在窗紙上的織網的影兒。可他不敢像對別的女人那樣。他怕她。她那麼美，那麼端莊，連映在窗紙上的影兒都是讓人又迷戀又敬畏的……他媳婦兒當時又懷了身孕，他卻連家也不想沾了。她哭啊哭啊，淚水總像溪流似的……一個夜晚，骨頭別子正站在小寡婦的窗前，癡癡迷迷地望著，突然那緊閉的窗扇兒「砰」地打開了。小寡婦探出半個身子，用竹梭兒指著他罵道：

「滿海灘上還有你這樣的鬼男人嗎？你老婆懷著身子，你還站這兒想偷雞摸狗的事兒！你老婆算倒了八輩子楣了……」

骨頭別子像被突然抽了幾個耳光，臉上立刻燒了起來。他第一次知道羞愧的滋味，嘴裡「啊、啊」了幾聲，然後抬腿跑走了……他回到了家裡，可是已經晚了。媳婦兒正好為他生下了第二個姑娘，臉色蒼白，孤寂地躺在炕上呻吟……

她得了一場大病，不久就死去了。

青春的血容易沸騰，等它平靜下去的時候，才開始知道懺悔。骨頭別子跪在了妻子的遺體旁，好久好久沒有起來……他忍住眼淚，在拉拉谷裡急急地走、走，最後尋了一棵開得最美、樹冠像巨傘一般的大蓉花樹，將妻子的棺材埋到了下邊……

「骨頭別子，滿海灘上還有你這樣的鬼男人嗎？沒有，有才怪！」他重複著小寡婦的話，整天罵著自己，是眞罵。

那個小寡婦就是二姑娘。葬金葉兒媽媽那天，她陪骨頭別子大哭了一場，她在哭海邊上苦命的女人啊！她一邊哭著，一邊大罵，她罵骨頭別子，罵大海灘上一切一切沒有良心的男人、女人，罵所有做下昧心事而沒有受到懲罰的人！……骨頭別子一聲不吭，他緊緊咬著牙關……

多少年過去了，小寡婦的哭罵聲還縈迴在他的耳畔。他像個贖罪者，只默默地做、做，用心地經營著這個沒有女人的家，百般珍愛著沒有母親的孩子。孩子長到兩歲的那年秋天，他望著谷地裡一片秋色，想起自己就是在這樣一個季節娶的親，於是就給孩子取名「金葉兒」……

一年又一年過去了，拉拉谷的草木幾經枯榮。金葉兒長大了，甜甜地喊著二姑娘「嬸嬸」，骨頭別子卻沒有和二姑娘說上一句話。他懼怕那雙異常秀美的眼睛。那雙湖水一樣深的眼底，藏著女人對男人最嚴厲的譴責啊！

這一年上，當「紅色風暴」湧進世界的每個角落，連海灘的打魚人也戴起紅袖章搖櫓的日子裡，有一個夜晚，骨頭別子正走在海灘上，突然聽到了女人撕心裂肺的呼喊！他跑過去，藉著月光，看到水邊有一個踏爛的魚簍子，幾個漢子正往海裡推一個舢板——舢板上捆著一個女人。顯然是趕晚潮的女人遇上了歹徒！他們大約是要把她劫持到不遠處的小荒島上糟蹋，重複解放前海匪們常幹的那種勾當……骨子別子怒喝了一聲，撲了過去。

……一場眞正的惡戰！骨頭別子仗著第一流的海上功夫救下了女人。當他扶著她走上海灘的時候，才發覺自己的腿骨被打折了，身上，滿是被開春冰凌劃下的血口子……那個女人心疼得嗚嗚地哭了，聲音好熟悉啊，抬頭一看，啊，原來是二姑娘！……她吃力地把他馱在背上，直馱到自己那個十幾年不曾躺過一個男人的炕頭上。

一連幾個月的調養，二姑娘顧不上聽那些鹹言辣語，心都快操碎了。當骨頭別子拐著養好的傷腿要離去的時候，二姑娘說：「你，你以後就住在這裡不行嗎？」……骨頭別子多少年沒有看她那雙魚鉤一樣的雙眉了，在這個月色皎好的晚上，他卻清清楚楚看到了這雙眉毛是生在一對多情的眼睛上的。他的心開始急急地跳動了，他張開那雙漁人的胳膊了……可也只是一小會兒，他的眼前又朦朦朧朧出現了金葉兒媽媽那張掛帶著淚痕的臉。他的胳膊一顫，輕輕地將她鬆開了……

一年年過去了，二姑娘在海灘上看到那個一拐一拐的身影時，一汪淚水就無聲地淌了下來……這是怎樣的女人啊：不愧是漁家女，潑辣辣的性子，大海灘上來來往往，敢和光屁股的男人一道兒拉大網。可她只戀著骨頭別子一個人，從不向外人遞一個媚眼。她苦苦地等待著，盼著能把眼淚灑到這個男人寬厚的胸脯上。

骨頭別子整整提防了十幾年！提防著這個眼眉像魚鉤兒似的女人，也提防著自己這顆曾經癡迷過的心。他跟自己內心深處湧出的那股情感一次次搏鬥著，差不多折損了全身的力氣……可以驕傲地說：這十幾年裡，他都是勝利者。

……這個夜晚，骨頭別子迎著海風蹣跚著，一直向前。二姑娘趕走了他這個夜晚裡香甜的夢，把他引進了痛苦的思索裡，引進了記憶的深谷裡。他在想那個苦命的妻子啊，彷彿一瞬間又聽到了那「唆兒唆兒」吮魚骨的聲音。他走啊走啊，身子搖晃著，那純粹是老人的步態。他走到哪裡去呢？小漁鋪子在哪？一支支高翹的桅杆在哪？等他正過神來的時候，才猛然發覺自己不由自主地走到拉拉谷裡了，腳下踏的，正是在月光下朦朦朧朧展現出的一條小路，它通向那棵開得最美、像巨傘般的蓉花樹！他的雙眼一陣模糊，嘴裡輕輕咕噥著：「金葉兒媽，我又來看你了……今夜裡她來找我，你看我什麼都不瞞你……」

他的腳步加快了，急急地順小路走著。走著走著，他好像聽到了年輕人的笑聲。這是真的嗎？他扶住一棵樹幹，扳開一個枝杈兒看著——哦哦，那還不是真的嗎？遠遠的草地上，月光下綠茵茵的草地上，姑娘、小夥兒一塊兒走著，也順著草間一條彎彎的小路……骨頭別子慌忙挪開了視線。可就在他移開眼睛的一瞬間，他突然覺出那個姑娘就是金葉兒！等他急忙轉身來重新證實自己的感覺時，那一對年輕人已經被一叢灌木隱去了。

如果是金葉兒，說明她真的長大了。

如果是金葉兒，就可以推斷那個男的是泊裡鹿。

骨頭別子久久地站在了樹下，不知怎麼，這時他那不平靜的心胸裡卻好似增添了一絲兒欣慰……

三

鏡子眞好哩！它能映照出東西來，映照得眞眞切切！花衣服映在裡面，那一絲一絲的布紋都清清楚楚。金葉兒能夠一個人躲在屋角裡照鏡子，半天不吱一聲。她想數數自己的眼睫毛有多少根，數著數著就笑了起來……鏡子裡那個頑皮的姑娘看著金葉兒，右眼閉上了，左眼輕輕地眨了一下，閃出一絲兒狡黠。她伸出小小的食指點畫著：「你壞哩！你壞哩！……」

她和姥姥合住在一間大屋子裡，慢慢的，好多事情連姥姥也要瞞了。睡覺前她的頭髮總要洗得光光滑滑，躲在黑影裡，編上兩根粗粗的辮子，然後走出來照一照鏡子；回到黑影裡，散開辮子，只用一個小花點兒的手帕紮了，再出來照一照鏡子……她從電視上看過舞蹈，夜裡脫下衣服，就學那樣兒，在炕上向後高高地蹺起豐腴的腿，再伸出兩隻柔長的胳膊，在上方畫一道圓圓的弧線……這一切都是默默地做的，有誰知道嗎？月亮圓的夜晚她睡不著，有一次就悄悄地開了屋門，踏著鋪滿樹影的院子走著，煩躁地推一推木槿樹，灑了一身涼絲絲的露。

讓太陽快來趕走月亮吧！

天亮的時候，積了一夜的露珠兒在小草的尖上、在樹冠的樹丫上閃閃發亮了，各種鳥兒吵鬧起來，第一道霞光把一切都抹得紅紅的。金葉兒要趁著涼涼的晨氣到河邊洗衣服去，她挎上一個盛衣服的籃子急急地走。到底年輕力盛，一夜沒有睡好，早晨走在樹隙間還是歡歡跳跳的。她揪棵狗尾巴草在手裡玩著，又在草叢間尋著花兒：藍的、紅的、黃白，每色兩個，全要配對兒的……

前面的河邊上有一株大野李子，那斜生的枝幹探到了水面上。樹下就有一塊青石，金葉兒在青石上放了籃子。粗粗密密的李子樹枝上此刻默默地仰臥著一個年輕的男人：赤裸著身子，只穿個小褲頭兒，奇巧地把長長的、曬得赤紅的四腳貼靠在樹枝上。他見金葉兒沒有發現，低頭看了一會兒，忍不住「哈哈」地笑了。

金葉兒嚇了一跳，抬頭看去，見是泊裡鹿，臉一下子紅了起來。她心裡一下子變得煩躁躁的。

泊裡鹿居高臨下地看了一會兒，突然慢悠悠地說：「我敢脫得一絲不掛，從這樹上跳到河裡游泳。」

金葉兒蹲在青石上，小聲兒罵了一句：「不要臉的！」

樹上的「嘻嘻」笑著：「你是我媳婦兒……」一邊說著，一邊開始往樹下攀滑了，碰掉的樹芽兒紛紛落了一地。

金葉兒仰臉一看，慌忙提起籃子跑走了……她一顆心「噗噗」地跳著，直跑開老遠，才回頭瞅了一眼。泊裡鹿並沒有追趕，只是遠遠地站在那兒，掐著腰向這方望著，身子卻是用力地向後仰去，嘴裡怪腔怪調地唱著：「……姑娘好像——花一樣，小夥子的心胸——多寬廣……」

金葉兒捏弄著自己胖胖的手脖兒，不出聲地哭了。

這個早上，她的衣服沒有洗成。

回去的路上，她遇到了陸小吟在畫畫兒。

他把個畫架支在了河岸上，面向圓圓的朝陽、閃著紅光的河水、一團團濃綠的閃著露滴的灌木。色彩在他的筆下流出來，他伸開胳膊，從容不迫地一筆一筆塗著。桔色的陽光映在他的臉上，他的臉明亮而又紅潤。金葉兒手挽著籃子，怔住了似地看著。她彷彿第一次看到他那眉毛濃濃的、邊緣齊整，眉梢兒長長地伸開來，最後淡淡地消失在眼角上方；她還看到他那只有棱有角、透著英氣和倔強的嘴巴上，生了一層小小的黑茸茸、像春天地皮上那一層淡淡的萌草……金葉兒眼角的淚花還沒有乾，她擦了擦眼，在心裡說：「他眞俊呀……」

可她不敢走過去。記得她第一次看到河邊豎起了亮亮的鑽探井架，曾和一群姑娘哈哈笑著跑過去看熱鬧。那裡什麼都是新鮮的，可眞熱鬧！陸小吟穿著油漬斑斑的工裝，後屁股上斜挎著紅皮革工具套兒，忙碌在隆隆轉動的機器中間，在她們心目中簡直就像個英武驍勇的王子！金葉兒不眨眼地看著他，看著看著臉就紅了……後來有一次她買魚回來遇到了他，他看到那一柳筐新鮮的雜魚，快活得像個孩子，抱著畫夾看著，不停歇地問這問那。她羞答答地告訴說：「這是黃魚、刀魚、青魚，那個嗎？針嘴兒魚……」他看魚，她就看他的畫，翻呀翻呀，青山、綠水、高高的井架、紅艷艷的花……等翻到一張光屁股的男人時，她趕緊用手掩上了，然後斜眼瞟一下身旁的陸小吟……兩個人在拉拉谷裡走下來，也就認識了。再以後他們相遇，也就像熟人一樣地打招呼了。陸小吟在她面前展現了一個多麼廣闊的世界啊！她第一次從別人嘴裡聽到關於浩浩長江和洶湧黃河的描述，知道了秀麗的江南水鄉和北國巍峨的雪山……她彷彿也跟隨他的勘探隊在河邊、在山壑、在一望無際的原野上安營紮寨。陸小吟問：你知道我們勘探隊員在沙漠裡跋涉一天，喝到第一口清冽的泉水時感到怎樣的芬芳嗎？你知道我們的老司鑽把雪地裡獵獲的一隻山兔架到篝火上，我們怎樣圍著火苗兒歌唱跳躍嗎？……金葉兒搖搖頭，又點點頭，那明亮的眸子裡跳蕩著神奇而興奮的火星。她總是問著：還怎麼呢？這是爲什麼呢？你親眼見的嗎？……她實在想不出一個人爲什麼會懂這麼多。這個新來的勘探隊員在她心裡放出了迷人的光彩。有一次陸小吟告訴他將來要投考「美專」的，還講了羅丹、齊白石、林布蘭，講模特兒，講十年動亂後美術專業剛開始的裸體素描……金葉兒聽不懂，也不想一下子全懂。不過她可知道，「裸體」就是不穿衣服的人。她紅著臉告訴：「裸體，海邊上，拉大網那些人裡有的是……」

……這會兒，她正猶豫著是不是走過去看他畫畫兒，他卻先望見了，高興地喊了一聲：「金葉兒！」

金葉兒笑了。她沒有應聲，只是把頭低下，用腳一下下踢那泥土。

「我們勘探隊今天休息。過來呀！……你怎麼了？你去洗衣服嗎？」陸小吟的眼睛從畫稿上離開，望著她說。

她點點頭，又搖搖頭：「想洗衣服唻……那邊一個大黑熊，我，給嚇回來哩……」

陸小吟吃驚地擱了畫筆，連連問：「噢？在哪兒？就在這拉拉谷裡嗎？我看看去……」他說著就要往前邁步。

金葉兒嗤嗤笑著：「回來吧，哄你咧……」

陸小吟奇怪地望著她，然後重新走到畫架旁邊。她腳步輕輕地走了過去，立在他身後看抹顏色兒。他一邊塗著水粉，頭也不抬地說：「……你的頭髮又黑、又厚；兩隻眼睛純極了，又是清澈如水的，你如果改改髮式，倒像個日本小姑娘……」

「日本小姑娘就那麼好嗎？」

「不是好，我只是說像……」陸小吟說著又輕抹幾筆，使蘆青河面上閃出了淡紅色的光斑。

她坐在了草地上，兩手捧著臉看畫架上的畫。她記起自己去年過年時畫了一隻大貓，人們都說那雙貓眼不像——哪兒的貓有那麼大的眼呢？……金葉兒想著想著笑了。

陸小吟問她：「你笑什麼呢？」

她笑得直抖肩膀：「我想跟你學著畫貓。」

陸小吟也笑了：「只學這一樣嗎？」

「別的也中哩！……」金葉兒提著小籃子站起來，特別深情地望了他一眼，就要往前走了。她要回去吃早飯了……繞過幾叢灌木，等到確信沒有別人看見時，她突然提著柳條籃子發瘋似地掄了起來，那身子在樹叢中旋轉著，旋轉著，最後笑嘻嘻地醉倒在一片蓉花樹紅色的落英上……

他們時常相遇在拉拉谷裡。

有一個黃昏，泊裡鹿遠遠地望到了他們的身影，就用平生最大的力氣呼喊著：「嘬——呼！嘬——呼！」當地人轟趕麻雀才這麼喊的，所以金葉兒聽了覺得怪好笑。陸小吟問：「他在喊叫什麼？」金葉兒久久沒有回答……停了一會兒她突然止住腳步，問：「什麼叫『變心』？壓根兒不喜歡他，現在也不喜歡他——這能叫『變心』嗎？」陸小吟驚愕地望著他，搖搖頭。他問：「你說誰呢？」她垂下眼睫：「我的一個夥伴。家裡人給她訂的女婿，她一點也不中意……」陸小吟果斷地說：「那還算『女婿』嗎！」金葉兒爲難地噘起嘴巴：「她爸厲害喲！」陸小吟笑了。他自信地說：「八十年代的年輕人，眞正的愛情在召喚她，她一定會比她爸還『厲害』的！」

他們沿著河邊走著。天漸漸暗了下來，河面上有了星星，也有了月亮。這個夜晚，他們談得很熱烈。歸去時，他們都覺得今晚的拉拉谷美極了，連空氣都是甜的。

四

撒網船靠岸了。蔚藍的海面上，網浮兒畫出了一道彎彎的弧線。

弧線的兩端伸出兩條長長的粗網，小夥們脫光了衣服站在一邊。瞧他們都是怎樣拉網啊：在長長的網上搭上繩絆兒，再把繩絆兒末端的橫棍挨放在屁股上，將鐵鉤環兒掛好，一齊將身子躬下，兩腿緊緊地抵住地面，一動不動，成一個姿勢停在那兒。他們只等待老把頭那悠長渾厚的第一聲號子啦。

骨頭別子就站在拉網的人群一邊。他兩眼瞪得老大，手裡的菸早已熄滅了。他只盯住那沙灘上一溜兒黑紅色的腳板——等那些腳板一齊往沙窩裡一沉、一陷，那海中的大網就算開始移動了！

老把頭終於叫響了第一聲號子。那號子在外地人聽來簡直就像唱歌。他唱一句：「使足勁哪個嗨喲呵！」人們就緊盯著自己的腳掌喊：「嗨喲呵！嗨喲呵！……」隨著號子的節拍，每個人都把身體使勁地挨一下那腰下的橫棍，一長溜兒人就活動起來。

大網開始移動了！骨頭別子興奮極了，哪裡還像個拐老頭子啊！他飛快地在人群裡竄動著，瘋了一般，高高地抬起兩片巴掌拍打著，有時還跳了起來，嚷著：「大魚上網了！小魚上網了！辮子魚上網了！他娘的鮁魚也上網了！……嗨喲呵！嗨喲呵！……」沒有辦法，號子一響，這個鋪老簡直就要發瘋了。

人們呼喊著，突然間這號子的詞兒給換了——原來老把頭一揚頭又看到什麼，「哈哈」一笑，接上喊著：「二姑娘這行子（2）哎——」眾人趕緊接上：「不是個行子哎！嗨喲呵！嗨喲呵！……」骨頭別子扭身一瞧，見二姑娘挎個斷邊缺沿的柳條筐子，笑瞇瞇地朝拉網的人群走來了。人群裡開始有人打著哈哈：「骨頭別子，瞧瞧誰來了……」骨頭別子臉上的肌肉抽動著，惱怒地盯過去一眼，然後一拐一拐地走開了。

他想回小漁鋪子去。

但他沿著海邊剛走了幾步，發現前面的沙灘上孤零零地有個東西在動，海豹嗎？他加快了步子奔過去，快到近前才看出：原來是個人仰躺在沙窩裡，自己用手往肚皮上收著沙土玩兒呢！他仔細瞅了瞅，臉立刻沉了下來——躺著的是泊裡鹿。

「咋玩這個？年輕輕的不去拉網？」骨頭別子聲音重重的。

泊裡鹿懶洋洋地從沙土裡鑽出來，晃了晃高大的軀體說：「有麼個心思哳！……」

骨頭別子愣住了。

泊裡鹿輕輕地抹弄著身上黏的沙粒兒，「哼」了幾聲說：「人家眼高哩，變心哩！跟畫畫的躥樹行子……」

「你是說金葉兒？」骨頭別子圓圓地鼓起了眼睛。

「人家眼高哩，變心哩！……」泊裡鹿還依舊重複著那幾句話，說著往一側蹭了幾步，身子一歪，倒在了水裡。他仰著游走了，使骨頭別子只看到水面上那個倔強的昂著的頭……

他看著看著，猛然間記起了前幾天晚上在拉拉谷裡見到的那兩個身影，這時如夢初醒地拍打著膝蓋，嘴裡叫著：

「壞咧！壞咧……」

他的眼盯著遠處海天相連的地方，一臉刀刻般的深皺動了動，那雙眼睛此時顯出了漁人特有的深邃、沉重和冷峻。

買魚的姑娘們來了。金葉兒立刻被他叫到了一個僻靜地方。

她兩眼晶亮亮的，使著性兒咬著嘴唇，不管父親的臉色多麼難看，總是一副嬌樣兒。她低著頭，手絞弄著，歪著個曬成粉紅色的脖子，不一會兒朝父親翻一下白眼。

骨頭別子瞅瞅她，說：「有個姑娘不要臉……」

「誰咧？」金葉兒看也不看地問。

骨頭別子接上說：「偷著找人躥樹行子……」

「誰咧？……」她紅著臉又問。

「誰咧，就是你哩！不對嗎?!」骨頭別子停了一會兒，突然大聲兒喊了一句，所有的威嚴全在裡邊了。

金葉兒一頭撲進了父親懷裡，使勁抵著他的胸脯，胖胖的胳膊搭在他的肩膀上，嘴裡「哼哼呀呀」的，不知是泣哭還是在撒嬌。骨頭別子用粗粗的大手晃著她的肩膀說：

「眞的？假的？」

她就是不吱聲。直停了好長時間，她才昂起頭來，蹺著腳尖兒，扳過父親鬍子拉碴的臉，把嘴對在他耳朵上，拖著小聲兒說：

「假——的——！」

她說完就跑了，跑到了小漁房子那兒的姑娘們中間。

骨頭別子瞇著眼睛望過去，極力從中辨認著她的身影。他嘴裡說：「假的！假的嗎？……」

五

風總在晚霞普照的時候息落，拉拉谷裡顯得特別靜謐。修挺的楊樹像一排排站立的兵士，齊整、嚴謹而又雄壯。怪不得人們又跟蓉花樹叫「夜合」呢，這時候，它那一溜兒小葉片早已齊整地閉合了——這副迎接夜的姿態，常使人聯想起瞌睡的孩子們那合起的長睫……在彎彎的小路上、在大樹旁、在靠近蘆青河的高高的荻草邊，濃濃的綠色常常掩去一對對幸福的影子。他們來自海邊新建的漁業加工廠，來自不遠處勘探隊的宿營地……多少甜蜜的交談、關切的詢問、瑣碎的爭執，及一切送在耳邊的悄聲細語，都撒落在這片開闊的谷地裡了。

骨頭別子也並非過分地留戀那些桅杆和吐著白沫的海浪，他最近似乎也在培育自己對這片谷地的情感了。每到夜晚的時候，當從那幾個黑黝黝的船影兒裡轉出來，他總要向南彎一下，到拉拉谷裡走上一會兒。拉拉谷的顏色是斑斕的，但年輕人大致可以把它概括成「深綠」；骨頭別子卻總覺得它是近乎生鐵那樣的「青灰」。他一拐一拐地沿著一條條草間小路走著，走得非常緩慢，除了不時向一旁的人影兒盯上一眼，大致總是低著頭的，好像失落了什麼……就在一條彎彎的小路邊，有一株特別大的蓉花樹。巨大的樹冠才叫「傘」哩！巨傘之上，無數朵花兒，像無數支小小的火把點燃著，紅、亮，映著慢慢暗下來的夜晚。風兒微微吹過，濃香籠罩了一切。

骨頭別子一走到樹下就顯出非常疲憊的樣子。他用手費力地撐住樹幹，低頭久久地注視著樹下，那一臉深皺慢慢顫抖起來……樹下，有一座生滿了青草的墳頭。多少次啊，他只用眼睛注視著那些墳草，久久地注視著。只有他自己知道他在與亡妻交談。歡欣、苦悶、猶豫、孤寂，生活中遇到的一切，他都向她無聲地傾訴了……他就這樣一動不動地望著。等他從樹下走出來的時候，那雙略微下陷的眼睛總閃射著堅定的光芒。

他的雙目在一對對戀人中間搜尋著，好像要急於找到什麼一樣。

在一個悶熱的晚上，他似乎終於尋到了。那是兩個青春的影子——金葉兒和陸小吟，離得很近，並排走在谷地裡隨便一條小路上……他身子搖晃了一下，急急地追了過去，然後猛地喊了一聲。

這不亞於青天裡響個霹靂！兩個年輕人驚訝地瞪大了眼睛，怕極了。但金葉兒卻示意陸小吟走開，自己一動不動地站在那兒。

骨頭別子大口地呼吸著，一動不動地望著她。

哦哦！她今天穿了一條淡色的裙子，遠遠地站在綠茵茵的草地上，像隻天空降下來的白羽白翎的鳥兒……牠像是畏懼一個嚴酷的主人，睜著那雙天真的大眼看著，看著，委屈地眨動一下雙睫，然後伸開那雙飛翔時緊貼在羽毛上的纖巧的小足，一步一步走了過來……

骨頭別子聲音低沉地問：「眞的？假的？……」

金葉兒低下了頭。她捏弄著衣角，使勁地咬著嘴唇。停了一會兒，她突然抬頭瞅著父親，那目光變得十分平靜。她回答：

「眞的。」

「眞的不要臉皮！」老頭子吼了一聲。

金葉兒沒有吱聲。她伸手把額上的一綹頭髮撫上去，揉了揉眼睛，然後那小下巴頦兒使勁貼到了胸前，吃吃地笑了起來，笑得膀子直抖。

骨頭別子不解地看著她，愣住了！他問：「你笑個什麼？」

「笑你喝醉了，罵我哩……」

「啊呀，我沒醉！我看得清清楚楚，你自己找了個野男人……」骨頭別子氣得身子搖晃著，用力地拍打著那隻跛著的腿。

金葉兒被「野男人」三個字嚇得「哎喲」了一聲，一下子蹦開了老遠。

遠處好似滾過了隱隱的雷聲。月兒被黑雲掩去了。骨頭別子看不眞切金葉兒，急忙搖晃著追上去，斬釘截鐵地喊道：「你聽著：我活一天，就不能讓你由著性兒亂來！……你聽見了啵？！」

在自己威嚴的喊聲裡，他腦海裡又浮現出妻子那張掛滿了淚痕的臉，耳邊彷彿又聽到了妻子當年那苦苦的哀求——哀求他做個好人……他做成了一個好人嗎？沒有！他對不起她，她帶著對他的乞求、思念和深深的責備離開了他。他將永生永世記住她作爲一個妻子所給他的溫存、忍讓，記住她一切的一切。他不止一次在心裡發誓：一定讓這後半輩子、讓我們的孩子，做成一個好人，就像這裡祖祖輩輩讚許著的那些本分的男人和女人……此刻，就帶著這錚錚作響的誓言，他攔住了她，立在了這條從綠草和野花間穿過的小路上，像矗起的一截黑森森的石塔。

天陰得眞黑呀，要下雨了嗎？一道藍色的閃電劃過，使金葉兒看到了父親那副鐵青的臉相，她的心顫抖了一下，差不多要嚇哭了。她喊道：

「我怎麼了啊！我怎麼『亂來』了啊？我還不就是對他好點兒！在一塊兒走走就是『亂來』呀？還不知道誰才『亂來』哩……」

她喊著，大口地呼吸，胸脯兒一起一落，站在那兒，衣裙被風吹縐了，緊緊地裹在苗條的身子上，濃濃的夜色反襯著淡白的顏色，看去她像一株披滿了銀色小花的李子樹。

他望著她，一雙大手的骨節握得「喀喀」響。當聽到最後一句的時候，這個高高的軀體突然像被什麼擊中了一般，顫抖了一下，慢慢地蹲在了地上……

金葉兒驚訝地望著，這才明白最後一句無意中刺著了老人的疼處……「嘶——」她吸了一口涼氣，心裡多少有點後悔。

骨頭別子蹲在地上，好長時間才站起來。他艱難地活動著那條跛腿，費力地調整著身體的重心，聲音有些嘶啞地說：「對哩，我年輕的時候沒做成一個好人，你說對哩！……讓自己的孩子戳了脊梁骨，活該哩！報應哩！我不配管你咧！……」他說到這兒長長地舒了口氣，用力昂起頭來，搖晃著往前邁一步，把一隻粗粗黑黑的大手伸到胸前，不知喊了一聲什麼，那聲音低沉、渾濁，令人恐懼。他問：

「可我如今呢？我這十九年呢？你說我這十九年呢？！」

他睜圓了眼睛，那隻大手伸過去，在女兒的面前顫動著。

金葉兒還是第一遭看到父親這樣，她害怕地把手指咬在嘴裡，沒有回應。她看到了一隻被海水泡糙了的、被漁線勒出無數印痕的大手。呀，這是一隻多麼大的手啊！她彷彿生來第一次注意到父親有這樣一雙大手……

骨頭別子用拳頭捶打著自己那堅硬的胸膛，接著說：「我這一輩子是怎麼過來的！我癡過、迷過，被多少好人嘲笑過，今生對不起你那媽媽！可等到知道後悔、知道怎麼做人，已經滿把鬍鬚了……」他說著，聲音漸漸高起來，發狠似地喊道：

「可我今天還是要管你哩，更要管哩！不爲別的，就爲了讓你結結實實做一個好人！就爲了讓你後來有個孩子沒得話說你哩！……」

他說著，用力咬了咬牙關，從後屁股「刷」地抽出了那支骨頭別子，一隻手顫巍巍地握著，高高地在她頭上舉了起來。這個磨得光滑鋥明的骨質器具，表面的一層螢光在夜色裡泛著亮兒，冷峻、威嚴，在他看來，這好似一把正義與力量的刀劍！

一道閃電劃過，把老人舉起的手臂、連同那道黑黑的「劍影」，一齊映在了她的臉上。金葉兒突然「嗚嗚」地放聲哭了起來，兩隻胖胖的手腕兒使勁搓弄著眼睛。她怎麼也想不到父親會這樣啊，心裡又驚懼，又委屈，淚水嘩嘩地流了下來……

骨頭別子這時憤怒地叫著：「你知道嗎？你是泊裡鹿的人呢！」

金葉兒的手從眼上拿開，發狠地跺著腳、喊著，哭嚷起來，彷彿要把心頭的怨氣全吐出來：「我怎麼就是他的人呢？登記了？結婚了？我自己願意了?!」她靠近一步，那臉差點要碰著父親的胸口了，仰臉盯著老人的眼睛，一句接一句地嚷下去：「俺看泊裡鹿不好！俺看陸小吟好！俺，俺不怕人哪……反正我沒朝三暮四——你管我，就劈下來吧！劈下來吧！舉在頭頂上，誰怕呀！……」她說到這兒哭聲更高了，使勁地跺著腳。「就是打死我，我也不跟泊裡鹿了。打死我，就找人把我埋在那棵大蓉花樹下吧，我和媽媽睡一起，告訴她你為什麼打死我……」

她嚷著，嚷著，不知怎麼這淚水就乾了，兩眼閃出了憤怒的火星兒。那對圓圓的肩膀震顫著、仰動著，好像隨時要迎接什麼、擔負什麼。往日的羞澀、嬌態，這時一絲也找不到了！

骨頭別子深深地吃了一驚，他不認識似地看著金葉兒……

「你劈下來吧！劈下來吧！……」她大聲地喊叫，睜著一雙紅腫的眼睛，長長的頭髮被風撩動著。

他吸了一口冷氣，終於害怕地往後退了幾步……一支骨頭別子在手裡攥出了汗，他還是牢牢地握著，握著，最後痛苦地閉上了眼睛，一下蹲在了草地上……

涼涼的風吹動著遠遠近近的青草，葉片的窸窣聲好似一片低低的細語。骨頭別子在用心地傾聽著、分辨著，一動不動地蹲在那兒。

他緊緊地閉著眼睛，整個思緒也沉入一片黑暗之中了。他昏沉沉的腦海裡，一會兒閃過金葉兒母親那張蒼白的臉，一會兒又閃過小寡婦憤怒指來的竹梭兒、閃過她魚鉤似的眼眉……就像做過了一場奇怪的夢，他恍惚、迷惘，一雙手不停地撫摩著那支骨頭別子，連連發出痛苦的嘆息。不知停了多長時間，等他睜開眼睛的時候，金葉兒已經不見了。他呼喊了一聲，可回應他的，只是遠處滾動的雷聲……他身上疲憊極了，這時步子踉蹌地順一條小路走了起來。

不知走了多久，他聞到了一陣濃烈的香味，定神一瞧，原來又走到了那棵巨傘般的蓉花樹下！他一下子坐在了那個雜草青青的墳旁，低聲兒訴說起來，就像跟一個久別的親人交談：「金葉兒媽！你知道孩子今晚又跑到拉拉谷裡去了嗎？你知道我沒有管得住她嗎？人哪！人哪！多少輩子了，到底該咋個樣找男找女、該咋個樣生娃娃哩？我好不容易明白過來，可今天又糊塗了——是糊塗了？做人眞難哎！眞難哎……」

豆大的雨點兒灑下來，落在了他的身上、臉上，使那滲出的淚水和雨水一塊兒沿深皺流動著……他坐了一會兒，然後在夜色裡摸索著，尋著大海的聲音，一步步往小漁鋪子走去。

小漁鋪子旁邊，此刻正有人在爲他淋著雨。

她是誰呀？電光映出一個熟悉的身影，骨頭別子還沒有分辨出來，她就迎上一步，聲音顫顫地叫一聲——她是二姑娘！

骨頭別子一愣，然後抱著頭坐在了沙灘上。

「我不是纏你來的——我幹嘛老纏你啊！我是來求你個心裡話呢……」二姑娘站在那兒，用手拂開黏到臉上的頭髮，語氣緩緩地說著。她盯著一言不發的骨頭別子，提高了聲音：「你做聲啊！你那顆心眞是石頭做的嗎？……你一次次冷我的心，我眞想再也不理你，可我還是不能。我是親眼看著你怎樣變成一個好男人的，我等了你十幾年，一顆心早給了你，我注定要伺候你這個拐腿子的……你，你倒是說話呀！……」二姑娘聲音顫顫的，她哽咽了。

骨頭別子就像什麼也沒有聽到，一個字也沒有說。又蹲了一會兒，他輕輕地站了起來，用力扭了扭衣袖和衣襟，雨水「嘩」地淌了下來。他回身邁進小漁鋪子，「叩」地一聲將門關緊了。

冷冷的雨鞭抽打著關起的門板，二姑娘在雨中瑟瑟抖動著。她站了一會兒，直眼盯著關嚴的門板，突然雙肩一抖，「哇」地一聲哭了出來，背向著小漁鋪子跑走了……

六

夜雨下個不停，天公在細心地洗刷夏天的原野。近岸的海面上，不時有泛亮的磷光——那是一些游過來的魚群，在貪婪地喝著天上賜給的甜水。蘆青河的流水聲在不知不覺中加大了，河岸的草叢中，不時有驚醒的鳥雀嘎呀長叫……

拉拉谷裡，金葉兒在一棵蓉花樹下找到了陸小吟。他們站在樹下，讓那密密的樹葉遮著雨水。但兩人的衣服還是打濕了，雨水順著頭髮往下流著。剛從父親身邊跑開的金葉兒，一直像害怕似地看著陸小吟，急急地呼吸著。這時，她口吃似地小聲問：「小吟，你……聽到我跟爸爸吵什麼了嗎？」

「吵什麼了呢？」

「我……」金葉兒支吾了一聲，低下了頭。她擺弄了一會兒辮梢，然後抬起頭來，用期待的目光望著陸小吟。

陸小吟的嘴角動了一下，但什麼也沒有說出來。

金葉兒咬了咬嘴唇，突然大聲說道：「我說我喜歡上你了，就不怕人了！」

「啊！……」陸小吟一驚，接著上前一步扶住了她的肩膀。他激動地、聲音低低地叫了一聲：「金葉兒！」……

她把臉埋到了他的胸口上，就再也不願動了。她像個受了委屈的孩子，在黑暗中不出聲地哭著，幸福地嗅著男人身上那種奇異的氣息……陸小吟撫摩著她那潤濕的頭髮，激動得不知說什麼才好。

一陣風帶著谷地裡濃濃的香味兒吹過來，搖落了滴滴雨水，搖落了片片蓉花……金葉兒輕輕地說：「樹花兒都要被雨水打落了……」

陸小吟像安慰一個小孩子那樣，對在她的耳邊小聲說：「不能的——落下的只是枯萎的；新鮮的，只讓水洗了一遍，然後更鮮、更香……」

金葉兒欣喜地抬起頭來，使勁地呼吸著，果眞覺得空氣比原來香多了。她提起裙子，輕輕地蹲下來，伸手觸摸著滿地落英。啊，蓉花瓣兒在潤濕的沙土上覆了一層，軟軟的像細絲絨。她捏起一小片放在眼前看著，嗅著，極力想透過夜色望到它那深紅的顏色。她望到了幾串小小的水珠，掛在花絲上，好似一顆顆晶瑩的露滴，又像一顆顆透明的淚珠……金葉兒卻願意相信它是淚珠：蓉花哭自己落得太早了呀！……她叫了一聲，正要說什麼，突然聽到遠處傳來一陣隱隱約約的哭聲。她趕緊站了起來，推推小吟：「你聽！」

「嗚嗚……嗚……」

陸小吟吃驚地抬起頭來，一動不動地立在那兒，和金葉兒緊緊地站在一起。

哭聲越來越近了。他們藉著閃電望著，終於看到了一個五十多歲的女人披著濕淋淋的頭髮，沿著谷中小路向前跑去……

「是二姑娘！……」金葉兒差點驚呼出來。

「二姑娘……」陸小吟喃喃地說。

閃電熄滅了。黑色重新掩去了一切。金葉兒像害怕似地，更緊地挨著陸小吟，聲音顫顫地說：「一定是爸爸把她趕跑了——她哭得多讓人難受啊！」

「他討厭她嗎？」

「不！他怕……怕對不住媽媽……」

陸小吟久久沒有說話。他望著遠方，像自語、又像在吟哦著什麼……停了會兒他問：

「你願意他們住到一起嗎？」

金葉兒低下頭去。想了一會兒她抬頭說：「我也不知道。我覺得她和爸爸都怪可憐的……

…」

陸小吟激動地握起了金葉兒的手。天空，濃雲裂開一道縫隙，幾顆星星在明亮地閃動，他的聲音多麼沉重：「拉拉谷，一條怎樣的谷啊！……多少代了，人們都在尋找……」

「尋找什麼？」

「尋找心上的一點什麼，就像尋找谷地裡那條曲曲彎彎的小路……」

金葉兒把臉貼在他那粗壯的手臂上，眨動著雙睫說：「尋一條『小路』……就這樣難嗎？」

陸小吟望著她這副純眞的模樣兒，點點頭說：

「這樣難！有人跋涉了半生，自以爲觸摸到了那條『小路』。可如今白髮蒼蒼，發現眼前還是一片迷茫。他還要苦苦地尋找……」

「還要……苦苦地尋找……」金葉兒重複著，眼裡湧出了一汪兒淚水——透過淚花，她依稀望見茫茫的海邊上，在水浪和沙土的交接線上，一跛一跛地走著一位孤寂的老人……

陸小吟看著金葉兒：

「他那麼愛你，可你能幫助他嗎？也許能，也許這已經太晚了……讓我們都記住他的話吧：『結結實實做一個好人』！」

金葉兒擦著淚花，深深地點了點頭：「結結實實做一個好人！」

起風了，蓉花樹在風中搖動，醉人的濃香播散開來，空氣變得香極了。此刻，拉拉谷裡所有的蓉花樹都被風吹拂著。當它那沉重的樹冠輕輕擺動的時候，好似一個巨人在深表疑慮地搖頭；枝條激動地揚起，又像揮起了奮力召喚的手臂；一陣陣急雨搖下來，沖洗著幽深的谷地，也沖洗著它自己的落英：那淡淡清香隨著小小溪流匯向蘆青河，投入了無比曠闊的大海……

注釋：

（1）一種精巧的小海螺。

（2）方言，等於說「玩藝兒」、「東西」。

激動

一九八六年秋天的農村，自由散漫。

八點鐘的太陽熱烘烘的，照著田野，照著屋頂上攤開的花生殼。四個美麗的少年把柳條籃子扣在頭上，慢吞吞地出了村子，沿著乾涸的水渠往前走。

秋天是越來越古怪了。過去的秋天要忙個死去活來，學校放秋假，他們差不多要蛻層皮。如今的土地愛怎麼做就怎麼做，不愛做就讓它長荒草。他們聚到一起痛痛快快地玩：學會了撲克牌的三種最新玩法，甚至還學會了抽菸。

九點鐘的太陽耀人的眼睛。他們走到了廣闊的原野上，理由是要去揀豆角。豆角散在地上，上面有一層金黃色的茸毛。伸手取豆角時，一雙雙手看得人眼花。小個子京東揀著豆角說：有一年上，有一個城裡少年，有一次揀豆角，有一個豆角的尖尖扎破了他的手。其餘三個少年聽了大笑，一齊喊道：呸！那是什麼手！喊完了他們又大笑起來。

一條綠蛇彎彎曲曲地滑過來，他們喊著，圍住牠蹦、閃、挪、跺。蛇一會兒停住，一會兒急急地逃。最後牠昂起頭來，向著四個少年一一鞠躬。於是他們讓開路，讓綠蛇走開了。

十點鐘的太陽使人後背發燙。四個籃子差不多都滿了。他們背著太陽坐著，合計著做點什麼。仇虎從褲兜裡摸出了一個小菸斗，四個美麗的少年一齊樂了。那個菸鍋是橡子殼做成的，精美絕倫，可是沒有菸末。幾個人想了想，就揀幾片最黃的豆葉搓一搓。開始吸菸了，一人一口，有的鼻孔會冒煙，有的不會。京東一邊吸一邊咳，說自己像爸爸一樣。不提他爸倒好，一提就讓仇虎來了氣，他記起有一回扒了京東家一塊紅薯燒著吃，被那個老東西抬手打了一巴掌。「這個小氣鬼！」仇虎這會兒罵了一句。大家都知道仇虎罵誰，只是不做聲。停了會兒京東說：「『小氣』，也就是『吝嗇』的意思。」

接著大家就一個一個將村裡的習慣說法與書上的詞兒對應起來——比如「小氣」等於「吝嗇」；「眞髒氣」等於「不衛生」；「老貓兒頭」等於「貓頭鷹」……一個一個對照起來，滿好玩。後來不知誰喊了一句：「『激動』等於什麼？」大家都難住了。是啊，什麼是「激動」？京東說就是「發火」，張有權說就是「胸脯一鼓一鼓」……大家吵著，最後還是糊糊塗塗吸起菸來。

他們繼續沿著乾涸的水渠往前走。頭頂上一個老鷹定住了一瞬，然後翅膀一仄滑到一邊去了。白雲在遠處一簇簇綻開著，像一團團憤怒的蒸汽。天藍得很，空氣彷彿一片芬芳……不知誰用手指了一下前邊的大沙崗，大家歡呼著往前跑去。那是一座很久以前就存在的沙崗，是大自然用一種神秘的力量堆積起來的，它上面長滿了野藤和大樹，遠遠看去黑糊糊的，在這個平展展的原野上，惟有那裡藏起了一個個謎。孩子們在那裡撿過帶花斑的鳥蛋；小夥子在那裡打過火紅的狐狸；老人在那裡見過雪白的鬼。

大家跑到崗子跟前已經呼呼喘氣了。仰起臉來，樹葉上晶瑩的露滴閃著白光。蟈蟈兒在荊棵裡叫著，小螞蟻飛來飛去。長尾巴喜鵲尖聲吵鬧，見了跑到崗下的四個少年就閉了嘴巴，一蕩一蕩地飛到崗子的另一側去了。他們開始往崗子上攀登。腳下是一條乾乾淨淨的沙土路，四個少年愉快地呼叫著，跑著，爬著，有時還在沙土上打滾……好不容易到了崗頂。仇虎用手做成喇叭，放開喉嚨呼喊著，其他三個少年靜靜地聽這聲音怎樣回蕩播撒到遼闊的遠方。後來他們繞著一些柳棵奔跑起來，出來時有的手裡是野棗，有的是毛絨絨的小桃子；張有權找到了三顆小小的沙參──他說要帶給父親泡酒喝。

站在崗頂向四下裡眺望，可以看到遠處的田野上，做活的人一個一個蹲在那兒。每個人都認出了自家的土地，並且伸手指點著：「爸爸──！」仇虎向著遠處踞踞的一個黑點兒呼喊著，漲得臉和脖子都紅了。那個黑點兒當然聽不見。李南、張有權、京東，也都一起呼喊著「爸爸──」……他們的爸爸又是哪個黑點兒呢？

大沙崗太好了。四個少年站在崗頂，興奮也到了頂點。學校的拘束，秋天的勞累，全去他的狗蛋吧。他們編了四個柳圈兒戴在頭上，沿著光潔的沙路衝下沙崗、滑下沙崗、滾下沙崗、翻著觔斗栽下沙崗。再怎麼樣呢？也虧了小個子京東能想得出！他想出了一個嶄新的好玩法：將褲子脫下一截，露出屁股，看誰最先跑到崗下。大家紅著臉一齊應和，真的脫下一截褲子，一絆一絆地往下跑去。

誰能這樣玩法？哈，在叢林掩映的白色沙土上，誰也瞧不見他們。女孩子們在遙遠的地方，老師、大人，一切不必要觀看光屁股的人都在遙遠的地方了。他們在跑，也像在跳躍，四個美麗的少年光著屁股，大笑大叫，互相看看，動動手腳，撩起腳來打擊……到了沙路的盡頭了，眞不容易，鼻子耳朵都是沙土了。他們仰躺在沙崗下的一片陽光裡，汗珠兒在臉頰上流動，大口地喘息，從指縫裡去看火熱的太陽——這時候他們才感到一些羞怯。不過誰也沒有去穿上褲子。

張有權第一個把手從眼睛上拿開。他瞥瞥三個夥伴說：「咱們剛才眞是『激動』了。」

「嗯。眞激動了。」京東捂著眼睛說。

李南坐起身來：「誰也不要把這激動告訴別人，聽見了嗎？」

沒人吱聲。

停了一會兒，仇虎甕聲甕氣地說：「這能算『激動』嗎？」

其餘的三個少年全坐了起來。仇虎望著他們，斷然否定說：「這不能算『激動』。」

大家輕輕地喘著氣。京東小聲問：「到底什麼是『激動』呢？」

仇虎擦了一下鼻子：「我也不知道。反正我覺得這還不算『激動』——它要比這厲害千萬倍呢——那才算『激動』。」

「嗯。」京東又躺下了。

所有的人都躺下了，躺下去認眞地想那個「激動」。

一個大蛤蟆蹦跳著湊近了。一動不動地看著四個少年，嘴巴下邊的皮肉有節奏地跳動。

沒有人理牠，牠耐心地等待了一會兒，不知在等待什麼。後來牠終於激動地一跳，箭一般射向遠方。

張有權仰臉看著藍天，目光遠遠地躲著太陽。什麼才算「激動」呢？天邊的雲團翻騰著，像劇烈的爆炸激起的煙團。那簇雲彩肯定是激動的——他由雲彩想到了村子裡升起的一團白煙，這會兒猛地坐了起來。

那是春天的一個下午，太陽像血一樣紅。紅太陽黏在林梢上的時候，不知從哪裡傳來了巨大的爆炸聲。全村的人都昂起頭尋找什麼，馬上看到了半空裡騰起的白煙。「粉絲工廠被炸了啊——」有人驚慌地喊著，舉起雙手從巷子口跑過來……後來才弄明白，原來是有人偷偷地放了炸藥。村裡的人不知怎麼都有些愉快，站在自家門口觀望著，並不圍過去。粉絲工廠是全村最重要最賺錢的工廠，年前被一個人買通關節承包到了手裡，眞賺了大錢。不過誰放了炸藥呢？上邊很快派來了人，不知多少人被叫去查問。兩個月過去了，還是沒有找到放炸藥的人，上邊也只好暫時作罷。誰放了炸藥呢？也就是說，誰「激動」了呢？

那大概才稱得上眞正的「激動」吧？

張有權望著天邊的雲彩，噓了一口唾沫。他喃喃地說：「敢放炸藥的人，那得多麼『激動』啊……」

李南聽明白了，反駁說：「那是破壞。」

「是破壞。不過也是『激動』。」

京東很贊同張有權的話，用手捶打著身邊的沙土：「有那麼一個人——我可不說他是誰，最壞了。誰拿他也沒辦法——前一段——你們聽到前一段的事了吧？」

三個人都把臉轉向了他。

「我爸爸告訴，這個人可貪了，他家裡的海參多得布袋子盛；彩色電視機有十幾台，全是人家偷偷送去的禮物……」

「嘶——！十幾台，彩色的……」張有權有些羨慕地咂著嘴。

「睡到半夜裡，那個人就從被窩裡鑽出來，用指頭一個一個捅那些電視開關玩兒，一個一個地捅……」

他們三個談論這些的時候，仇虎慢慢把臉轉向一邊了。他一聲也不吭。三個人都發現他不吭聲，只好不去管他。

也許是在沙崗上來回奔跑的緣故，他們都感到肚子有些餓了，於是生起了一堆火。不過他們不願燒豆子吃——大家把白絨絨的野桃子、棗子，甚至是張有權的沙參都放到火裡。正燒著，京東想起了什麼，起身到一邊的豆葉裡扒拉起來，找出了五六隻黃黃的大豆蟲。他們都記起跟大人忙秋的情景：半天的活計做下來，疲乏得很；大家唉聲嘆氣地坐下，慢騰騰地攏了堆火，燒起了豆蟲。燒熟的豆蟲冒著油，要多香有多香……京東把豆蟲放到火裡。

火慢慢燃著。火堆裡不時有什麼燒爆了，啪啪地響。李南爲了讓火苗躥高一些，不時伸出棍子去撩動柴禾。張有權蹲在火堆跟前，嫌脫下半截的方格褲子礙事，乾脆全脫下來搭在一棵小柞樹上。不知是什麼燒出了香味，京東伸長棍子，從火炭中往外撥拉著。焦黃的豆蟲和冒著水沫的野果子一個一個往外跳，奇異的香氣一下子擴散開來。大家回頭叫著仇虎，一邊將滾燙的果子往上撩著。

最好吃的還算豆蟲。桃子和野棗則有別一種滋味。沙參被燒得捲了皮，像一條黑色的小蛇。張有權一邊撥著沙參一邊說：「它和人參差不多，是補身體的，吃多了可不行。我爸說年輕人吃多了鼻子要冒血。」

「啊，眞香啊！」京東咀嚼著沙參。

張有權又說：「凡是帶個『參』字的都有大補。海參、人參、玄參……還有『黨參』——那是黨員才能吃的一種參。」

大家愣愣地看著他。停了一會兒李南問：「那個狗蛋傢伙海參不是多得用口袋盛嗎？」

李南點點頭：「海參要一百多元錢一斤呢！」

「呵！」京東伸了伸舌頭。「那個狗蛋傢伙要有多少錢哪！」

張有權搖搖頭：「不多。人家說他不過有幾萬塊錢。」

「呀！幾萬塊錢，這還不多死了呀……」

「可村裡有個人——我也不說這人是誰，如今是個十萬元戶呢。」

「滋——！」幾個少年同時吸著冷氣。

十一點鐘的太陽行走得更加緩慢，烤得人心焦。可是它慢慢地躲到一棵小槐樹的後頭去了。好長時間沒有人吱聲。四周靜靜的，沒有一絲風。不知從哪兒爬來了一隻豆蟲，仇虎默默地捏起來，放到離火堆很遠的一叢茅草裡。

大家伸手在火上烘著。停了一會兒李南問：「他們怎麼有那麼多錢呢？嚇人，十萬元戶！」

張有權把頭低下來，四下裡瞥了幾眼，嗓子低低地說：「你不知道那個粉絲廠嗎？聽人說有一半股份是那個人的呢。不過他不出頭，他讓別人出頭，暗裡淨等著拿錢就是了。」

李南哼一聲：「要我是承包人，就不讓他占股，自己幹了……」

「誰在這塊地盤上開工廠，就得讓出一半給他……這還不算，村裡的好多副業，那人都有股份呢。你想想，他成十萬元戶還難嗎？」

張有權的聲音越來越低，到後來一聲不響了。

仇虎折著樹枝，把一根長長的樹枝折成了一小段一小段。

京東小聲湊在李南的耳邊說：「看吧，仇虎『激動』了。」

想不到仇虎聽到了，拋了手裡的樹枝，直拋開老遠老遠，說：「這算什麼『激動』！你才看見幾次『激動』！」

京東想頂他幾句，但一抬頭，似乎看到仇虎的眼睛裡有一絲淚花在閃動，立刻就閉住了嘴巴。他悄悄地蹲下來，裝著去扒拉火堆，一邊小心地觀察著仇虎。

仇虎說完那句話就轉過了身去。他在望著十一點鐘的太陽。太陽的強光耀得他怎麼也睜不開眼睛，可他還是用力睜開了眼睛。光箭擊中了他的眸子，他用手捂住兩眼，低下頭，旋轉著身子，後來大滴的淚水順著指頭縫隙流了出來。

張有權、京東、李南，全都盯著仇虎，站在那兒，一動不動。

仇虎咬著嘴唇，久久地望著大沙崗。他說話了，差不多是一個字一個字地蹦出來：「我秋天不上……學了！」

大家驚訝地望著他。

「爸爸不讓我上了。他說你回來吧，一塊兒對付日子……」仇虎說到這兒，像肚子疼似地屈著身子蹲下來。「媽媽偏讓我上學去，爸爸就一巴掌把她打到炕角裡。他喝了一瓶酒，我眼盯著他把一瓶全喝完。媽媽去奪酒瓶，爸爸用閒著的另一隻手去打她的頭、她的臉。」

三個夥伴吃驚地大睜著眼睛。

「開春，爸爸合計要開個小磨麵廠。村裡有個人就是這麼發了財的，存了上萬元。他是個好心人，勸爸爸也這樣幹。爸爸讓媽媽去商量村上的一個人——你知道，什麼事情要做成都得那人點頭才行啊——他說行啊，開吧。爸爸樂得直搓腿。這兩年他去海上挖蛤、做繩子賣，都掙不到錢，愁得一夜一夜抽菸。這回他樂了，趕快東家西家借錢買了鋼磨、電動機。什麼都弄好了，營業牌照也開好了，『麵粉廠』三個大字還是請老校長寫的……就剩下拉電線了，爸爸去問那個人，他說『等等吧』，十幾天過去了，爸爸又去問，那個人的臉一拉老長：『誰讓你來啦？你老婆是這麼說話來嗎？』我爸給弄糊塗了。回來問媽媽，媽媽也不明白。後來媽媽自己去問，半天才回來。電還是拉不上。媽媽氣得老是哭。她求爸爸給那人送些禮物吧，爸爸就送去了一些菸酒。誰知人家接過去，一揚手扔出了大門……」

京東一直皺著眉頭，這會兒插嘴說：「肯定是嫌東西少了，我也明白這樣的事兒。」

仇虎咬咬牙關：「我爸爸也這麼想，他打譜送更多東西，急得在屋裡來回走，媽媽就在炕上哭。然後媽媽一下從炕上躥起來，抱住爸爸的腿說：『不開工廠了！不開了！他瞧不上你的禮物，人家不會要不會要不會要……』我爸火了——我從來沒見他發那麼大的脾氣：一把揪住媽媽的衣領，說話像打雷：『狗養的東西，他們到底要什麼？』媽媽瘋了一樣抖，衝著爸爸耳朵喊：『他們要我！』……」

李南看看京東，京東看看張有權，都不明白。

仇虎把淚水擦乾了：「我只見爸爸聽了媽媽的話，一下閉上了眼。他這麼閉著，半天才睜開——眼裡全是紅絲絲，像血那麼紅。他一腳把門踢開，媽媽拉也拉不住，跑到院裡抄起大钁頭，奔到磨屋裡，幾下子砸碎了鋼磨𣪊子，又去砸電動機。媽媽在院裡給他跪下……我爸那天老喝酒，瓶子喝空了，就『砰』一聲扔到牆上。玻璃片子滿炕都是，硌破了媽媽的手。爸爸脫光了上身，搖晃著跳到大街上，好多人就圍上看他通紅的胸脯。媽媽扯著我的手在後面追，她喊：『你爸爸是瘋了，你爸爸要殺人了——』我不信，可是我給嚇哭了，人越聚越多，我和媽媽挨不上爸爸的身。只聽見爸爸一個人在人堆裡喊：『我把那些東西都砸了啊，都砸了啊！我豁上了，我今天是豁上了，反正是一個字：窮！……老少爺們，我剛才把那些東西都砸了啊！我豁上了！我借了誰的錢，一個子兒也短不了他——當驢當馬，死也要還他啦……』我爸喊得嗓子破了，那音兒我都聽不清了。又是酒瓶子響，我知道他喊著又喝酒了……」

一旁的三個少年怕冷似地蹲在火堆跟前。火苗兒早弱下來，他們回身找來幾撮草葉，輕輕地放在上面。火苗兒往上躥去。黑色的灰屑飄飄地升起來。有什麼「砰」地在火中響起，一個火炭從仇虎耳朵上邊刷一聲擦過。仇虎僵住了一樣，一動不動。

「仇虎……」京東扯住他的手，把他拉到火堆跟前。

李南一直在想什麼，這會兒對仇虎說：「如果你真那樣兒——我是說你真上不了學了，就讓俺仨來幫你吧。老師講了什麼，我們再回頭給你講。」

京東立刻高興起來：「對，一人教一課，就這樣好了……不過教的時候你最好從家裡跑出來，就在大沙崗子這兒最好了。別忘了帶上小菸斗，咱們一邊上課一邊抽菸。」

仇虎的臉慢慢轉過來，點了點頭。

京東伸手從仇虎的衣兜裡摸出了小菸斗，揉碎一片豆葉吸起來，不停地咳；大家一人一口地吸了，全都咳著，嗆得淚花閃閃。所有人都高興一些了，興奮地叫起來。他們試著罵起了「那人」，一人一句，罵得十分巧妙。京東說：「想法兒治治他才好，把他家草垛點上火吧！」仇虎飛快地瞥了一眼京東。李南說：「那可是犯法的。」

張有權從火堆跟前猛地站起來：「犯法？人要是激動了可不管那些！人在激動時候什麼做不出來？」

「是犯法的……」

張有權坐下來，兩手按在自己腳上，嘲弄地看著李南，鼻子仰得老高。他拖著腔兒說：「人不發火就幹不出大事。聽說了嗎？有個外國皇帝叫拿破崙，發起火來使勁一跺腳，鞋帶兒全齊茬兒斷了。第二天他就發兵打俄國人，差點占了一個國呢！……他的對頭叫庫圖佐夫，一個俄國大元帥，也發火了——不過別人看不出來。他火了只是兩撇大白鬍子一動一動，像是要鑽進鼻孔裡……」

京東笑了。

仇虎、李南都盯著張有權。他們知道他看了不少課外書，也喜歡胡謅，是個愛賣弄的傢伙。

雖然將信將疑，不過聽聽也滿有意思。

張有權最後瞥一眼李南：「人這個東西又不是別的，不會發火哪行？不發火還能幹出大事來？你沒聽說曹操率領八十三萬大軍下江南，一口氣殺了八萬人？血把大河都染紅了，咕嚕嚕流！努爾哈赤火了，一抬手射箭，射下了九百多隻大雁，有一隻大雁脖子上還繫個鈴鐺……」

「還繫個鈴鐺？」

「嗯。」

大家笑著，大口喘氣。

「我沒聽說誰不發火還能幹出大事來！」張有權挑戰似的一個個環顧著。

沒有人回應他。京東停了一會兒皺著眉點點頭：「也是的。也真是的——我講個故事——大約你們都聽到了吧？哦，沒有。那就是前幾個星期發生在河西的事呀，那個小媳婦的事嘛。」

其他三個少年真的沒聽到，於是認真地聽起來。

「那個小媳婦的事嘛。在河西沒人不知道她的事，三歲小孩也知道，她長得可俊了，俊到沒法說！她兩口都在本村做工，有個人家開小工廠，富得流油，還不知有十萬百萬的錢呢！河西的富人多，有的是拚力氣掙的，有的就不是。那個人家在城裡的大工廠有親戚管事兒，一年就肥了。他家雇了十幾個工人，白天黑夜開工廠。男主人錢多了，常跑銀行。她雇的工人裡有不少女的，他就多給她們錢，一把一把給……」

張有權哼一句：「他犯傻嗎？」

「他才不傻！誰拿了錢不和他好？那些女的有俊有醜，都在一塊兒，硬好硬好——她們家裡人都裝著不知道。女主人恨那些女工，一天到晚找茬兒打仗，男人就嚇唬說不要她了。她再不敢惹自己的男人，就用燒火棍去烙女工，一烙一個水泡，後來全廠裡就剩下那個聰俊的小媳婦身上沒有水泡了。她可不吃男主人那一套。她男人也愛惜她，說俺媳婦可不是那樣人。俺媳婦可好了。他放心她。」

「小媳婦眞好！」李南誇一句。

「慢慢看吧。有一天男主人又去跑銀行了。他去銀行都是走秘密道兒，誰也不知道——可是這天他走到一片玉米地邊，從地裡『噌』一聲跳出一個大漢，用黑布蒙了臉。男主人嚇得腿也軟了，只顧用手去捂錢口袋。蒙面黑漢手伸得抓鉤那麼長，一下子就把錢袋撕破了，十元大票『刷刷』撒了一地。黑漢彎下腰，一張張撿起來，跳回玉米地裡。男主人瞪著眼坐在地上，黑漢跑沒了影，他才咕噥說：『恐怕是個熟人，是個熟人……』」

仇虎、張有權、李南，全都驚恐地瞪大眼睛。

李南問：「他怎麼不揪下黑布看看？」

京東白一眼李南：「一邊去吧。你什麼也不懂。那可揪不得。」

「怎麼？」

「怎麼？布從臉上一掉——也不管是揪下的、風吹落的，反正只要那臉一露出來，另一個人就得完——」

「怎麼個完法？」

京東哼一聲：「死。」

大家不解地盯住他看。

「他用布蒙住臉，那就肯定是個熟人。這布一去掉，你想他給認出來了，不殺人才怪——上年紀的人都知道，遇上蒙面人打劫，千萬不能去碰他臉上的布……咱說不定以後也會遇上，咱可不敢碰。」

大家舒了一口氣，欽佩地看著京東。

京東向仇虎攤開手說：「抽口菸吧——你看看我這菸癮……」仇虎不太高興地摸出了菸斗。京東吸著菸，慢悠悠地講下去。「錢給搶走了，他跑回家裡就躺倒了。躺了一天一夜，他從炕上一個鯉魚打挺蹦起來，跑出去告發說：『是小媳婦的男人攔路搶了錢！』這當然是他躺在炕上想出來的——有人問他證據在哪？他說去銀行從來都是秘密的，誰也不知道；要怨也怨他自己，活該自己『作風不好』，跟小媳婦睡覺時走漏了風聲。他對天發誓：天底下只有那個小媳婦知道他去銀行，也肯定是她告訴了男人……過了沒有幾天，小媳婦的男人就被抓走了。那天村口上圍了好多人，小媳婦追著男人哭，哭啞了嗓子。男人大聲問小媳婦：『你眞跟人家睡了？你說！你說！你不做聲，我知道你是冤屈啊！我就知道會是這樣！你不是那樣的人！』他喊著、喊著，一雙眼瞪得老大。誰知就在這會兒小媳婦哇哇大哭，用手捶著自己的胸脯說：『我是那樣人哪！我眞做了虧心事啊！這都是我害了你啊，我不願過窮日子，人家平日裡多給幾個錢，就依了人家，我想攢錢給你買件新褂子……』小媳婦哭著，叫著，她男人沒聽完就昏過去了。」

大家默默地聽著。

「他就這麼給抓走了。小媳婦再不吃不喝，老僵神兒。那些女工都過來勸她，她理也不理。第三天上午她對女工們說了一句：『錢是個好東西。不過我這會兒恨它。』說完再不吱聲。就是那天夜裡，她摸到男主人床腳，把他給殺了。天放亮時，她自己也喝了毒藥……這就是那個小媳婦的事兒啦，河西人沒有不知道的……」

京東講完了，磕磕菸斗，咳著。

「我敢說，那個小媳婦一連三天都是『激動』的！」仇虎說道。

火漸漸熄滅了。青煙升上去，在一人多高處又懶洋洋地折向北。一個蟈蟈兒嗓子沙沙地唱著。

四個美麗的少年無比疲倦地躺下來，仰著，用手捂著眼睛。光滑的下身暴露在陽光下，閃著亮兒……仇虎聲音澀澀地說：「我老替那個小媳婦難過。她不該殺她自己……她男人以後從監裡出來一看，媳婦沒有了！」

其他三個人嘆息著，沒有什麼異議。太陽曬得人下肢發癢，大家翻了一下身，下肢還是發癢。這個秋天！這個讓人發癢的秋天！……李南翻動了一會兒，問道：

「瞎子『激動』了你們見過嗎？」

「應該叫『盲人』。」張有權更正說。

「嗯。盲人激動了你們見過嗎？」

沒人吱聲。

李南欠起身子：「有一回一個盲人彈著三弦走進村裡，咿咿呀呀唱。他唱了快一天，手裡的小笸籮收了三毛錢。他又唱，小笸籮裡又多了三個鋼蹦兒。天黑了，盲人請求找地方借宿，幾個小夥兒笑嘻嘻說好。他們領上盲人走，肩上還扛個門框兒，捂著嘴吃吃地笑，後來直走上大河灘了，有人說聲『到了』，就扶住門框，等盲人從門框裡走過去，說一聲：『你自己在這屋裡歇吧，俺走了！』然後輕輕扛起門框走開了。盲人千謝萬謝，往前摸索著，說：『好大的一間屋呀！』……」

有人笑起來。

「盲人後來才知道上了當，他聽見了河水嚕嚕響。這一下他火了，兩手發紫，凹下的眼窩往外流水，水的顏色……我不告訴你們。」

再沒人笑，沉默了一會兒，仇虎又問：「一群要飯的小孩『激動』了，你們見過嗎？」

都說沒有見過。

仇虎說：「他們都一般高，瘦得皮包骨，頭髮一摸就斷。這群孩子不知從哪來的，說話的腔兒誰也聽不懂，常年就在鎮上飯館裡轉悠。他們吃些殘湯剩飯。有一回一個要飯的孩子去喝丟在桌上的半碗雜燴，過來個服務員硬把那碗雜燴潑到地上，一群要飯的孩子全急了，提著小飯筒，齊著勁兒叫喚，嘴唇發黑，呀呀地往前衝。他們一叫就露出牙齒，雪白雪白，呀呀地叫，飯館裡吃飯的人全嚇呆了，一齊站起來，手裡的筷子掉在地上……」

李南接上喊：「連半歲的小孩也會『激動』，他們也會！有一回我見了……一個小東西躺在炕上，身子直滾直滾，小腳趾緊挨在一起，像要握個拳頭，滾著、叫著，『嘩』一下撒了一炕尿……」

大家笑了。

「鬼也會『激動』。」——李南說著看看四周震驚的臉色，肯定地說：「也會。我聽老人說了，鬼在半夜裡出來游蕩。他們不傷人，也不讓人傷。要是誰去惹他們，他們就火起來—

—他們火起來可不是鬧著玩的，倒退著往前蹦，兩個肩膀抬得水平水平，一蹦一抖，一蹦一抖。你聽吧，『咯吱、咯吱』，那是骨頭摩擦的聲音……嗐！」

他最後的一聲「嗐」喊得非常響亮，其他三個人嚇了一跳，李南重新躺下了。

十二點鐘的太陽滾燙滾燙，它高高地懸在正南方的天空，發出了「滋滋」的聲音。這好比是通紅的鐵塊緩緩放入水中的聲音，四個少年都十分熟悉。四個籃子放在一邊，裡面的豆角閃著金色的光亮。有什麼香味兒飄進了張有權的鼻孔裡，他覺得那是太陽炙熟了野地撒落的果實。剛才的一些故事還在他腦海裡旋轉，使他老要衝動起來。他似乎覺得這些故事裡面還缺了點什麼——他當然不能理直氣壯地否定那一切都是「激動」，他不能。但他似乎看到過更眞實的激動，那是眞正的激動啊。那也是個秋天，天上也亮著十二點鐘的太陽……

他逮一個蟈蟈兒。蟈蟈兒的觸角像長長的頭髮絲一樣。他輕輕地伸出手去——正這時不遠處響起了什麼，他不由得縮回了手。他透過樹隙看到了他們，一顆心怦怦跳著，悄悄地臥在了沙土上。

一個姑娘和一個小夥子依偎在柳樹棵下，就離他幾步遠。姑娘十六七歲的樣子，臉龐汗津津的，通紅通紅。她身邊的小夥子要比她大好多，粗手大腳。小夥子伏在她耳邊說著什麼，她就伸出了兩隻小巴掌去推他的胸脯。她的頭垂得那麼低，抵住了對方的胸口。他們就這麼靜靜地僵在那兒，一動不動，連喘氣的聲音也沒有。不知停了多長時間，她嚶嚶地哭了，越哭越厲害，哭著去抓小夥子的手。她仰起臉來，淚水在粉紅色的面頰上劃了兩條長線。小夥子呆呆地望著。她不哭了，去吻他的下巴，那上面有黑鬍茬，鬍茬上有沙土。小夥子猛地伸出兩隻又粗又長的手臂，像兩條抖動的鎖鏈一樣縛住了她，把她緊緊地摟在胸前。她的身體在碎紫花衣服裡顫抖著。停了一會兒，小夥子把嘴對在她耳邊，哈氣似地說：「啊？」她半天不做聲，好長時間才抬起頭，看著他。小夥子的左手小心翼翼地往前移動，碰到了碎紫花衣服上……

這就是張有權親眼見過的。可他誰也沒有說——他只是在心裡認定了，他藏住的才是一個眞正的「激動」！

十二點鐘的太陽滾燙滾燙。張有權的臉龐又熱又紅，他輕輕地背過身子站起來，向一旁的小樹走去。

他提著花格褲子，瞥瞥躺在野地裡的三個夥伴，開始費力地往身上套著。

國家圖書館出版品預行編目資料

蘑菇七種／張煒著 －－初版，－－臺北縣中和市：印刻，2002〔民91〕

面；公分

ISBN 986-80301-2-9(平裝)

857.63　　91006478

INK publishing

作　　者　　張煒
發 行 人　　張書銘
責任編輯　　高慧瑩
校　　對　　黃筱威、高慧瑩
出　　版　　INK印刻出版有限公司
台北縣中和市中正路800號13樓之3
電話：02-22281626
傳真：02-22281598
e-mail：ink.book@msa.hinet.net
法律顧問　　現代法律事務所郭惠吉律師
總 經 銷　　成陽出版股份有限公司
訂購電話：02-26688242
訂購傳真：02-26688743
郵政劃撥　　19000691　成陽出版股份有限公司
印　　刷　　海王印刷事業股份有限公司
出版日期　　2002年5月初版一刷
2002年5月初版二刷
定　　價　　240元

ISBN　986-80301-2-9

蘑菇七種

讀者服務卡

姓名：＿＿＿＿＿＿＿＿＿＿

性別：□男　□女

生日：＿＿＿＿年＿＿＿＿月＿＿＿＿日

學歷：□國中　□高中　□大專　□研究所（含以上）

職業：□軍　□公　□教育　□商　□農

□服務業　□自由業　□學生　□家管

□製造業　□銷售員　□資訊業　□大眾傳播

□醫藥業　□交通業　□貿易業　□其他＿＿＿＿＿＿＿＿

郵遞區號：＿＿＿＿＿＿＿

地址：＿＿＿＿＿＿＿＿＿＿＿＿＿＿＿＿＿＿＿＿＿＿＿＿＿＿＿

電話：（日）＿＿＿＿＿＿＿＿＿＿＿（夜）＿＿＿＿＿＿＿＿＿＿＿

傳真：＿＿＿＿＿＿＿＿＿＿＿＿＿＿

e-mail：＿＿＿＿＿＿＿＿＿＿＿＿＿＿＿＿＿＿＿＿＿＿＿＿＿＿

購買的日期：＿＿＿＿年＿＿＿＿月＿＿＿＿日

購書地點：□書店　□書展　□書報攤　□郵購　□直銷　□贈閱　□其他

您從那裡得知本書：□書店　□報紙廣告　□報紙專欄　□雜誌廣告

□親友介紹　□DM廣告傳單　□廣播　□其他

您對於本書建議：

感謝您的惠顧，為了提供更好的服務，請填妥各欄資料，將讀者服務卡剪下直接寄回或傳真本社，我們將隨時提供最新的出版、活動等相關訊息。

讀者服務專線：**（02）2228-1626**

讀者傳真專線：**（02）2228-1598**

請填妥後對折裝訂，直接投郵即可，免貼郵票。

廣　告　回　函
台灣北區郵政 管理局登記證
北臺字第10441號

236
台北縣土城市永豐路195巷9號

印刻出版有限公司　收

讀者服務部

INK PUBLISHING

JOB 8